KB157579

문화유산,
알면 보이는 것들

문화유산, 알면 보이는 것들〈서울편〉

초판인쇄 2019년 02월 15일
초판발행 2019년 02월 20일

지은이 박혜진
발행인 조현수
펴낸곳 도서출판 프로방스
마케팅 최관호 최문섭
IT 마케팅 신성웅
디자인 디렉터 오종국 Design CREO

ADD 경기도 고양시 일산동구 백석2동 1301-2
넥스빌오피스텔 704호
전화 031-925-5366~7
팩스 031-925-5368
이메일 provence70@naver.com
등록번호 제2016-000126호
등록 2016년 06월 23일
ISBN 979-11-88204-91-5 03810

정가 17,800원

문화유산,
알면 보이는 것들

서울편

박혜진 지음

프로방스

"역사문화 시간여행을 떠나며"

학창시절 역사 과목은 재밌는 시간 여행이었다. 사학을 전공하며 문화유산 답사를 할 때 그동안 배웠던 역사와 너 가까워졌다. 역사드라마나 영화를 볼 때면 시대적 배경이 연결되어 흥미로웠고, 역사 속 인물의 인간적인 이해와 더불어 전통문화에도 관심이 생겼다. 현재 나는 고궁이나 박물관 등에서 학생들에게 역사문화를 가르치고 있다. 자주 가는 장소이지만 우리 문화유산을 마주 할 때 마다 더 보이고 더 느껴지는 '뭔가' 가 있었다.

역사는 인류가 걸어 온 발자취로서 그 안에는 시대별 인간의 경험과 정신 그리고 교훈이 담겨있다. 그러나 현실은 많이 안타깝다. 학교에서는 짧은 역사시간에 많은 내용을 학생들에게 가르치고, 또 학생들은 외울게 많다며 역사를 단순 암기 과목으로 치부한다. 역사의 가치를 제대로 배우기 전에 학생들은 점수만을 위해 일단 머리에 넣고 본다. 이후 성인이 되어서도 힘들었던 역사공부 기억에 그 관심은 점점 줄어든다. 그래서 주위를 보면 우리가 잘 몰라서 지나쳤고 그래서 더 멀어지게 된 역사문화가 많다.

출퇴근시간에 지나가는 천호대교에서 고개를 살짝 돌리면 백제시대 왕궁이라 추정되는 풍납토성이 있고 바로 한강 건너편에는 삼국시대 긴장감을 예상할 수 있는 아차산 고구려 보루가 있다. 보통 백제문화는 공주, 부여가 떠오르지만 사실 약 500년 동안 백제의 수도는 서울에 위치했었다. 근초고왕의 전성기 백제 풍경도 궁금하지만, 10m나 되는 거대한 높이의 풍납토성 앞에 서면 땀 흘리며 흙을 옮기는 백제인이 보인다. 당시 그들이 지키려 했던 것이 무엇이었을지 생각해 본다. 한편, 만주벌판에 있던 고구려인들이 왜 한강에서 이 백제를 주시했는지, 아차산 보루에서 추운 겨울 보초를 선 고구려병사는 어떤 마음이었을지 궁금하다. 그러면 이곳에서 출토된 각종 토기, 온돌, 등자, 와당 등이 달리 보이고 시대와 공간은 달라도 공감되는 것이 있다.

경복궁은 서울을 대표하는 조선시대 궁궐이다. 나는 경복궁 근정전 앞에 들어서면 1446년 어느 날 장면이 그려진다. 근엄하고 자상한 모습으로 훈민정음을 반포하는 세종대왕이 있다. 품계석 옆으로 문무 대신들이 왕의 말을 경청하며 어떤 생각을 했을까? 우리 글자가 생겼다는 자부심도 있을 테지만, 천한 백성들에게 무슨 글자가 필요하냐는 불평도 있었을 것이다. 실제 한글창제 반대 목소리가 있었다. 그러나 그런 난관을 뚫고 세종대왕과 집현전 학자들은 우리 글자를 만들었다.

일제 강점기에는 우리말과 글이 없어질 위기도 있었지만 이 또한 잘 견디고, '한글'은 지금 대한민국을 대표하는 문화유산이 되었다.

경복궁에는 옛 풍경에서 느껴지는 여유와 전통미가 있다. 바닥에 박혀있는 울퉁불퉁한 돌(박석) 위를 걷다 보면 궁궐 밖의 분주함을 잠시 내려놓는다. 눈을 들어 근정전을 보면 곱게 뻗은 처마가 있고 그 위에 아기자기 서유기 등장인물 형태의 잡상들이 보인다. 근정전 안에는 왕만 앉을 수 있는 '일월오봉도'가 우리를 기다린다. 하나의 태양과 하나의 달 그리고 조선의 땅과 백성들을 나타낸다는 이 그림은 사극에서 자주 나오는 그림이고 만원 지폐에서 찾을 수 있는 우리 문화유산이다. 마지막으로 천장과 지붕의 단청을 볼 때면 저 높은 곳까지 어떻게 저렇게 섬세한 작업을 했는지 감탄사가 절로 나온다. 화려해보이지만 전체적으로 조화를 만들어 내는 미적 감각과 그 안에 담겨있는 음양오행사상에 고개가 끄덕여지기도 한다. 경복궁은 조선왕조 500년을 알 수 있는 역사적 사실이 있고 직접 걸으며 보는 전통문화의 즐거움이 있다.

〈문화유산, 알면 보이는 것들-서울편〉은 바로 이런 마음으로 출발했다. 서울이라는 공간에서 만나는 시대별 역사문화유산. 직접 가서 보고 그 안에서 나눌 수 있는 '뭔가'를 전하고 싶었다. 역사는 마냥 어렵고 무거운 학문이 아니다. '과거와 현재의 대화'처럼 역사적 사실이나 인물, 문화재, 유적지 답사를 통해 나와 우리를 비춰볼 수 있고, 옆에 있는 이와 담소를 나눌 수 있다. 얼굴에 미소가 번지는 추억도 있고 가끔은 나와 우리를 반성할 수도 있다.

'아는 만큼 보인다'는 말이 있다. 나는 여기에 더 하고 싶다. 아는 만큼 보이고 또 그 만큼 담긴다. 나는 〈문화유산, 알면 보이는 것들-서울편〉을 집필하면서 머리와 마음에 담긴 '뭔가'를 찾았다. 그것은 바로 '과거' 역사문화에 담긴 우리의 '지금' 모습이고 건강한 '미래'를 고민하는 우리 소망이었다. 이 책은 선사시대~현대사까지 주요 키워드로 정리된 역사문화 패키지 시간여행이다. 두 아이 엄마로서 자녀들에게, 역사문화에 애정이 많은 인문학도로서 학생들과 지인들에게 즐거운 대화하듯 편하게 그러나 의미 있게 구성했다. 독자 여러분이 이 패키지 시간여행 책을 마치면 한국사, 세계사 등 자신이 원하는 곳으로 자유여행을 떠나길 바란다.

마지막으로 내가 가려는 길을 옆에서 응원해주는 남편에게 정말 고맙고 사랑한다 전하고 싶다. 그리고 몸과 마음 건강하게 잘 자라고 있는 우리 산과 들이 덕분에 엄마는 참 행복하다고 말하고 싶다.

2018년 12월

저자 **박혜진**

Contents | **차례**

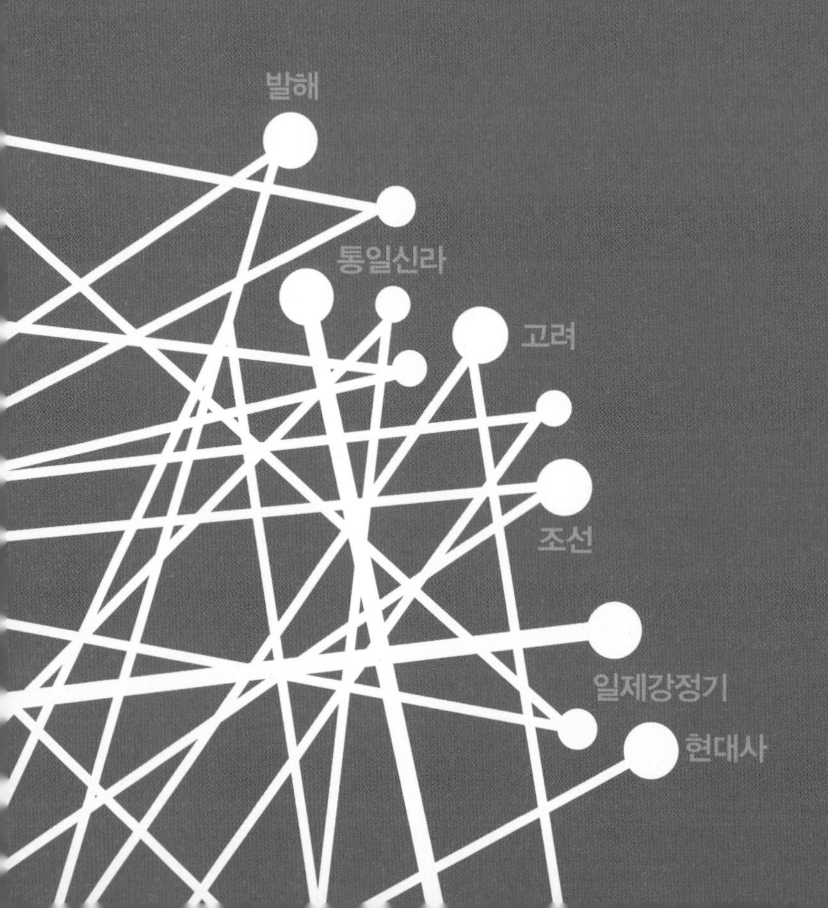
발해
통일신라
고려
조선
일제강점기
현대사

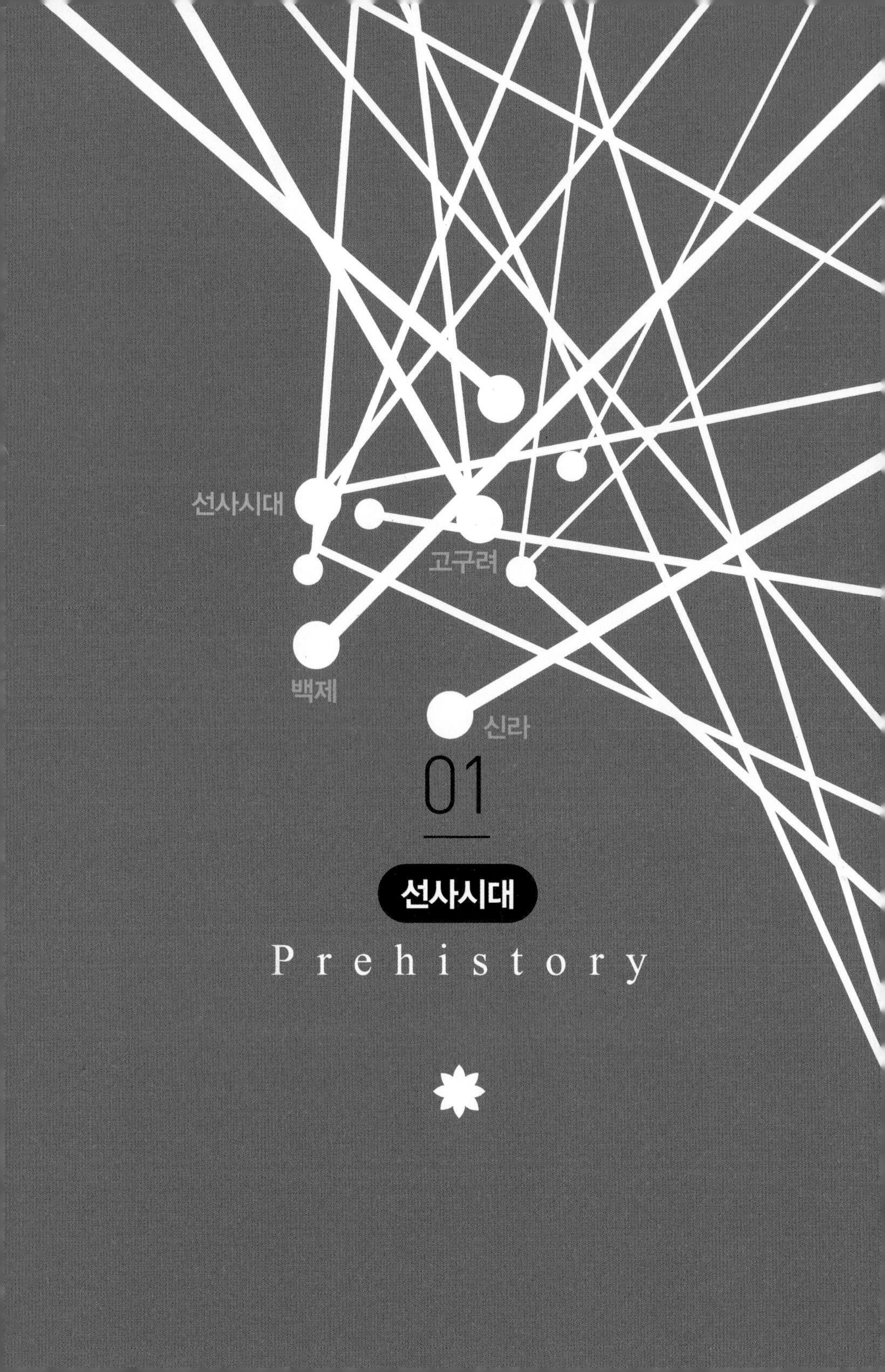

01

선사시대

Prehistory

Prehistory

01 선사시대

우리는 어디로부터 왔을까?
〈암사동 선사유적지〉

움집 | 빗살무늬토기 | 도토리 | 가락바퀴
유네스코 등재 노력

인류의 모습은 어디서 시작되었을까? 어릴 때 봤던 만화가 생각난다. 가죽옷을 입은 원시인들이 소리를 지르며 맘모스 같은 큰 동물을 사냥하는 장면이다. 그때는 내가 살고 있는 지금과 그 상황이 어떻게 연결 될 수 있는지 몰랐다. 그러나 중학교 때 역사를 배우면서 그 만화가 석기시대였다는 것을 알았고, 도구의 발명과 인류가 걸어온 여정에 흥미가 생겼다. 그래서 대학에서 역사를 전공했고, 어른이 되어서 역사문화는 관심을 넘어 애정으로 다가왔다. 이제는 보다 적극적인 방법으로 우리 문화유산을 마주하기 위해 책을 쓰기로 했다. 그리고 그 시작은 암사동선사유적지로 정했다. 바로 여기에 6

천 년 전 선사시대가 우리를 기다리고 있기 때문이다.

서울 한강변 강동구에 위치한 암사동선사유적지는 신라시대 절이 9개가 있어 구암사(九岩寺), '암사' 동으로 전해지고 있다. 암사동에는 주택가와 아파트, 고층빌딩 등 현대적인 '지금' 과, 선사유적지에서 만날 수 있는 아주 먼 옛날 우리의 '과거' 가 공존해 있다. 암사동선사유적지는 우리나라 석기시대를 대표하는 최대 규모 지역으로 크게 3개시대층이 발견되었다. 땅속 가장 깊은 곳에는 빗살무늬토기를 비롯한 신석기 문화층, 그 위에는 민무늬토기기를 썼던 청동기 문화층, 그

유네스코

리고 맨 위층에서는 백제시대 쇠도끼 등이 출토 되었다.

폭염이 계속되는 2018년 여름이다. 함께 온 남편이 유모차를 밀면서 언젠가 와 본적이 있지만 잘 모르는 곳이라고 말한다. 나는 간단히 '오래된 현재'가 있는 곳이라고 했다. 입구에 큰 글씨가 보인다. '서울 암사동 유적의 유네스코 세계유산 등재를 추진합니다.' 유네스코가 상징하는 국제적 지위를 생각하며 '그렇게 되면 좋겠다.'는 소망으로 첫 걸음을 내딛는다.

| 선사시대

역사에서는 먼저 선(先)자를 써서 문자가 발명되기 이전을 선사시대, 문자가 있어 기록이 있는 역사시대로 구분한다. 선사시대는 다시 이동생활을 했던 구석기와 정착생활로 마을과 공동체를 이룬 신석기로 나뉜다. 급변하는 자연환경에 적응하면서 식량을 찾아 이동하던 구석기시대는 약70만 년 전 부터 약 1만 년 전 까지 아주 긴 시간이다. 불을 사용하고 간단한 도구를 만들며 필요한 의사소통이 있었다. 그 뒤로 약 1만 년 전부터 신석기시대 간빙기가 시작되었다. 인류역사에서 10만년 주기로 빙하기와 간빙기가 번갈아왔는데 춥고 먹을 것이 적었던 빙하기가 끝나고 따뜻한 간빙기가 찾아온 것이다. 해수면이 높아져 육지가 줄어들고 땅모양이 오늘날과 비슷해졌다. 예를 들어

빙하기 때 지금의 동해는 육지였고 일본과 연결되었다. 그러나 간빙기가 되면서 동해에 바다가 생기고 일본도 섬이 되었다.

기온이 상승하면서 숲이 생기고 열매도 많아졌으며 작은 동물도 늘었다. 즉, 인간이 사냥할 것, 자연에서 주워 먹을 것들이 많아졌다는 뜻이다. 달라진 환경에 적응하면서 인류는 큰 변화를 만들어냈다. 돌을 날카롭게 갈아 낚시 바늘로 물고기를 잡았고, 또 돌을 뾰족하게 갈아 나무 끝에 묶어 화살촉을 만든 다음 사냥을 했다. 이러한 수렵과 채집, 간단하지만 씨앗을 뿌려 수확하는 농경은 정착생활을 가능하게 했고, 이후 음식 저장을 위한 토기제작까지 이어졌다. 학계에서는 이 변화를 '신석기혁명'이라고 한다. 그만큼 전보다 변화와 영향력이 크다는 것이다. 암사동선사유적지는 이 신석기시대를 알 수 있는 곳이다. 그렇다면 어떻게 이곳이 세상에 알려졌을까?

| 암사동선사유적지 발견

일제강점기 1925년 을축(乙丑)년 대홍수 때 암사동에 묻혀있던 각종 토기와 석기유물들이 노출되었다. 그때 일본학자들이 이 유물들을 수습했지만 별다른 조사를 하지 않았다. 식민지 역사를 제대로 연구할 의미를 찾지 못했고, 또 일본보다 더 앞선 시대의 유물로 밝혀진다면 조선은 열등하다는 일본의 식민통치에 흠이 생길 수 있었을 것이다.

이렇게 발견되고 잊혀지던 암사유적지는 1960년대 본격적인 발굴이 되었다. 1968년 근처 야구부 훈련장에서 원형보존이 잘 된 주거지가 발견되었고, 여기에서 빗살무늬 토기와 수렵 도구 등이 출토되었다. 최근 2015년 유적공원 시굴조사에서 다른 신석기문화 층이 발견되어 옥장신구가 나왔다. 암사동유적지는 방사성탄소 측정결과 6400년부터 3500년에 걸쳐 생활하던 곳으로 확인되었다. 한강주변으로 옛 유적이 발견되는 것은 식생활에서 강이 중요했음을 보여준다. 따라서 신석기시대 주거형태와 지역문화를 연구하는데 있어 이 암사동선사 유적지의 인류학적 의미가 크다.

기원전 6400~3500년 전에 사람들이 살았던 곳이라고? 지금이 2018년이니까 적어도 5518년 전에 만들어진 공간? 솔직히 여기서 말하는 시간 개념이 안 잡힌다. 그저 아주 먼 옛날 옛날이야기라고 생각하자. 입구에 들어서자 울창한 숲과 예쁜 오솔길, 그리고 매미와 새소리가 만들어 내는 여름풍경이 반갑다. 폭신하게 밟히는 흙과 향긋하게 퍼지는 솔 향도 좋다. 길을 걸으면서 먼 옛날이야기 속으로 들어가는 상상을 한다. 길이 끝나 갈 무렵 움집 몇 채가 보인다. 책에서만 봤던 그 집이다. 남편이 카메라를 들어 '찰칵찰칵~' 소리를 내며 움집을 담고 있다. 지금부터 아주 먼 시간여행이 시작된다.

| 움집

움집은 신석기시대유적을 대표한다. 물론 구석기 시대에도 집을 만들었지만 얼마 후 이동해야 했기에 신석기 움집만큼 튼튼하거나 공간 활용은 없었다. 움집은 어떻게 만들까?

움집

지역마다 차이가 있지만 움집은 원형이나 타원형으로 길이는 4~6m, 깊이가 50~100cm 정도 된다. 땅을 판 이유는 겨울에는 따뜻하고 여름에는 시원하게 지낼 수 있다고 예상된다. 바닥에 덤불을 놓고 불을 질러 더 단단하게 만들 수 있다. 즉, 바닥을 한번 굽는 효과다. 움집 중앙에는 화덕을 설치해 요리도 하고 어둠을 밝히기도 하며 집안을 따뜻하게 한다. 그리고 화덕 근처에는 토기를 꽂을 수 있는 구덩이도 있다. 바닥 둘레에는 일정간격으로 나무를 세우고 꼭대기에 환기구멍을 만드는데 공동작업이 필요했을 것이다. 전체 틀이 만들어지면 강가에서 억새나 갈대, 나무 가지를 가져와 꼼꼼하게 엮어 지붕을 덮는다. 거친 비바람에도 끄떡하지 않도록 튼튼하게 지어야한다. 움집은 대략 대여섯 명 정도로 한 가족이 살기 적당한 크기다. 오늘날로 말하면 원룸이다. 말 그대로 화장실만 없고 생활하는데 별 지장(?)이 없는 공간이다.(사실 지장이 있긴 하다.)

암사동 움집은 약 7개의 집들로 구성된 작은 공동체로 발굴 당시 크기를 보존하면서 복원되었다. 마침 내부를 볼 수 있는 움집이 있어 남편과 들어갔다. 가운데 돌로 쌓은 화로에 한 가족이 모여 있다. 사냥을 갔다 왔는지 손에 창을 들고 손질하고 있는 아버지, 식사준비에 고기를 썰고 있는 어머니, 옆에서 물고기를 굽고 있는 아들, 작은 손으로 음식을 먹고 있는 딸이 보인다. 그 위에는 잡아온 물고기가 걸려있고, 움집 가장자리에는 나무열매가 토기에 담겨있다. 가족들의 일상이 담긴 모습에 빙그레 미소가 지어지어 진다.

이곳에서 그들이 나눈 이야기는 무엇일까? 말은 어떻게 했을까? 이런저런 생각이 든다. 움집 입구가 좁아 밖에서 있는 아기가 유모차에 앉아 남편과 나를 보고 있다. 밝은 햇살에 더 밝아 보이는 딸아이의

움집 입구

움집 내부

모습이 사랑스럽다. 그 옛날 6000년 전 신석기 사람들도 아장아장 걷는 아이들을 보면서 미소 지었겠지? 갑자기 궁금하다. 당시 기저귀는 없었을 텐데 이 움집 안에서 아기가 응아 하면? 가족들 손이 바빠졌겠지. 냇가로 데리고 가서 씻겼을까? 겨울에는? 이유식은 어떻게 했을까? 마을 공동체가 있어 산후우울증은 없었겠다. 밥하기 싫으면 옆집으로 가서 같이 먹었을 수도... 순간 피식 웃음이 난다. 지금 내가 두 아이를 키우면서 너무 감정이입과 상상력이 발동했다. 옆에 있는 남편은 움집 꼭대기 환기창 일명 까치집을 보면서 옛날 사람들 똑똑하다고 칭찬한다. 나도 동감한다.

| 빗살무늬토기

움집에서 나와 다시 숲길을 걷는다. 짙어지는 여름 사이로 얼마 전 개장된 역사관이 보인다. 우리를 반기는 첫 번째 유물은 바로 빗살무늬토기이다. 다양한 크기의 토기들이 있었는데 특히 약 50cm정도에 위아래 다양한 무늬를 뽐내며 유리관에 있는 이 토기에 눈이 간다. 중학교 때 빗살무늬토기를 처음 배웠다. 국사선생님은 이 토기가 인류 발전을 알려주는 증거라고 했다. 토기 발명 전 까지 인류는 몇 십 만 년을 그냥 살았다. 먹을 게 부족해서 음식저장 개념이 없었고, 또 필요하지 않아서 생각하지 못했다. 하지만 이제 환경이 바뀌고 생활 속 필요를 고민하다 보니 이런 토기를 만들었고 그 편리함을 느꼈을 것이다. 인류의 지혜가 만들어지는 장면 중 하나라고 선생님은 엄청 강조했던 기억이 난다. 그때 국사시험 주관식 답이 바로 빗살무늬토기였다.

빗살무늬토기

빗살무늬

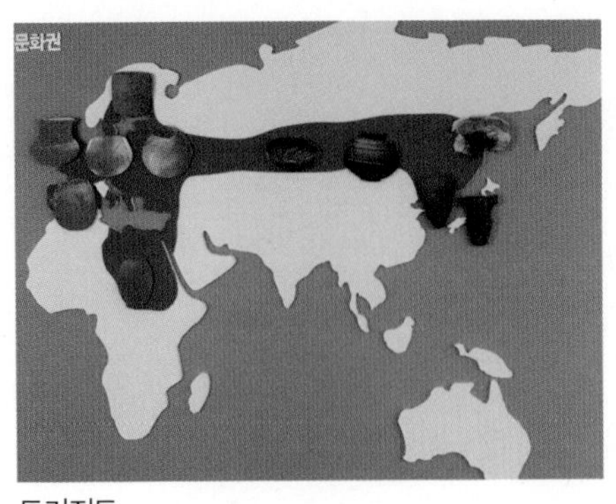

토기지도

토기는 표면에 빗금이나 점, 곡선 같은 기하학 무늬가 새겨져 있다. 이 무늬는 지역과 시대마다 조금씩 다르게 나타나지만 북유럽과 아시아를 걸쳐서 공통이다. 잠깐 이 빗살무늬 토기를 알아보자.

(1) 어떻게 만들까? 진흙과 물을 섞어 가래떡처럼 길게 만든다. 그리고 링모양을 역삼각형으로 이어 쌓는다. 평평한 돌을 이용해 겉 표면을 매끄럽게 다듬고 무늬를 새긴다.

(2) 왜 빗살무늬를 새겼을까? 농사에 필요한 비가 빗살무늬로 표현된 거라 전해진다. 하지만 아름다움을 알게 된 신석기 사람들 사이에서 유행하던 무늬라는 목소리도 있다. 즉, 지역과 시대에 따른 유행으로 여길 수 있다는 것이다.

(3) 왜 토기 끝이 뾰족할까? 보통 밑이 평평해야 더 실용적 일 것 같은데, 도대체 왜 세워두기도 힘든 이런 모양일까? 움집 내부에 작은

구멍들을 떠올리면 오히려 뾰족한 모양이 더 실용적일 수 있다. 신석기 사람들은 강가에 살았기 때문에 부드러운 땅에 토기를 꽂아 놓는 게 더 편했을 것이다. 하지만 다른 주장도 있다. 아마도 토기의 모양 역시 관습 또는 유행이라서 만들어오던 모양 그대로 이어졌다는 것이다. 일리 있는 말이다. 익숙함에서 만들었다는 것.

(4) 왜 토기에 구멍이 있을까? 음식을 찔 때 필요한 구멍 또는 음식 저장 시 습기제거를 위한 방법일 수 있다고 추측한다. 사실 정확한 답은 없다. 이 토기를 만든 신석기인을 만나기 전까지. 다만 생활 속 상황과 도구 용도를 유추해 볼 수 있다.

(5) 왜 토기들이 많이 깨졌을까? 이 빗살무늬 토기는 야외에서 모닥불로 만들었다. 600~700도 정도의 온도로 오늘날 그릇처럼 단단하게 만들지는 못했다. 때문에 이 토기에 조리를 하다 보면 흙이 배어나올 수 있다. 그리고 어떤 토기는 깨져서 다른 흙으로 땜질을 한 흔적도 보인다.

사실 이 신석기시대 토기제작은 대단한 사건이다. 흙을 불에 구우면 단단해진다는 발견은 인류역사를 한 단계 끌어올린 발전이다. 불을 다루는 기술은 청동기와 철기시대에 금속을 이용해 도구와 무기 사용을 가능하게 했다.

신석기인들은 이 토기에 식량을 장기간동안 보관했고, 곡식이나 조개류를 끓였으며, 고기를 삶거나 국물을 우려내 먹었다. 즉, 자연에서 주워 먹던 인류가 이제는 직접 음식재료를 구해와 조리하고 맛을 알게 되었다. 눈앞에 보이는 이 빗살무늬 토기가 얼마나 인류발전에 중요한 발명품인지를 몸소 보여주는 것 같다. 그동안 자신이 발견되기를 얼마나 기다렸을까? 수 천 년이다. 그리고 이 토기는 지금 말하고 있다. 자신이 만들어지고 사람들 손에 이용되면서 새겨진 시간들을 생각해보라고. 지금 우리가 쓰고 있는 그릇의 시작이 바로 이 빗살무늬토기라고 생각하니 다시 보인다. 암사동선사유적지를 나타내는 마크가 바로 이 빗살무늬 토기이다.

| 도토리

전시관에 있는 귀여운 도토리가 눈에 들어온다. 갑자기 우리 큰아이가 자주 부르던 노래가 들리는 듯하다. '떼굴떼굴 도토리가 어디서 왔나? 단풍잎 곱게 물든 산골짜기서 왔지.' 아주 짧은 가사이지만 뭔가를 생각하게 한다. 가을 산속에서 도토리를 주우며 좋아하는 사람들이 6000년 전 신석기인일 수 있고, 21세기 우리 우리의 모습일 수 있기 때문이다. 사실 신석기 시대 사람들의 주식은 도토리였다. 우리

도토리 돌갈판

가 가끔 먹는 도토리가 신석기 시대부터 먹었던 것이라고? 그것도 주식으로? 그 딱딱한 도토리를 왜, 어떻게 먹었을까?

간빙기에 한반도는 따뜻해진 날씨로 혼합림인 도토리나무가 많았다. 지금도 산속에 도토리과 상수리나무를 쉽게 찾을 수 있다. 도토리는 신석기인들에게 고마운 식량이었다. 가을이 되면 마을 사람들이 대대적으로 도토리 줍기에 바빴을 것이다. 가서 원하는 만큼 담아오면 추운 겨울을 이겨낼 수 있는 든든한 식량이었기 때문이다. 사실 신석기 때부터 농경과 목축을 시작했다고 하지만 농사는 우리가 생각하는 벼농사가 아니다. 조, 수수 등 간단한 곡류로서 양이 그다지 많지 않았다. 다만 씨앗을 뿌리고 거두는 작업으로 자연을 이용해 식량을 만들어낸다는 의미가 컸다. 그렇다면 아직까지는 사냥과 채집이 중요했고, 그런 면에서 오래 저장할 수 있는 도토리는 겨울을 대비한 식량이었다. 잠깐 도토리관련 이야기가 있어 적어본다.

조선시대 16세기 임진왜란 때다. 선조가 북쪽으로 피난을 가던 상황이었는데 그 지역에서는 도토리나무가 많았다. 난리 중에 먹을거리가 부족했지만 마을 사람들을 임금일행을 대접해야 했다. 그들은 급한 대로 도토리로 묵을 쑤어 수라상에 올렸다. 그런데 배고플 때 먹으니 그 맛은 임금에게도 최고였을 것이다. 후에 궁궐로 돌아온 뒤 선조는 옛날 고생을 잊지 않겠다는 의미로 도토리묵을 항상(상常) 수라상(임금님 밥상)에 올리라고 했다. 이후 항상 수라상에 오르는 도토리라는 뜻으로 도토리과 나무를 '상수리나무'라고 부르게 되었다.

갑자기 궁금해진다. 신석기 사람들은 이 도토리를 어떻게 먹었을까? 레시피가 남아있지 않아 정확하게는 모르지만 도토리 바로 옆에 힌트가 보인다. 바로 돌갈판이다. 갈판에 도토리 몇 알을 넣고 갈돌로 깨뜨려 껍질을 제거하며 가루를 낸다. 도토리는 떫은맛을 내는 타닌 성분을 먼저 없애야 먹을 수 있다. 지금부터는 상상력이 필요하다. 도토리 가루를 빗살무늬토기에 넣고 물을 섞어 떫은맛의 윗물을 버리고 밑에 있는 앙금을 남긴다. 물을 섞어 걸쭉하게 만들고 끓인 다음 식히고 나서 먹었을 것 같다. 이 방법은 오늘날도 거의 비슷하다. 이렇게 생각하니 이 작은 도토리 역사(?)가 참 대단해 보인다. 인류가 추운 겨울을 이겨내고 생존 할 수 있게 도움을 주고, 갈판과 갈돌 등 도구 발전에도 한 몫 했다. 어떻게 보면 인류 발전을 나무 위에서 쭉~ 보아온 산(?) 증인들이 도토리다. 단단한 껍질과 생존력은 앞으로도 오래갈 것이다. 갑자니 떼굴떼굴 도토리가 그냥 나무에서 떨어지는 게 아니라 일용할 양식으로 보인다.

갈돌 갈판

국립중앙 박물관에 갈돌, 갈판과 함께 발견된 여자 유골이 있다. 잘 보면 무릎 뼈에 변형이 생긴 흔적이 있다. 이를 봤을 때 주로 여자가 사용했을 거라는 가능성이 보이고 이 시대에 이미 남녀 성역할이 정해졌다는 추측이 가능하다. 남자는 수렵과 사냥, 여자는 채집과 육아, 가사일등. 수 천 년이 지났어도 지금 우리와 닮은 면이 많다.

가락바퀴

가락바퀴 용도

| 가락바퀴

건너편에 돌로 만들어진 팽이모양이 있다. 무엇일까? 신석기 사람들은 삼베 같은 식물성 재료나 동물의 털에서 실을 뽑아내 동물가죽옷을 만들어 입었다. 그 증거가 실을 만들 때 사용했던 가락바퀴와 옷을 만들 때 이용한 뼈바늘이다.

가락바퀴는 둥근 돌에 가운데 구멍이 있는 도넛모양이다. 이 구멍에 나뭇가지를 넣어 돌돌돌 실을 감았을 것이다. 옷은 추위를 피하고 신체 부위를 가려 주었을 것이다. 옷을 잘 만드는 사람은 다른 이에게 기술전수도 해줬겠지? 뼈바늘을 어느 정도로 잡아야하는지 또 매듭을 어떻게 지어야 단단한지 말해주기도 하고. 만약 뼈바늘이 부러진다면? 그동안 모아 두었던 뼈 중에서 길고 얇은 것을 골라 또 갈아야 한다. 자급자족의 상황이 이런 것이다.

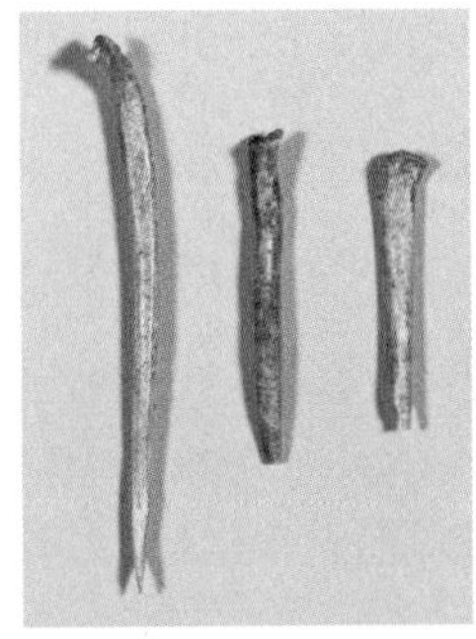

뼈바늘

가락바퀴와 뼈바늘

가락바퀴와 더불어 장신구도 출토되었다. 짐승의 뼈나 뿔, 조개, 돌로 만든 귀고리, 목걸이, 팔찌 등이 그것이다. 그때나 지금이나 아름다움을 표현하는 것은 본능인가 싶다. '뼈'로 만들었다니 약간 섬뜩하지만 잘 갈아서 모양을 내면 그 나름의 매력이 있을 것이다. 좋아하는 여자에게 건네는 선물이 될 수도 있고, 할머니에게 오래오래 함께 살자는 마음을 전할 수도 있었을 것이다.

| 사냥, 수렵, 채집

신석기 사람들은 무엇을 먹고 살았을까? 도토리가 주식이어도 이것만 먹을 수는 없었다. 그렇다면? 암사동 선사유적지가 위치한 곳은 뒤에 산이 있고 앞에 한강이 있는 '배산임수' 지역이다. 자연스레 사냥과 물고기 잡기가 가능했고 이 일은 주로 남자들이 몫이었다. 운 좋은 날은 멧돼지를 잡아와 마을에서 잔치가 열렸을 것이다. 고기는 먹고 가죽은 옷감으로, 뼈는 바늘과 장신구로 만들어졌을 것이다. 사냥과 채집은 시간이 지나면서 차츰 농경과 목축생활로 바뀌어갔다. 채집을 하면서 계절에 따른 식물들 변화가 보였고, 씨앗을 뿌리고 기다리니 수확물이 보였을 것이다. 또한 사냥을 하면서 동물새끼를 데려와 길러보면서 서서히 목축도 시작했을 것이다.

그물추

강에서 얻은 조개와 생선도 있었을 것이다. 돌 그물추와 돌화살촉을 보면 수렵상황이 예상된다. 옆에서 남편이 돌 그물추를 보더니 흔한 돌맹이처럼 보인다고 신석기인들이 이걸 썼는지 어떻게 아냐고 묻는다. 나는 잘 보면 홈이 있다고, 탄소연대측정으로 보면 시대를 알려준다고 대답했다. 남편이 유리 가까이서 유심히 보더니 정말 홈이 보인다고 신기하다고 한다. 요즘하고 기본은 비슷하다며 갑자기 표정이 밝아진다. 남편은 낚시를 좋아하는 사람이라 옛날 사람들의 이 작은 낚시 도구에 반가웠나 보다. 신석기 시대 사람들은 이렇게 산과 들판 그리고 강가에서 식량을 구해왔고 마을로 돌아와 같이 먹었다.

갑자기 생각나는 TV프로가 있다. 남편이 즐겨보는 '정글의 법칙'이다. 내용은 선사시대를 경험하면서 만들어내는 웃음과 재미, 감동이다. TV속 장소는 혼자서 살아가기 힘든 원시공간인데 우리가 경험하지 못하는 즐거움이 있다. 직접 불을 피우고, 물고기를 잡고, 집을 짓고, 끼니를 해결하면서 울고 웃고 함께하는 경험이다. 가끔 어떤 출연자는 주변에서 보이는 것들로 목걸이나 팔찌, 모자 등 장신구를 만들어 동료에게 선물하기도 한다. 시청자들은 TV를 통해 아주 먼 과거의 생활을 간접경험하며 재밌어한다. 나의 남편이 그 1인이다.

| 씨족사회

신석기시대의 정착생활은 인류에 큰 변화와 발전을 가져왔다. 따뜻해진 날씨 속에서 전보다 풍족한 먹을거리가 있었고, 한곳에 오래 있다 보니 집이 필요했다. 이후 아예 거기서 살기로 하면서 튼튼한 움집을 지었다. 시간이 지나면서 자연에서 식량을 해결하다 이제는 씨앗을 뿌려 조, 수수, 피 등 농사를 지었다. 그리고 이런 생활은 마을규모를 점점 크게 했다. 대부분 혈연관계로 같이 일하고 나누었기 때문에 공동체의식이 강했다. 동시에 이 공동체 운영을 위해는 서로 지켜야 할 질서와 약속도 있었다.

만약 마을에 문제가 생기면 경험 많은 누군가가 이를 해결했을 것이다. 이 사람은 긴 수염을 가진 할아버지가 될 수 있고, 아이들을 사랑스레 안아주는 할머니가 될 수 있다. 사냥이 어디에서 잘 되는지, 화살촉을 어떻게 만들어야하는지, 아이가 아플 때 어떻게 해야 하는지, 옷감으로 실을 어떻게 뽑아야하는지 이분들이 알려주었을 것이다. 그 앞에는 이분들 말에 귀 기울이며 고개를 끄덕이는 신석기 사람들이 있을 것이다. 실제 우리사회도 얼마 전 까지 경험 많은 어른들의 도움이 컸다. 사회생활이나 가정생활 등 일상에 부딪히는 어려움에서 이 어른들의 경험과 지혜가 필요했다. 그러나 핵가족과 혼족이 많아진 요즘 그 도움이 급속도록 약해지고 있다. 특히 스마트 폰 등장은 그 속도를 더욱 빠르게 한다. 사람들이 뭔가 궁금하거나 필요한 정보가 있으면 바로 '검색' 한다. 그만큼 사람을 대신하는 기계가 편해졌다는 이야기다. 물론 이 편리성도 좋지만 가끔은 사람과 마주하며 알아가고 배우는 기회가 그립기도 하다.

| 흑요석

전시관 안에 빛나는 작고 검은 돌이 있다. 유리처럼 날카로운 면은 사냥에서 필요한 화살촉 재료로 쓰였다. 주목할 부분이 흑요석은 흔하게 구할 수 없는 광물이라는 것이다. 한반도에서는 화산 지역인 백두산 부근에서만 나온다. 그런데 이 돌이 신석기 유적지에서 출토 되었다. 한편, 남해안 유적지에서 나온 흑요석은 일본의 규슈 지역의 흑요석과 일치했다. 이 퍼즐을 어떻게 맞춰야할까? 우리는 지역 간의 교류를 생각할 수 있다. 거친 파도가 아니면 배를 타고 일본과 교류는 가능했다. 부산에서 일본 대마도가 보이는 것처럼 생각보다 가까운 거리 일 수 있다. 신석시대에 만들어졌다고 추론되는 배를 보면 그 가능성이 선명해진다. 완벽한 모습은 아니고 배의 바닥부분이 현재 국립중앙 박물관에 전시되어있다.

흑요석

이 작은 흑요석 조각으로 사람들의 물물교류를 생각한다. 힘 좋은 남자들이 바꿀 물건을 손에 들거나 등에 지고 걸어간다. 가끔은 반갑지

신석기시대 배

않은 야생동물을 마주할 수도 있고, 길을 잃은 상황에서 '어딘가에 마을이 있겠지~' 라는 인내심이 필요할 때도 있을 것이다. 그곳이 강 건너 마을 일 수 도, 더 멀리 바다 건너 다른 지역일 수 도 있다. 시간이 지나면서 이 교류는 더 넓고 길고 다양해졌을 것이다. 걸어서 한반도 북쪽, 중국과 일본도 갈 수 있었을 것이다.

| 움집 발굴 현장

역사관 중간쯤 가니 발굴된 신석기 유적 움집터가 온전히 전시되어 있다. 한 개 움집이 크기가 대략 3m~5m 생각한다면 대여섯 집이 가깝게 자리 잡은 작은 공동체다. 눈에 보이는 움집 바닥은 현재 우리가 밟고 있는 지면보다 훨씬 아래다. 약 4m 되는 높이 차이는 약 6000년 동안 쌓인 시간의 흔적이다. 그리고 거기에는 우리 선조들의 삶이 신석기시대를 지나 청동기 고조선, 삼국시대, 고려시대, 조선 그리고 지금 현재까지 이어진다. 눈앞에 여러 개의 움집터를 보면서 6000년 전 작은 마을 공동체를 상상한다.

따뜻한 햇살이 가득한 어느 가을 오후다. 마을 한쪽에서는 남자들이 토기를 굽고 있다. 불이 죽으면 안 되기 때문에 옆에서는 주의 깊게 나무를 넣고 있다. 이번에는 큰 토기 만들기에 도전하고 있다. 앞 있는 남자가 토기위에 빗살무늬와 물결무늬 그리고 점을 찍어 더 화

움집 전시관

려한 무늬를 만들어간다. 건너편에는 여자 몇몇이 옷감을 만들고 있다. 삼베를 삶아 가늘게 뽑아 말린 삼 줄기를 꼬아가며 가락바퀴에 실을 감고 있다. 근처에서 강아지들과 뛰어노는 아이들을 보면서 가끔 미소를 보낸다. 아직 결혼 안한 여자들 두 세 명이 조개 팔찌를 만든다. 손에 잡히는 돌을 들어 가운데 구멍을 조심스레 뚫고 있다. 한명은 이미 완성했는지 자신의 팔에 찰랑거리는 두세 개 팔찌를 올려다본다. 산속으로 이어지는 길에서 대여섯 사람들 표정이 밝은 표정으로 오고 있다. 오늘은 도토리 수확이 훨씬 많다. 가을이 주는 도토리 선물은 이들에게 추운 겨울을 견디게 하는 식량이다. 움집 화로에 모여 앉아 가루를 내서 죽을 준비 할 것이다.

근처 강가에서 물고기를 잡으러 간 건장한 무리가 도착한다. 큰 잉어가 잡혀서 싱글벙글 이다. 뒤에 몇몇은 낚시 그물과 작살을 들고 따라온다. 마을 입구만 바라보는 누군가가 있다. 바로 얼마 전 소금을 구해오겠다고 떠난 남편을 기다리는 여자다. 아기를 안고 그가 언제쯤 올까 그리움과 기다림의 연속이다. 무슨 일이 있는 것은 아니겠지, 꼭 돌아오겠지 이런저런 생각들로 마음이 복잡하다. 아이가 울어 젖을 물리며 토닥인다. 날로 잘 크고 있는 딸아이가 고맙고 사랑스럽다. 옆으로는 조와 수수가 잘 크고 있는지 한 명이 걸어 다니며 보고 있다. 가을 들어 커진 알갱이를 보며 농사가 잘 되었다고 기분이 좋아 보인다. 그 건너편에는 머리가 하얀 할머니가 아이들을 모아놓고 이야기보따리를 풀어 놓는다. 마을 경계 밖으로 가면 무서운 호랑이가 나타난다고 말하니 갑자기 울음을 터뜨리는 아이가 있다. 할머니는 괜찮다고 안아서 토닥여준다.

좀 떨어진 옆에서 제법 등치 있는 남자들이 사냥에 필요한 화살촉을 갈고 있다. 바로 옆에 앉아 방법을 알려주는 분은 이 마을에서 가장 나이가 많은 할아버지다. 이분 말을 들으면서 화살촉 만드는 사람들 손이 바빠진다. 판판한 돌 위에서 힘 조절하면서 가끔을 물을 뿌리고 점점 날카로워지는 화살촉을 만들어간다. 옆에서는 이 화살촉을 나무에 튼튼히 연결하고 있다. 사냥에 필요한 준비 작업이다. 갑자기 마을이 분주해진다. 낮에 사냥을 떠난 남자들이 아주 큰 멧돼지를 잡았다는 소식이 전해졌기 때문이다. 아이들은 환호성을 지른다. 마을 큰 공터 화덕 주변으로 장작들이 쌓이며 '바베큐 파티' 가 준비된다. 그동안 사냥 성과가 없어서 더욱 기다려지는 시간이다. 해가 저물 쯤 약 오십 명 정도의 남녀노소 마을 사람들이 모여 함께 한다. 먹을 것으로 누구하나 기분 상하지 않도록 마을 어른들이 잘 조정해준다. 아이들은 이런 모습을 보고 배운다. 글자가 없어 기록은 없지만 이들의 머리와 마음에 이 배움은 계속 쌓인다.

다시 현실로 돌아 와서 눈앞의 움집터만으로 이런 풍경을 그릴 수 있다는 생각에 웃음이 난다. 생각해보니 이 상상은 너무나 친숙한 우리의 모습이다. 이 작은 공동체를 시작으로 인구가 늘고 영토가 확장되면서 모습은 달라졌지만 몇 천 년 전과 지금을 관통하는 사람과 사람이 함께하는 풍경이다. 바로 가족과 이웃이다. 갑자기 마음 한 구석이 허전하다. 솔직히 이웃에 누가 사는지도 모른 채 몇 년을 살아왔다. 바쁜 일상으로 친척들 본지가 언제인지 가물가물하다. 물질적으로 풍족하고 '우리' 보다는 '나' 로 표현되는 요즘 우리가 무엇을 놓치고 있지 생각하게 된다. 유모차에서 잠든 둘째를 바라본다. 이 아이가 커서 마주할 가족과 사람들 풍경은 어떨까?

사실 내가 그린 신석기 마을에는 가족과 이웃의 따뜻함만 있는 것은 아니다. 그들은 이름 모를 질병으로 죽기도 하고, 사냥터에서 다치기도 하고, 이웃 부족의 공격으로 가족을 잃기도 했다. 어떤 때는 식량수확이 안 좋아 배고플 때도 있고, 아이를 낳다가 죽은 경우 많았을 것이다. 그러나 이런 시련과 역경은 생존 앞에서 경험이 되고 지혜로 이어졌다. 그들을 앞에서 이끌어줄 지도자가 나타나고 돌보다 더 강한 철광석이 등장했다. 농경과 목축생활이 보다 확대되면서 인구가 증가하고 사회계급이 나눠졌다. 그리고 부족과 지역을 넘어서 국가가 등장하기 시작했고 철기문화가 나타났다. 한반도에는 고조선이 등장해 중국과 차별화 되는 철기구가 만들어졌으며 본격적인 역사시대가 되었다. 즉, 선사시대는 이 역사시대를 이어주는 과정이다. 자연에 순응하고 또 이용도 하면서 인간은 생존했고 사람들과 공존했다. 그리고 공간을 넓혀가면서 오늘날 한반도에 반만년 역사의 토대를 만들었다.

| 옥

움집터 전시관을 나와 방향을 돌린다. 그리고 작지만 의미 있는 유물을 마주한다. 2015년 유적정비 시굴조사에서 신석기시대와 삼국시대 문화층이 확인되었고 원형이 잘 남아있는 불탄 주거지가 발견되었다는 것. 그리고 빗살무늬토기, 옥장신구, 흑요석 등 새로운 연구를 위한 중요한 자료들이 확인되었다는 것. 내 눈을 번쩍 뜨게 한 단어.

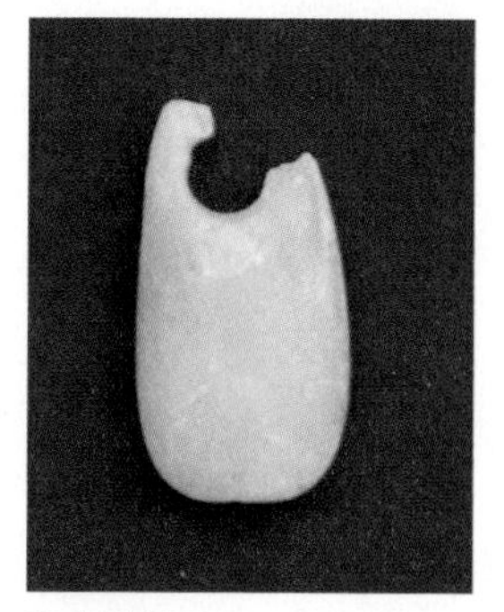
옥제 장신구

옥장신구.

신석기 시대 옥 장신구는 한반도에서 제주 고산리, 부산 동삼동 등 10여 곳에서 확인 될 정도로 출토사례가 드물다. 당시 기술로는 옥을 갈고 구멍을 뚫는 게 어렵기 때문이다. 맑고 푸른 빛깔과 은은한 광채의 옥은 주로 지배층의 사치품으로 금이 알려지기 전까지 사람들이 가장 좋아했다. 즉, 누군가는 어디에서 옥을 가져오고 또 누군가는 정교한 기술로 옥 장신구를 만들었다. 약 3cm 되는 옥이 이곳 암사유적지에서 최근 발견되었다는 것은 이들의 교류범위가 어디까지였을까 궁금하게 한다.

| 유네스코 등재 노력

안내문에 암사동 선사유적지를 유네스코에 등재하기 위해 노력한다는 내용이 적혀있다. 유네스코 등재유산이란 인류를 위해 보호 될 가치가 있다고 인정되어 유네스코가 '세계유산 일람표'에 등록한 문화재를 말한다. 여기에는 세계유산, 기록유산, 무형문화재 세 가지가 있으며 우리나라는 1995년 석굴암과 불국사, 해인사 장경판전, 종묘를 시작으로 매년 그 수가 늘어나고 있다.

최근 공주부여 백제역사지구가 세계유산, 줄다리기가 무형문화유산, 조선통신사 기록물이 세계기록유산으로 인정받았다. 세계유산으로 지정되기 위해서는 전 세계 문화 및 자연유산 중에서 유산의 완전성, 진정성, 그 가치의 탁월성 및 해당국가의 관리 능력이 국제적으로 인정되어야 한다. 일 년에 한번 개최되는 유네스코 세계유산위원회 총회에서 등재가 결정된다. 요즘 지역마다 문화유산등재 경쟁이 치열하다. 그래서 암사동 선사유적지 등재를 위해 많은 분들이 노력하고 있다. 이 노력에 어느 누구보다 관심과 애정을 더해주는 외국인이 있다. 세계 고고학계에 한국 사랑으로 유명한 미국 덴버대학교 사라 넬슨 교수이다.

70년대 초 미국군의관 남편을 따라 한국에 온 것이 인연이 되어 한국의 선사시대에 관심을 갖고 한반도 구석구석을 다녔다. 그리고 '한강 유역 신석기 시대 빗살무늬토기 연구'로 미시건대학교 박사학위를 받았다. 그 후에도 한국을 자주 방문하며 한국 고대사를 연구했다. 세계동아시아 고고학대회에 처음으로 한국고고학 독립 분과를 만들 정도로 한국 선사문화 연구에 있어 독보적인 해외 전문가다.

2016년 10월 서울 암사동 유적 국제학술 대회에서 그는 말했다. "이 암사동 유적의 남다른 가치를 오래 전부터 주목해왔다. 고고학은 거대한 피라미드나 고대 도시유적만이 아니다. 이제는 지역 고유한 특성을 찾아가는 시대다. 그런 면에서 움집을 만들고 토기를 만들어 식량을 저장하는 주거양식은 소중한 유적으로 연구 가치가 높다. 강동구가 추진 중인 암사동 유네스코 세계문화유산 등재에 힘을 보태겠다."

그가 말하는 암사동선사유적지의 가치는 보통 한국인이 생각하는 그 이상이다. 특정 나라나 민족을 떠나 인류가 공동으로 보호해야할 가치를 말하고 있는 것이다. 만약 유네스코에 등재된다면 우리나라는 문화자긍심이 커지고 유산의 가치를 재인식하는 계기가 될 것이다. 또한 훼손을 막고 보존에 기여하는 출발점이 될 수 있고, 국제적인 지명도에 힘입어 외국인 관광객이 늘어나 경제적 효과도 기대 할 수 있다.

긍정적인 마음에 사라넬슨교수에게 이메일을 썼다. 한국 선사시대에 관심을 갖고 유네스코 등재 준비에 도움을 주어 감사하고, 나는 한국 문화유산 관련 책을 쓰고 있다고 소개했다. 며칠 후 교수에게서 답장이 왔다. 다른 나라 사람들은 한국역사문화를 잘 모르기에 책 쓰는 나의 노력을 응원한다는 글이었다. 메일을 읽으며 기분 좋고 감사하고 힘이 났다. 암사동선사유적지가 만들어준 인연에 고마웠다.

역사관을 나와 다시 무더운 현재로 돌아온다. 그리고 건너편에서 보이는 선사시대체험 장소로 향한다. 마을공동체가 재현되어 있는 곳으로 설명서를 보니 사람들이 와서 수렵이나 사냥 등 직접 참여할 수 있는 프로그램이 있다고 한다. 나중에 아이들과 다시 찾고 싶다는 생각을 하면서 주위를 둘러본다. 서울에서 선사유적지의 발굴된 유물을 마주하며 당시 삶을 엿볼 수 있는 장소가 참 의미 있게 다가온다.

수렵

그러나 한편으로는 세계문화유산 등재를 위해서는 보다 많은 사람들이 공감하고 함께 할 수 있는 장소와 전시 그리고 프로그램이 있어야 한다는 생각이 든다. 다시 시원한 숲길을 걸어 나온다. 들어갈 때만해도 잘 안보이던 도토리나무가 눈에 확 들어온다. 그렇다. 이곳 암사동선사유적지에서 그 먼 옛날 사람들이 어떻게 생존했고 공존했는지를 이 도토리나무는 분명 보았을 것이다.

입구 건너편 발굴현장 현수막이 보인다. 암사동선사유적지는 우리가 어디에서 어떻게 자연과 살아 왔는지를 보여주는 시작이다. 지금도 이곳 발굴 현장에서 땀 흘리는 사람들이 많다. 이들이 붓을 들고 몇 천 년 전의 유물과 마주하는 이 시간은 앞으로 인류가 보호 할 가치를 위한 노력이다. 그리고 그 노력은 미래를 두드리는 소리처럼 들린다.

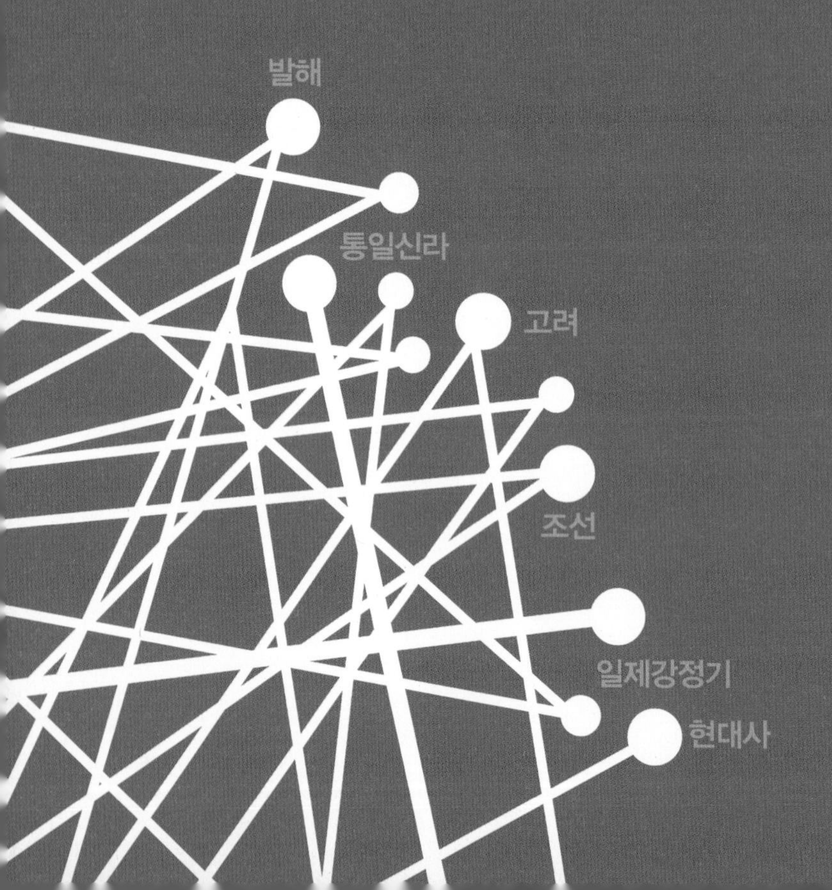
발해
통일신라
고려
조선
일제강점기
현대사

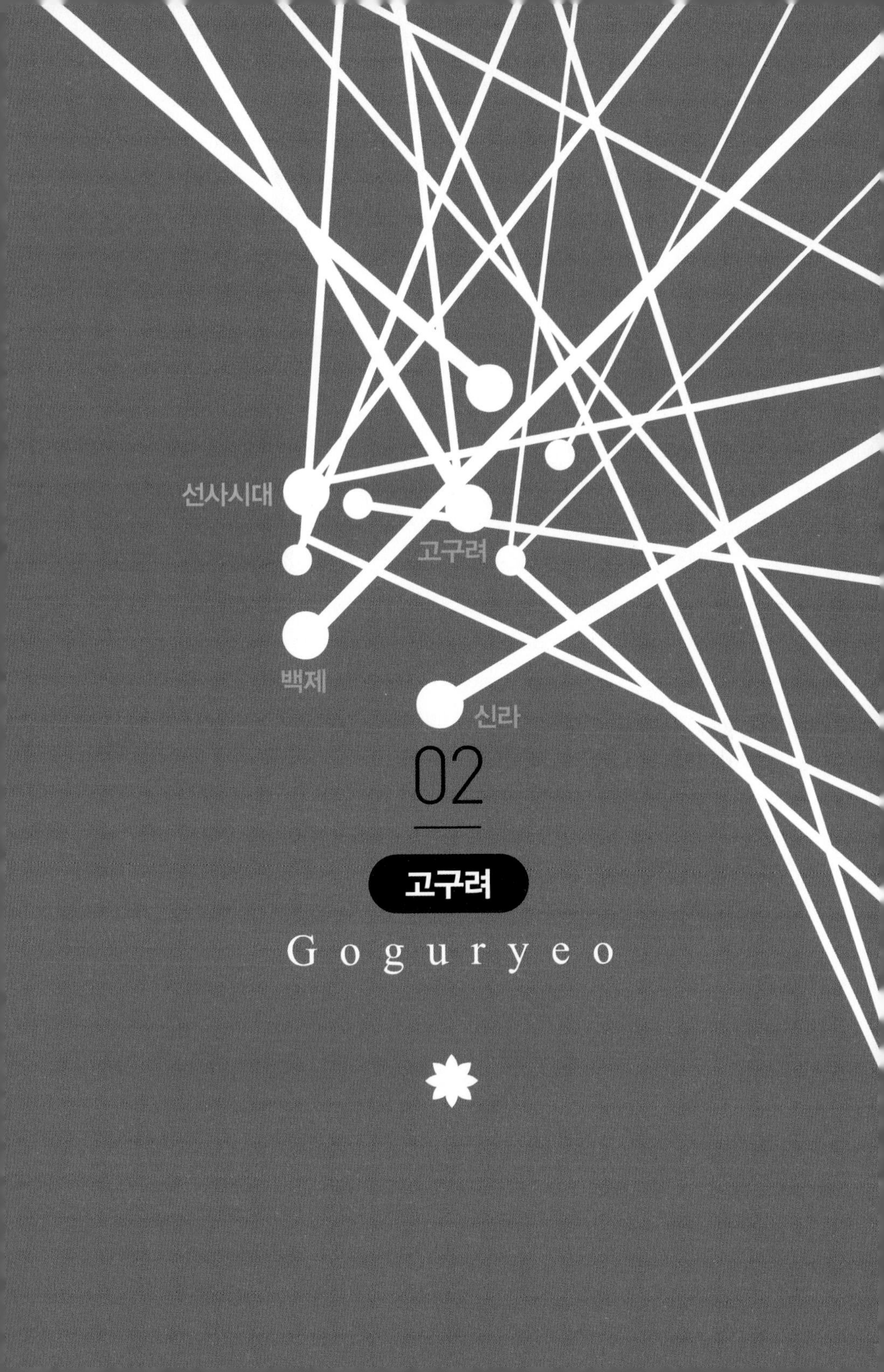
선사시대
고구려
백제
신라
02
고구려
Goguryeo

Goguryeo

02 고구려

미처 몰랐던 고구려 흔적
〈아차산 보루〉

광개토대왕 호우 | 장수왕 | 아차산 고구려 보루
온돌 | 와당

아차산은 서울 광진구와 경기 구리시의 경계이다. 용마산과 이어진 이 산은 정상까지 286m로 오르막이 완만해서 그리 힘들지 않다. 그래서 많은 시민들이 '가까운 산행'을 위해 이곳을 많이 찾는다. 등산로 중간 중간에 설치된 전망대는 방향별로 서울시를 한 눈에 볼 수 있는 시원함이 있다. 특히 남쪽으로 보이는 한강과 송파, 강동구 풍경은 보는 이에게 자연스러운 감탄사가 나오게 한다. 그러나 많은 등산객이 이 아차산을 찾으면서 놓치는 것이 있다. 그것은 1500년 전 이곳에 '고구려가 남긴 역사'이다.

아차산

한강이 내려다보이고 주변 동태를 살필 수 있는 아차산은 삼국시대부터 전략적 요충지였다. 백제는 아차산성을 축조했다 전해지고, 고구려는 아차산과 용마산의 봉우리마다 20여 개의 보루(둘레 200~300m의 작은 성채)를 쌓았다. 백제의 수도인 위례성을 지금의 송파구로 추정해 볼 때, 아차산은 그곳을 감시하기 가능한 위치였다. 실제 고구려의 장수왕이 백제를 공격해 위례성을 함락시킨 뒤 백제의 개로왕을 아단성(지금의 아차산성)아래에서 처형했다는 기록이 있다. 그러나 아차산성은 6세기 후반 한강유역을 차지한 신라의 비중이 커서 이 책에서는 고구려와 관련된 보루를 다루려고 한다. 아차산은 보기에는 작은 산이지만 우리역사의 큰 흔적을 담고 있다. 지금부터 함께 찾아보자.

오랜만에 남편과 데이트하는 기분이다. “오빠 이게 얼마만이지?” 출산 전에는 주말마다 근교로 나갔었는데 언젠가부터 외출은 집 근처가 전부다. 첫째가 걸어 다니고 기저귀를 뗄 쯤에 둘째가 태어나 독박 육아 싸이클이 다시 진행 중이다. ‘산다람쥐’ 인 내게 등산은 먼 이야기였는데, 아이 둘을 맡기고 남편과 아차산을 오르고 있다. 주변이 온통 초록물결이고 발걸음은 마냥 가볍다.

| 고구려 역사

청동기시대 한반도에는 우리나라 최초 국가인 고조선이 등장해 주변 세력을 통합하며 빠르게 영토를 넓혀갔다. 한편 한반도 북부에는 부여, 중남부에는 동예, 옥저, 삼한(마한, 변한, 진한)같은 작은 국가가 공존했다. 철기문화를 바탕으로 국가 모습을 형성해가던 시기에 고조선은 중국 한나라에 멸망했다. 그리고 한나라는 한반도 서북부지역에 낙랑(樂浪) · 임둔(臨屯) · 진번(眞蕃) · 현도의 4개 군현을 설치해 영향력을 행사했다. 이후 한반도는 정세 변

고조선 이후 주요국가

화 속에서 기원전 57년에 신라, 기원전 37년에 고구려가, 기원전 18년에 백제가 성립되었다.

고구려의 시작을 보자. 삼국유사에 나오는 고구려의 건국신화이다. 하늘의 신 해모수가 물의 신 하백의 딸 유화와 사랑을 했고, 아버지에게 쫓겨 난 유화는 동부여 궁에 들어가게 되었다. 그리고 아기 대신 알을 낳아서 동부여의 금와왕은 이를 안 좋은 징조라고 여기고 알을 내다 버리게 했다. 하지만 짐승들이 알을 피하고, 새는 알을 품어 보호했다. 그래서 금와왕은 유화에게 알을 돌려주었는데 얼마 뒤 알에서 남자아이가 태어났다. 그가 바로 주몽이다. 주몽은 '활을 잘 쏘는 사람' 이라는 뜻으로, 그는 자라면서 문무를 겸비했다. 이에 동부여의 일곱 왕자들이 그를 시기하고 급기야 주몽을 죽이려 했다. 이에 주몽은 자신을 따르는 이들과 남쪽으로 가서 졸본(압록강 북부)에 기원전 37년 고구려를 세우고 '동명성왕' 이 되었다.

신라 박혁거세나 주몽은 우리와 달리 알에서 나온 특별한 존재다. 고대 사람들은 새가 하늘과 땅을 연결하는 동물이라고 믿고 알에서 태어난 사람은 하늘의 후손으로 여겼다. 그리고 이런 특별함으로 그들이 나라를 다스렸다는 것이다. 건국신화를 시작으로 고귀함을 강조한 왕은 현실에서 강력한 힘으로 나라를 이끄는 영웅이었다. 그래서 고대국가에서는 왕이 직접 말을 타고 군대를 지휘하며 나라를 구하는 역할을 했다.

고구려는 53년 태조왕 때 주변 나라들과의 관계에서 무역, 외교, 군사권한에 대한 주도권을 갖게 되었다. 훗날 이 소국은 고구려의 수도와 5부 행정구역이 되었고, 소국 지도자들은 관료이면서 귀족신분이 되었다. 태조왕은 동쪽으로 옥저와 동예를 정복하고 서남쪽으로는 중국 한나라 한반도에 설치한 낙랑군과 싸우고 북쪽으로는 부여를 비롯한 북방민족과 전쟁을 했다. 이런 태조의 업적으로 고구려는 한반도 북부지역에서 강력한 힘을 지닌 국가로 등장하게 되었다.

고구려, 백제, 신라가 등장할 무렵 중국에서는 한나라가 무너지기 시작했다. 3세기 초 결국 한이 망하고 위, 촉, 오 세 나라가 경쟁하다 서진이 통일하는 듯 했다. 그러나 지방 반란으로 이어진 혼란 속에 북방민족과 여러 세력이 세운 16개 나라가 등장했다. 5호 16국이다. 즉, 중국본토는 혼란기의 연속이었지만 이를 이용해 한반도는 중앙집권국가로 성장하는 시기였다.

고구려 미천왕은 한나라가 세운 낙랑군을 몰아내고 북쪽으로 영토 확장을 했다. 그러나 다음 왕 고국원왕 때 북방민족 선비족과 싸우다 고구려 도읍지가 함락직전까지 갔고 고구려인 5만 명이 포로가 되었다. 고구려는 선비족과의 전쟁에 패하고 이때 남쪽으로 관심을 갖게 되었다. 고구려에서 고국원왕의 뒤를 이어 소수림왕이 왕위에 올랐다. 그는 전쟁의 상처를 극복하고 나라의 힘을 키우고자 노력했다. 먼저 중국에서 문화와 제도를 적극 받아들였다. 교육기관인 태학을 세워 유교경전을 가르치고, 법을 정비하고, 관료 제도를 안정화시켰다. 또한 중국 전진에서 불교를 받아들여 전쟁으로 지친 백성들에게 큰 위안을 주었다. 여기서 잠깐! 삼국시대에 불교는 중요했다. 그 이유는 무엇일까?

사찰 외부

사찰 내부

| 삼국시대 불교

삼국시대 왕실은 불교 수용에 적극적이었다. 불교가 왕권강화와 민생안정에 중요한 역할을 했기 때문이다. 고대국가가 성립하기 전부터 부족연맹체는 독자적인 전통과 신앙을 가지고 독립적인 영역을 갖고 있었다. 단군왕검에서 호랑이를 모시는 부족, 곰을 중요시하는 부족 그런 개념이다. 그런데 중앙집권적 국가로 발전하는 과정에서는 이러한 부족의 자율성이 방해가 되었고 전체 사회 구성원을 하나로 모아 단합시킬 수 있는 '뭔가' 가 필요했다. 그것이 바로 불교였다. 그러나 귀족세력과의 타협 없이는 불교가 공인될 수 없었다. 그래서 전생에 좋은 일로 현재 위치가 만들어졌다는 '윤회사상' 으로 귀족들의 호응을 얻었고, 귀족들은 불교 공인에 협조하게 되었다. 또한 '왕이 곧 부처' 라는 왕즉불 사상은 민심을 하나로 모아 중앙집권을 강화시켜주는 역할을 했다.

또한 삼국은 불교를 통해 서역이나 중국의 문물을 받아들여 문화예술을 발전시켰다. 그리고 삼국시대 불교는 국가번영과 왕실의 안녕에 이용되는 '호국' 불교 성격이 강했다. 또한 왕실과 귀족들의 적극적인 후원이 이어지면서 귀족불교가 확산되었고 시대가 지나면서 불교미술은 우리문화의 큰 축이 되었다.

'불교' 하면 산속 고요한 사찰과 도심에서 벗어나 느끼는 여유가 생각난다. 그러나 처음부터 사찰은 산속에 있지 않았다. 초기 불교가 수용되고 정착하면서 사찰은 사람들이 많이 거주한 지역에 있었다. 대부분 불교교리를 연구하는 교종계열로 왕실과 귀족의 후원으로 운영

되었다. 그러나 점차 사찰이 권력을 표현하는 수단으로 규모가 커지고 화려해졌다. 고려 때는 이런 교종의 폐단으로 정신 수양과 명상을 통한 깨달음을 강조하는 선종이 들어왔고 산에 절을 지었다. 그러나 고려 말 사회변화 속에서 불교탄압이 시작되었다. 지역 중심에 위치한 교종 사찰이 귀족들 사치를 조장하고 민생수탈의 장소가 되었기 때문이다. 반면 산속에 있던 선종계열의 사찰은 자급자족을 했고, 승려들은 경전공부와 명상을 주로 했기에 탄압을 덜 받았다. 이런 배경으로 현재 남아있는 우리나라 대부분의 사찰은 거의 산속에 있다. 최근 사찰에서 즐기는 '템플스테이'는 산속이 주는 편안함과 명상에서 오는 마음의 여유로 바쁜 현대인들에게 인기다.

| 광개토대왕

다시 고구려 역사로 돌아오자. 391년 왕위에 오른 광개토대왕은 백제를 공격했고 한강 유역 백제 도읍까지 압박했다. 당시 백제 아신왕은 광개토대왕의 거센 공격에 항복했으나 이후 군사력을 강화하여 복수를 시작했다. 우선 백제는 가야, 왜와 함께 신라로 쳐들어갔다. 고구려와 전쟁하기 전에 신라를 제압 한 다음 힘을 키우려한 것이다. 위기에 처한 신라는 고구려에 군대를 보내달라고 요청했고 이에 광개토대왕은 군대를 보냈다. 고구려군은 백제연합군을 물리친 후 신라에 한동안 남아 영향력을 행사했다. 이를 뒷받침해주는 증거가 '광개토

호우 1

호우 2

대왕릉비' 와 경주에서 발굴된 '광개토대왕 호우' 이다.

얼핏 보면 보통 청동그릇이지만 바닥에 적힌 글을 보면 이 유물이 주는 역사적 힘은 크다.

乙卯年國罡上廣開土地好太王壺杅十(을묘년국강상광개토지호태왕호우십)

을묘년, 국강상광개토지호태왕을 기념하며 만든 그릇이라는 뜻이다. 이 내용으로 일제강점기부터 주장되고 있는 '임나일본부설' 을 반박할 수 있었다. 우선 '임나일본부설' 은 5세기 초 일본이 한반도 남부인 백제, 신라, 가야를 점령하고 '임나' 라는 지역에 '일본부' 를 설치했다는

광개토대왕릉비

광개토대왕비문

일본측주장이다. 1910년 대 장수왕이 아버지를 위해 세운 비석인 광개토대왕비가 훼손되면서 (그의 업적이 기록되었는데 현재 중국 지린성에 위치) 1990년까지 일본보수학계에서는 정설로 받아들여지는 일본의 역사왜곡이다. 이를 반박할 수 있는 증거가 광개토대왕비의 해석과 바로 이 평범해 보이는 호우총그릇이다. 먼저 '광개토대왕비' 의 내용을 보자.

＊광개토대왕비

倭以辛卯年來渡海破百殘 ○○○羅 以爲臣民(왜이신묘년래도해파백잔라 이위신민)

일본측 해석 '왜가 신묘년에 바다를 건너 백제와 신라를 격파고 신민으로 삼았다.'

한국측 해석 '왜가 백제와 신묘년에 바다를 건너 신라를 침공하니

이를 격파하고 (고구려가) 서라벌(신라)을 신민으로 삼았다.'

같은 글자를 보고 이렇게 해석이 다르다. 그런 점에서 경주 호우는 신라에서 영향력을 행사했던 고구려의 증거가 된다. 만약, 일본의 임나일본부설이 맞는다면, '광개토대왕 호우' 대신에 '왜왕'을 기리는 유물이 나왔어야한다. 이 '광개토대왕 호우' 덕분에 고구려와 신라의 관계, 한반도 정세를 알 수 있다. 역사는 유물이나 유적, 기록 등 확실히 눈에 보이는 이정표를 찾아가는 먼 과거 여행이다.

5세기 고구려

백제 연합군을 진압한 광개토대왕은 본격적인 영토 확장을 했다. 사실 고구려에는 북방민족과의 오랜 싸움으로 연마된 전쟁기술이 있었다. 온몸에 갑옷과 말위에서 발을 고정시키는데 필요한 '등자'가 대표적이 예다. 고구려 기마병은 빠른 속도로 상대 진영에 뛰어들어 말위에서 활을 쏘고 창을 휘둘렀다. 그리고 이런 기술력으로 광개토대왕 때 우리 역사상 가장 넓은 영토가 만들어졌다. '광개토대왕' 은 넓은 영토를 차지한 왕이라는 뜻이다. 그의 아들 장수왕은 아버지가 확장한 영토를 안정적으로 다스리는데 힘을 쏟았다. 그리고 427년 왕권을 위협하던 국내성 귀족 세력을 누르고 국내성 보다 넓은 평야가 있는 평양으로 천도하면서 남하정책을 추진하였다. 그러나 이 상황은 백제와 신라를 더 압박하게 되었고 이에 두 나라는 서로 동맹관계가 되었다.

| 장수왕

개로왕 21년(475) 가을 9월에 고구려 왕 거련(장수왕)이 군사 3만명을 거느리고 와서 왕도(王都) 한성(漢城)을 포위하였다. 왕은 성문을 닫고 능히 나가 싸우지 못하였다. 고구려인이 군사를 네 길로 나누어 양쪽에서 공격하였고, 또 바람을 이용해 불을 놓아 성문을 불태웠다. ...(중략) 왕을 포박하여 아차성(阿且城) 아래로 보내 죽였다. 〈삼국사기 '백제본기'〉

475년 장수왕은 3만 대군을 이끌고 백제를 공격하여 개로왕을 전사시키고 한성을 함락시켰다. 이제 백제 도읍지가 고구려 땅이 되었다. 이에 백제 문주왕은 고구려를 피해 웅진으로 갑작스런 천도를 단행했다. 한편 5세기 고구려는 남쪽과 북쪽으로 곤란한 상황이 이어졌다. 백제와 신라의 나제동맹이 적극적으로 대치해오고 북쪽 유목민들

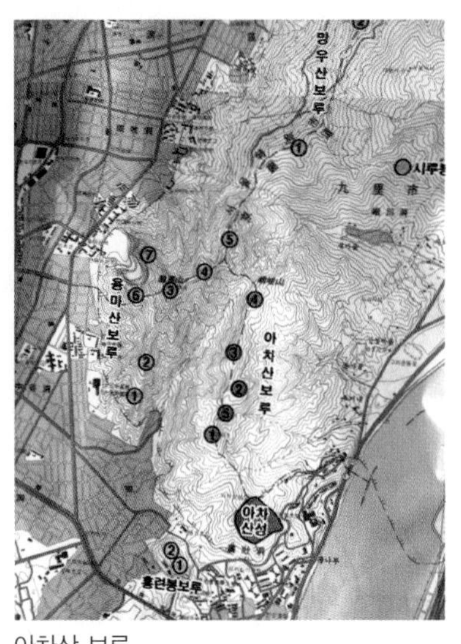

아차산 보루

과 영토문제로 긴장관계가 이어졌기 때문이다. 이에 고구려는 한강유역을 차지하고 전략상 중요한 남쪽을 더 신경 쓰고자 495년 순수(巡狩 왕이 나라 안을 두루 보살피며 돌아다님)를 실시하였다. 한강 북쪽에 군사거점 지역으로 '남평양(南平壤)이 건설되고 이를 보호하기 위한 외곽 방어선으로 자양동, 구의동, 아차산 일대로 이어지는 '보루(堡壘)'를 축조했다. 보루란 성(城)의 둘레가 300m이내의 소규모 성곽으로 적의 침입을 막기 위하여 만든 구축물이다. 현재 아차산에는 고구려가 쌓은 보루가 약 20여개 발견되었고, 이곳에서 고구려 건물터, 온돌, 토기, 철기 등이 출토되었다.

| 아차산 고구려 보루

이 고구려 보루는 어떻게 발견되었을까? 지난 1989년 아차산 부근 사찰에서 불이 났다. 당시 화재진화작업에 참여했던 광진구 향토사학자 김민수씨가 화재 후 능선에서 이어진 돌무지들을 발견했다. 그는 이곳이 관방시설임을 직감하고 아차산 일대를 조사하며, 병영지, 무너진 석탑, 돌무덤의 유구(장소) 등 많은 유적을 발견했다. 이 후 전문 발굴과 연구 조사를 통해 이곳이 고구려 보루임이 확인되었다. 남한에서 고구려 유적이 있는 유일한 현장으로 그 가치를 인정받게 되었다. 순간 생각해 본다. 만약 1989년 화재가 없었다면 '아차산' 의 의미는 어땠을까? 내가 어릴 적 살던 동네 뒷산처럼 여겨졌을 것이다. 물론 한강이 보이는 조망권으로 등산객들에게는 인기 만점이었겠지만 역사적 의미와 가치는 계속 묻혀있을 뻔했다. 산불이후 관찰력과 추진력으로 이곳을 우리에게 알려준 김민수씨에게 감사하다는 말을 전한다.

현재 광진구와 구리시는 이곳 아차산을 고구려와 연계하여 지역홍보에 활용하고 있다. 광진구는 고구려 보루와 산성, 온달장군의 러브스토리, 한강 조망권을 이용한 해맞이 장소 등으로 시민들이 찾게 하고, 구리시는 아차산을 경계로 고구려 역사 흔적의 지분(?)을 강조한다. 그리고 구리 대장간 마을을 만들어 고대시대 배경의 드라마나 영화 촬영은 물론 시민들에게 당시 삶의 공간을 보여준다.

남편과 나는 이정표에 보이는 아차산 4보루로 향한다. 계단으로 시작된 입구에는 '고구려의 숨결 아차산은 깨어있다.' 라는 슬로건 표시가 보인다. 짧지만 강하게 느껴진다. 그래 깨어있어야 적을 감시하지.

2보루 직전 전경

약 20분정도 올랐을까? 고개를 살짝 들었는데 벌써 맑은 하늘과 한강이 눈에 들어온다. "저기가 하남시야. 그 옆에 다리 보이지? 그건 구리와 암사동 연결 대교야." 손가락을 들어 내게 설명해주는 오빠에게 "그래? 와 한눈에 보인다. 근데 오빠... 안물인데...(안물어봤는데...)"라고 웃으며 말한다. 오랜만에 육아탈출을 해서 그런지 이런 농담도 즐겁다. 그런데 남편 말을 듣고 보니 맞다. 산 정상이 아니어도 맑은 날은 여기서도 잘 보이는데 저 꼭대기에서는 어떤 조망권이 펼쳐질지 벌써 궁금하다. 다시 우리는 정상을 향해 산길을 걷는다.

바위 경사를 지나 다시 숲속으로 이어진다. 이정표에 아차산 2보루가 보인다. 산을 오르면서 사람은 안 보이는데 어디선가 웃음소리와 노래가 들린다. 올라가서 무슨 상황이지 보고 빙그레 웃음이 난다. 나무 그늘진 곳을 찾아 등산객들과 어르신들이 편하게 담소를 나누고, 맛있는 도시락을 먹고 있다. 어떤 분들은 한강이 훤히 보이는 시원한 나무 아래에서 즐거운 게임을 하고 있다. "못 먹어도 고~~!!" 전문용어가 우리 쪽으로 들릴 만큼 재밌나 보다. 어떤 할아버지는 할머니 무릎을 베고 눈을 감고 계신다. 옆에서 들리는 음악소리에 손가락을 까딱까딱하신다. 이렇게 아차산이 주는 시원함과 자연풍경 속에서 '지금' 사람들의 여유가 느껴진다. 그러나 나와 남편은 '과거'의 사람들을 만나러 다시 오른다. 조금 가니 '아차산2보루'가 보인다. 안내표시와 출입금지라는 푯말, 그리고 못 들어가게 하는 기둥에 연결된 밧줄이 보인다. 안내문을 보자.

〈아차산 2보루〉

아차산 주능선에서 동쪽으로 갈라져 나온 줄기가 돌출하여 생긴 봉우리(276m)에 있다. 둘레 50m의 원형으로 추정되는 작은 보루이다. 이곳은 미사리와 암사동 일대를 내려다보기 좋고 동쪽은 암벽이 있어 방어에 유리하다. 최근에 만들어진 돌탑 바로 남쪽에는 치(稚)로 추정되는 성벽 3단이 노출되어 있었으나, 지금은 흙으로 덮어 보존하고 있다. 성벽 안쪽과 유적 주변에서는 고구려의 대표적인 토기로 꼽히는 몸통 긴 항아리 조각들이 지표면에서 발견되었다. 국가지정문화재 45호.

이 안내문을 읽어보니 분명 이곳이 국가지정문화재 아차산 2보루가 맞는데 자꾸 갸우뚱해진다. 이 문화재 안에 사람들과 아까 보았던 즐거운 시간이 보이기 때문이다. 순간 내가 잘못 본건지, 이곳이 '아차산 2보루'가 맞는지 다시 본다. 결과는 2보루에서 여유를 만끽하고 있는 등산객들이 맞다. 순간 유적지 관리를 소홀히 하는듯 지자체와 한글을 알지만 제대로 읽지 않는 사람들 때문에 물음표가 뜬다. 솔직히 발굴이 끝났는지 천막으로 덮어진 곳은 그냥 산에서 볼 수 있는 미니 언덕 이다. 만약 사람들이 안내문을 제대로 보지 않으면 분명 모를 수 있다. 게다가 '출입금지' 라고 적혀있는 표시는 누가 찢어놨는지 잘 안 보인다. 하지만, 그래도 기둥에 밧줄은 보일 거 아니냐고!! 진정하고 다시 쓴다. 약 1500년 전 군대초소 역할을 했을 이곳에서 고구려병사 모습을 상상한다. 당시에는 망원경도 없을 텐데...정말 눈을 크게 뜨고 밤에는 졸린 눈을 비벼가며 보초를 섰으리라. 그리고 비상상태가 감지되면 위에 있는 다른 보루로 급히 달려갔겠지. 봉화를 피웠을까? 산속이라 그건 무리일 듯한데..전속력을 달리는 게 맞겠지. 이런저런 생각을 하는데 앞에서 남편이 말한다.

2보루

"아줌마 가자."

이제 경사가 있는 산길이다. 앞에 같이 사는 '아저씨' 가 위험 해 보이면 가끔 손을 잡아준다. 이럴 때는 밉다가도 좋다. 빼곡한 나무들 사이로 보이는 햇살에 얼굴이 찡그려진다. 고구려인들은 한여름에,

전경

한겨울에 이곳에서 어떻게 견뎠을까? 여름에는 나무그늘이 있고 겨울에는 온돌을 사용 했을까 생각해본다. 오르다 보니 정상이다. 그리고 남편의 “와~~” 한 마디가 들린다. 나도 올라가 그 곳에 서서 “와~~”한 마디 한다. 정말 이 말이 정답이다. 저 멀리 산위에 점 하나가 남산이고 왼쪽으로 광진구, 성동구 일대가 한눈에 보이고 오른쪽으로 동대문구 멀리 내가 살고 있는 노원구도 보인다. 이날은 날이 좋아 서울이 눈앞에 아주 작게, 그리고 아주 넓게 잘 펼쳐져 있다. 그리고 이 정상에서 오른 쪽 용마산과 망월사 정상까지 한눈에 연결된 산자락이 마냥 시원하다. ‘그래서 고구려, 백제, 신라가 이곳을 그렇게 서로 차지하려 했구나.’ 를 확인하는 순간이다.

지금 서있는 가까운 곳에 아차산 3보루가 있다. 정상이라 그런지 햇볕이 강하다. 특히 더위에 약한 남편은 점점 말이 없다. 대신 땀으로 젖어가는 옷이 말해준다. 그래도 힘내자며 내가 손을 잡아주니 업어달라고 한다. 그래서 오빠가 먼저 업어주면 해주겠다고 말했다. 재밌다. 이 땡볕에 이런 농담을 주고받는 게. 안내문이 보인다.

〈아차산 3보루〉

아차산 줄기의 6개 보루 중 가장 가운데(해발 269m)에 자리하고 있다. 동남쪽의 아차산 2보루와 한강 이남은 물론, 서쪽의 용마산 보루들을 바라볼 수 있는 요충지다. 성벽 둘레 약 450m 내부면적 약 6,500㎡로 추정되어, 아차산 일대의 보루 중 가장 큰 것으로 알려져 있다. 2005년에 일부 이루어진 발굴조사에서 가장 큰 배수로와 여러 개의 건물 기단, 성벽 등이 확인되었다. 특히 다른 보루에서는 보이지 않았던 디딜방아의 불씨로 추정되는 것이 발견되어, 아차산 3보루가 병사들의 식량지원 기능을 하였으리라 추측되기도 한다. 나머지 구역이 마저 조사된다면 아차산의 다른 보루들과 관련하여 이곳이 어떤 기능을 하였는지 좀 더 분명하게 해석될 수 있을 것이다.

안내문을 읽고 올라가 본다. 산 정상에 위치한 곳. 말 그대로 산꼭대기이다. 그런데 올라가서 느낀 정상은 보통 우리가 생각하는 그런 정상이 아니다. 상암동 하늘공원처럼 잔디밭 구릉지를 걷는 기분이다. 양옆으로 나무들이 있고 가운데 등산객을 위한 것인지, 발굴현장

3보루 오르는길

3보루 돌탑

보존을 위한 것인지, 두꺼운 천으로 깔린 바닥을 걷다보니 산꼭대기 느낌이 안 든다. 그리고 순간 생각한다. 원래 있었던 나무들을 다 없애고 평지처럼 만들어 이곳에 보루를 만들었다는 것인가? 이렇게 넓은 곳을? 책을 찾아보니 사람들이 거주했을 내부공간은 평탄하게 만드는 작업이 있었다고 한다. 고구려인들이 나라를 위해 일하고 또 전투준비로 긴장했을 노력이 보인다.

점점 더위에 지쳐가던 남편이 힘없이 말한다. "입구에 안내문 안 읽으면 보통 사람들은 모르겠다." 고개가 끄덕여 진다. 우리야 적극적인 자세로 읽지만 보통 등산객들은 여기가 고구려 보루였을지 잘 모를것 같다. 이곳이 주는 좋은 풍경과 함께 잘 복원된 고구려 흔적을 보고 싶다. 어디선가 아이들 웃음소리가 난다. '혹시나' 했는데 '역시나'다. 나무 그늘아래 자리 펴고 가족소풍을 왔나보다. 아이들은 스마트폰을 보고, 부모님은 과일을 먹으면서 이야기하고 있다. 1500년 전 저 나무 아래에서 고구려 병사도 잠시 더위를 식히며 북쪽 가족을 떠올렸을지도 모른다. 같은 공간 다른 사람들이다.

3보루 끝에 도착하니 재밌는 이정표가 보인다. 같은 길인데 둘로 나눠져 오른쪽은 경기도 구리시 왼쪽은 서울특별시 광진구이다. 경계가 주는 이 장면에서 나는 순식간에 구리시와 서울시를 왔다 갔다 한다. 그 때 남편이 완만한 등산에 힘이 났는지 말한다. "치악산이나 설

광진구와 구리시 경계

3보루 걷는 길

악산에 비하면 여긴 산책로네~" 순간 웃음이 난다. 누가 보면 등산을 자주하는 사람처럼 들렸기 때문이다. 남편을 알고 지금까지 5년 동안 등산은 딱 한 번 했다. 남편은 낚시도 앉았다 일어서는 근육운동이고, 누워서 TV보는 것도 숨쉬기 운동이라고 말하는 남자다. 산다람쥐인 내가 보면 좀 그렇지만 오늘은 이렇게 함께하는 것만으로도 고맙다. 걷다보니 4보루가 보인다. 사실 이곳이 오늘 목표지점이다. 다른 곳에 비해 발굴현장에서 확인된 유물이나 유구(건물지)가 많고 복원된 고구려 보루의 모습이 거의 완벽(?)하다. 먼저 안내문을 보자.

〈아차산 4보루〉

고구려는 삼국시대의 전략적 요충지였던 한강유역에 20여개의 보루를 만들어 남진정책의 전초기지로 활용하였다. 아차산 일대의 보루는 475년 고구려 (장수왕 63년)가 한강 유역에 진출 한 후 551년 신라와 백제에 의해 물러날 때 까지 사용되었다. 아차산 4보루도 토기 형태와 목탄의 연대측정결과, 5세기 후반부터 6세기 중반 사이에 만들어진 것으로 추정된다. 이곳은 크게 성벽과 건물터로 구성되어 있다.

둘레 249m성벽은 지형의 경사면을 이용하여 바깥 면을 돌로 쌓음과 동시에 안쪽 경사면을 돌과 흙으로 다져 메우는 방법으로 만들었고, 외부감시와 침입하는 적을 방어하기 유리한 곳에 치(雉)를 설치하였다. 독특한 구조의 남쪽 이중치는 출입구로 추정되며, 고구려 성 쌓기의 전

아차산 4보루

아차산 4보루 발굴

형인 퇴물림(들여쌓기) 형식이 잘 나타나 있다. 성벽 안쪽의 건물터는 병사들이 생활에 필요한 온돌과 배수로, 저수조 등이 배치되어 있다. 이곳에서는 항아리, 명문접시, 시루 그릇과 투구, 찰갑, 창, 도끼, 화살촉 등 무기와 낫, 쇠스랑 농기구, 재갈과 등자 등 말갖춤이 발견되었다.

아차산 4보루 출토

| 철기문화

'고구려, 강철검의 비밀을 밝히다.' 갑자기 '주몽' 드라마가 생각난다. 가볍고 강한 무기는 고구려 국력이었다. 고구려의 철 제련기술은 오회분 4호 고분에서 볼 수 있다. 쇠를 올려놓고 망치로 두드리는 제철신의 모습이 벽화 천장에 그려져 있다. 한편, 고구려가 남진정책을 하면서 꼭 확보해야하는 곳이 바로 한강이었다. 그리고 여기 4보루에서 발견된 무기류를 통해 고구려군의 철기제련을 상상해볼 수 있다. 화살촉과 도끼, 창 등 병사들이 구축한 보루들에서 공통적으로 이런 철기유물이 나왔다. 이를 근거로 구리시에서는 고구려대장간 마을을 만들었다. 멀게만 느껴지는 고구려역사를 친근한 마을 분위기에서 볼 수 있고 직접 내부도 들어가 볼 수 있다. 물론 현대적 감각으로 장식한 부분도 있지만 분명 이곳을 찾아가는 시민들에게는 좋은 추억의

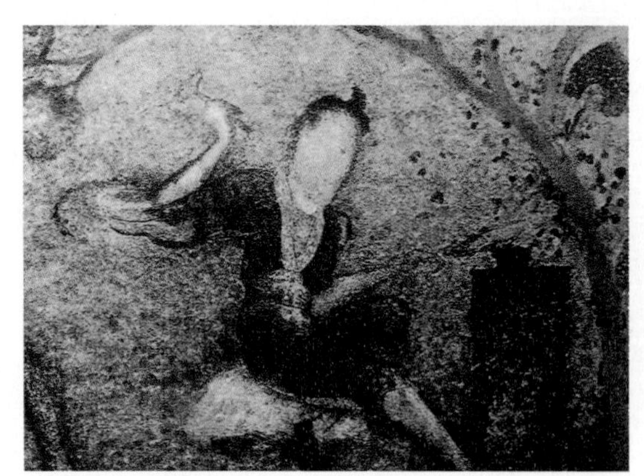

오회분 4호묘 야철신

구리 고구려 대장간 마을

장소가 될 것이다. 특히 마을 중심부 대장간은 고구려의 제련기술을 엿볼 수 있다.

| 온돌

학계에서 우리나라 온돌문화의 시작을 고구려로 본다. 고구려가 위치했던 중국, 러시아 일대의 날씨는 매우 추워 돌을 데워 쓰는 난방이 발달 했을 것으로 추정한다.

"고구려인들은 짚으로 지붕을 잇고, 겨울철에는 구덩이를 길게 파서 불을 지펴 방을 데운다." 중국 신당서(唐書)

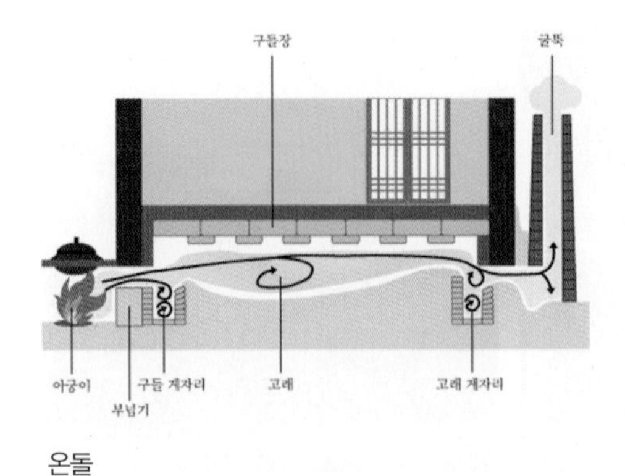

온돌

고구려인들의 독특한 온돌(구들)생활을 당나라가 간략하게 기록했다. 즉, 바닥을 뜨겁게 해서 실내를 따뜻하게 하는 난방법이다. 온돌은 불을 지피는 아궁이, 불길이 지나가는 고래, 고래를 덮는 구들장, 연기의 역류를 방지하고 불길을 내보내는 불 고개, 연기가 나가는 굴뚝으로 구성된다. 온돌은겨울에는 따뜻한 온기, 여름에는 시원함이 있는 효율성과 과학성이 있다. 아차산 4보루에서 발굴된 고구려의 온돌은 방 전체를 덥히는 구들이 아니라 방안에서 일부만을 덥히는 ㄱ자형과 직선형 온돌 '쪽구들' 이

아차산 온돌

다. 놀라운 것은 백제 · 신라문화에서는 온돌이 발견되지 않고 있다는 점이다. 그런데 온돌 증거가 이곳 아차산 고구려 보루에서 발굴된 것이다.

어릴 적 시골에 가면 아궁이에 장작을 넣어 방안을 [따숩게] 했던 큰엄마, 추운 겨울 뜨끈뜨끈 아랫목으로 앉으라고 손을 잡아주던 고모, 따뜻한 방바닥에 누워 귤이나 과자 먹으며 언니동생들과 나누던 담소가 스친다. 그리고 몸이 으스스 춥게 느껴지면 보일러 온도를 높여서 이불속에서 잠들던 기억도 있다. 이런 추억들이 고구려 온돌에서 이어져온 나와 우리의 풍경이다. 21세기 아무리 최첨단 기술로 만들어진 아파트 주거공간도 바닥은 이 온돌을 응용한 난방시설이다. 물론 연탄가스 사고도 있었지만 온돌은 시간과 공간을 초월에 '지금'과 연결된 우리의 문화다.

| 등자

고등학교 국사선생님이 고구려 기마병의 핵심 기술은 '등자(발걸이)' 라고 강조했던 기억이 난다. 얼핏 보기에는 단순한 고리 모양으로 '이게 뭔가' 싶지만 이 발걸이가 세계 전쟁사의 흐름을 바꿔놓았다는 주장이 있다. 바로 경희대학교 강인옥교수가 한 말이다. 그는 '동토위에 피어난 문명: 시베리아의 고대문화, 그리고 한국' 을 주제로 한

수렵도

등자

강연회에서 고구려 등자문화가 유럽으로 전파되는데 일익을 담당했다는 주장을 전했다.

강교수에 따르면 인류 역사상 철제 등자를 가장 일찍 만들었고 잘 다룬 민족은 흉노족이다. 이런 등자는 단순해 보이지만 발을 말에 단단히 고정시키면서 기사가 말 잔등 위에서 자유로운 행동을 할 수 있도록 도와준다. 따라서 달리는 말 위에서 활을 쏘거나 창을 휘두를 수 있는 등 제 2, 3의 연계 동작이 가능하도록 해준다. 기병(騎兵)이 궁수와 검술사를 겸하는 것이 이때부터 가능해 지면서, 고대의 전쟁하는 모습을 획기적으로 바뀌어 놓았다. 고구려가 강성할 수 있었던 것도 바로 흉노의 등자제조 기술을 이른 시기에 수입할 수 있었기 때문이라고 강교수는 밝혔다. 그는 "흉노는 중국 한나라에 밀려 시베리아 지역을 내주고 서진, 즉 유럽으로 이동하기 전까지 고구려와 국경을 접하고 있었다."며 "고구려는 이 과정에서 등자기술을 수입한 것으로 보인다."고 전했다.

언젠가 TV에서 몽골족을 소개하는 방송을 봤다. 10살도 안되어 보이는 남자어린이가 말을 얼마나 잘 타던지 함께 보던 남편도 놀랬다. 물론 현지인들에게 말은 생존일 수 있지만 나처럼 말을 한 번도 타 본 적이 없는 사람에게는 마냥 대단해보였다. 특히 발걸이(등자)에서 짧지만 강한 터치로 말을 리드하는 모습이 참 절도 있어 보였다. 젊은 청년은 그 말 위에서 하늘의 사냥감을 정확히 맞추는 노련미도 보여주었다. 그 때 내가 참 인상 깊게 보았던 몽골인의 '절도' 있는 터치가 바로 이 등자였다. 이 등자가 지금 서있는 아차산 4보루에서 발견되었으니 정말 반가웠다. 그런데 갑자기 궁금하다. 이곳 산꼭대기에서 말을? 하긴 아까 3보루를 걸어오면서 말 타기는 가능해보기기도 했다. 그리고 당시 이곳에 주둔했던 고구려군에는 분명 높은 장군도 있을 텐데 그들은 말을 탔고 여기 보루에서 저쪽 보루로 갔을까?

| 와당

여기 아차산 4보루에서 발굴되지는 않았지만 꼭 나누고 싶은 유물이 있다. 바로 와당이다. 고구려 보루군의 하나인 홍련봉 보루에서 다

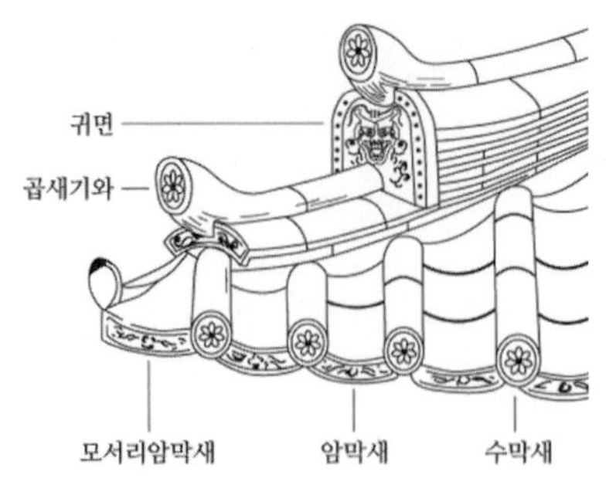

와당

량의 고구려 기와와 함께 연화문 와당이 발굴됐다. 남한 지역에서 고구려 연화문 와당이 출토되기는 처음으로, 고구려군 사령부 건물이 축조됐던 것으로 추정된다. 와당이 무엇인가? 기와의 마무리에 쓰이는 건축적 장식이다. 그럼 연꽃무늬 와당은 말 그대로 연꽃모양이 있는 와당이다. 즉, 삼국은 이렇게 건축에서도 불교의 미를 표현했다.

학창시절 와당을 책에서 봤나 안봤나? 솔직히 기억나지 않은 유물이었다. 그러나 우리 문화유산에 관심이 생기고 다시 보니 이 작은 와당무늬 하나에도 시대가 담겨 있었다. 삼국시대 불교가 수용되기 전

고구려 와당

백제 와당

신라 와당

에는 새, 동물 등 다양한 와당무늬가 있었다. 예전 경주여행에서 사람 얼굴의 와당을 보고 참 귀엽다 생각했다. 특히 한쪽이 부서진 모습이 더 정답게 다가왔다. 한편 삼국문화는 불교를 공통분모로 만들어진 시대라서 얼핏 보면 비슷하지만 잘 보면 다르다. 고구려 와당은 심플하면서도 간결미가 있고 백제 와당은 여성미가 느껴진다. 그리고 신라는 통일 이후 불교미술의 발달로 더 다양하고 화려한 무늬가 있다. 문화유산에 관심이 있으니까 이런 차이가 보이고 느껴진다.

다시 홍련봉에서 발견된 연꽃무늬 와당으로 돌아오자. 이곳은 다른 보루에 비해 높은 지위의 사람들이 머물던 사령탑으로 추정된다. 그 증거가 기와에 와당이 있는 건물터이다. 그렇다면 이곳에서 그 높은 분들은 어떤 모습으로 어떤 생각을 했을까? 부처님에게 이 대치상황을 빨리 끝내달라고 빌었거나, 또는 남쪽으로 선제공격을 계획했을 수 있다. 이 작은 와당 조각하나로 그때 모습이 참 궁금해진다.

이제 본격적으로 아차산 4보루를 향해본다. 발굴 당시의 돌과 최근 복원과정에서 섞인 돌들이 만들어낸 성벽이 보인다. 디자인을 전공한 남편은 색감이 예쁘지 않다고 말하지만 나는 발굴과 복원의 노력으로 보인다. 입구에 "소중한 문화재를 아껴 우리 후손에게 물려줍시다. 이곳으로 들어가지 마시오."라고 적혀 있다. 읽으면서 문화재는 우리가

4보루 치 복원

알고 느끼며 잘 전해 줘야 함을 다시 생각하게 된다. 근데 다 알면서도 행동이 참 힘들다. 예전에 수덕사 대웅전 벽면에 한글 낙서를 보고 화가나 씩씩거렸고 그때 옆에 있던 남자친구 등을 치며 “아니 왜~~ 여기까지 올라와서 낙서를 하냐고!!” 살짝 짜증을 냈다. 갑작스런 나의 감정적 행동에 그는 묵묵히 맞아주며 “그러게....”라고 대답했다. 그가 지금 아차산 4보루를 오르고 있는 나의 남편이다.

2중문이라고 불리는 입구에 목책이 보인다. 건물지라는 안내문 앞에 아궁이와 이름 새겨진 토기, 철제 투구 등이 출토되어 지위가 높은 인물이 머물렀을 것으로 추정된다고 적혀있다. 사실 안내문이 없다면 그냥 지나 칠 수 있는 평지 같다. 그러나 관심과 애정(?)으로 이 평지를 보고 여기에 머물렀을 갑옷 입은 높은 분을 상상해본다. 겨울에 온돌로 데워진 방에서 그는 생각에 잠겼다. 빨리 전쟁을 끝내야 병사들도 고향으로 갈 수 있기에 신라와 백제연합군을 이길 전략을 세워보기도 한다. 그리고 많은 수의 고구려군도 떠올려본다. 덥고 춥고 살기 힘들었을 이곳에서 그들을 버티게 했던 힘은 무엇이었을까? 나와 가족보다 더 중요했던 '나라'를 지키기 위해서 여기 있었을 것이다. 어떤 이들은 나라에서 시키니까 왔을 수도 있겠다. 이유는 달라도 그들이 남긴 흔적을 보면서 시대를 초월해 사람을 움직이고 행동하게 하는 힘이 무엇인지 생각해본다.

조금 걸어가니 저수시설 안내가 보인다. 물을 저장했던 흔적이 발굴되었다는데 역시 아무것도 안 보이는 풀밭이다. 저수시설? 물을 길어왔거나 비오면 받았거나 두 중 하나 일 텐데 혹시라도 비가 안 오는 상황이면? 역시 고구려 병사들의 임무가 막중했을 것이다. 산꼭대기까지 물을 들고 와야 생존과 공존이 가능했으니까 말이다. 점점 하늘이 가까워지고 이전까지 보았던 한강과 강 건너 모습이 더 가까워진다. 특히 복원된 '치' 근처에서 보니 그 가까움이 더 선명해진다. 치

4보루

4보루 치에서

는 성벽에 접근하는 적을 옆에서도 공격할 수 있도록 성벽 일부를 돌출시켜 만든 구조물이다. 남편에게 말한다. "오빠, 1500년 전 고구려 장군처럼!" 남편은 바로 용맹을 장착해서 "나를 따르라~~~!!" 나는 카메라를 들어 '찰칵' 한다. 남편이 서있는 저 자리에 고구려병사가 서 있었겠지. 비가 오고 눈이 내리고 바람이 불어도 긴장하며 늘 있었겠지. 전쟁이 끝나고 집에 가고 싶었겠지. 아니면 어느 날 갑자기 강 건너 넘어오는 신라와 백제 연합군에 깜짝 놀라기도 했겠지.

한편 6세기 중반 고구려의 국제 정세에 큰 변화가 있었다. 544년 고구려는 왕위계승을 놓고 귀족 간에 분쟁이 일어났다. 다음해 어린 왕자가 양원왕(陽原王)으로 즉위했지만 정치적 분쟁은 계속되었다. 고구려의 혼란은 백제에게 기회가 되어 고구려 공격으로 한강 하류지역 6개 군을 점령했다. 한편 신라도 한강 상류 10개 군을 차지했다. 즉, 나제동맹의 성과였다. 하지만 신라는 중국과 직접 교류를 위해 백제와 동맹을 깨고 고구려와 타협했다. 그리고 이 타협은 신라가 한강유역을 차지하면서 깨지고 고구려군은 북쪽으로 급히 철수했다.

이후 오랜 분열 끝에 중국을 통일한 수나라와 그 뒤를 이은 당나라는 여러 차례 고구려를 공격했다. 이에 고구려는 살수 대첩(612년), 안시성 전투(645년)에서 나라를 지킬 수 있었으나 계속된 전쟁으로 국력이 약해졌다. 한편 666년 최고 권력자였던 연개소문이 죽자, 그의 아들들 사이에 권력 다툼이 벌어졌다. 결국 내분으로 기울어져가던 고구려는 신라와 당나라 연합군의 공격으로 668년 멸망했다. 고구려가 멸망한 뒤 유민들에 의해 고구려 부흥 운동이 일어났지만 실패했고,

훗날 당나라로 끌려간 고구려 사람들 중 일부가 발해를 건국하여 고구려를 계승했다.

아차산 4보루를 내려오면서 생각해본다. 고구려 보루에서 출토된 유물과 유구를 바탕으로 유추해보면 고구려군은 475년 백제 한성을 함락시킨 후 551년 이곳을 신라에 빼앗길 때까지 약 76년간 머물렀다. 고구려군이 이곳 아차산에서 20여개의 보루를 만들고 한강 주변을 감시하며 지키려는 것이 무엇이었을까? 광개토대왕의 영토확장과 더불어 장수왕의 남하정책을 성공시키면서 고구려는 보다 강력한 국가를 만들고 싶었을 것이다. 그 출발이 바로 한강유역이었다. 중국과 직접교류 해 선진문화를 수용하고, 넓은 평야도 식량문제해결에 유리했으며, 한반도 중앙 위치도 넓은 영토를 다스리는데 적합했을 것이다. 이 전략적 요충지를 백제가 먼저 알았고 그래서 고구려가 빼앗아 주인이 되었다. 그러나 뒤늦게 알게 된 신라는 군사를 정비하고 기회를 잡아 마지막 주인이 되었다.

'만주벌판 달려라 광개토대왕~' 고구려 역사는 우리민족이 강대국에게 당했던 험난한 역사와 분단국가에서 오는 안타까움에 대한 위로다. 그러나 이곳 남한 아차산에서 마주한 고구려 흔적은 광활한 만주는 아니었지만 우리가 직접 접할 수 있는 공간이다. '만약 신라가 아니라 고구려가 통일했다면…' 이라는 아쉬움의 가정은 이제 안하겠다. 대신 당시 모습을 객관적으로 보고 국내정세불안과 국방력을 제대로 챙기지 못했던 고구려의 상황을 인정하려한다. 또한 이곳 보루에서 출토된 토기, 철기제품, 와당, 온돌 등 유물을 통해 그들의 삶을 알아가고 느끼며 전하고 싶다는 생각을 해본다. 여기 아차산에 숨은 고구려의 흔적은 앞으로 더 발굴, 연구되어 많은 사람들이 함께 공유되기를 바란다.

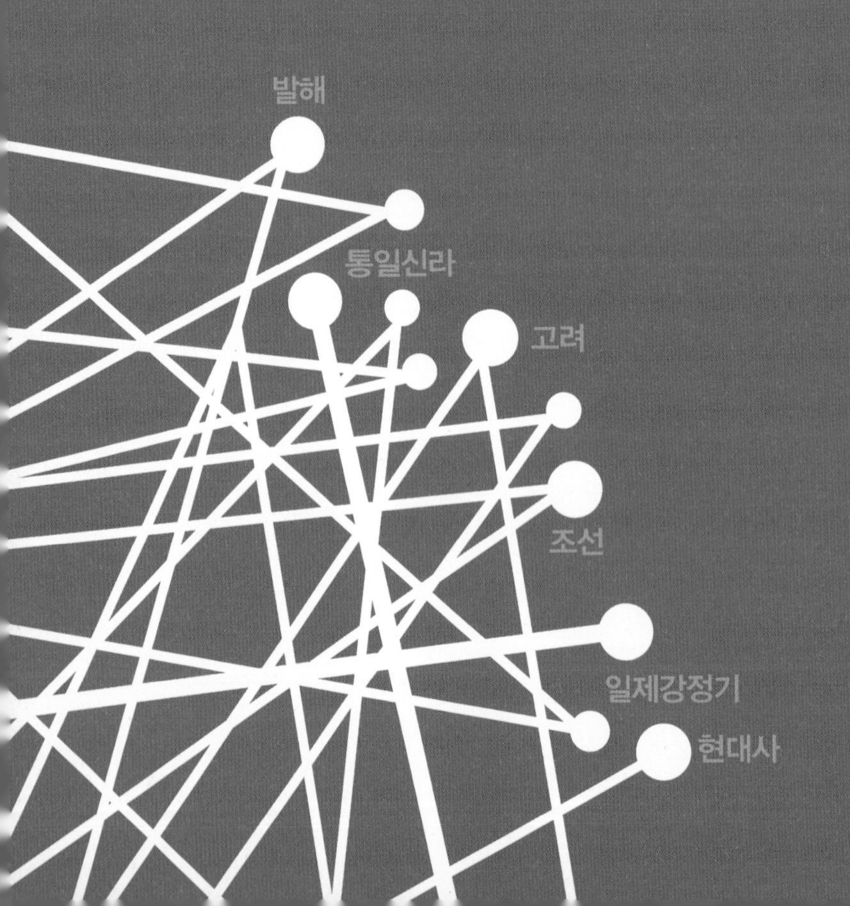
발해
통일신라
고려
조선
일제강점기
현대사

선사시대
고구려
백제
신라
03
백제
Baek Jae

Baek Jae

03 백제

잃어버린 왕궁을 찾아서
〈풍납토성과 몽촌토성〉

풍납토성 | 경단지구 | 올림픽공원과 몽촌토성
한성백제박물관 | 칠지도

“여기가 백제시대 왕궁이었다고? 진짜?” 남편의 첫 반응이다. 건너편 천호동에서 어린 시절을 보낸 남편은 이곳이 익숙하면서도 신기하다는 표정이다. 눈이 오면 친구들과 비닐포대로 썰매를 탔다던 이 언덕. 이곳이 2000년 전 백제 수도였다는 사실이 믿어지지 않나보다. 나는 백제시대 왕궁이라고 거의 추정되는 곳이고 사실 많은 사람들이 잘 모르는 곳이라고 말한다.

보통 ‘백제’ 하면 충청도 공주와 부여를 떠올린다. 많은 백제문화 유적지를 접할 수 있는 곳이니 당연하다. 그러나 백제는 약700년 왕조

풍납토성

국가로서 공주와 부여시기는 185년 정도이다. 그렇다면 나머지 500여 년 백제의 역사는 어디에? 그곳은 바로 우리가 살고 있는 서울이다. 광복 직후만 하더라도 송파구 일대에는 백제역사의 비밀을 풀어줄 유적들이 많았다. 그러나 개발이라는 이름으로 많은 유적들이 제대로 발굴되지 못했고, 이미 고층빌딩과 아파트건축으로 없어진 경우도 많다. 그래서 사람들이 백제와 서울을 연결 하는게 쉽지 않다. 그래도 다행인 것은 우리가 백제 유적을 볼 수 있는 곳이 있으니 바로 풍납토성이다.

천호대교를 건너면 바로 오른쪽으로 큰 빨간 풍차와 바람개비가 보

풍납토성 바람개비

인다. 송파구 풍납동에 있는 '풍납토성' 북쪽 부분이다. '풍납'은 '바람드리'라는 순우리말로 한강 바람이 많이 불어 붙여진 이름이다. 남북으로 긴 타원형 모양의 이곳은 백제 초기 토성으로 둘레가 4km가 넘고 한반도에서 최대 규모다. 탄소연대측정으로 보니 풍납토성은 기원전 2세기에서 기원후 3세기 사이에 축조되었다. 백제의 역사를 간단히 정리하자.

| 백제 700년 역사

건국은 고구려와 이어져 있다. 주몽이 고구려를 세울 때 쯤 졸본부여 왕은 주몽이 특별한 사람이라 여기고 자신의 딸(소서노)과 결혼시켰다. 이때 낳은 맏아들이 비류, 둘째가 온조 이다. 그런데 어느 날 주몽이 동부여에서 낳은 아들이 찾아와 태자(유리왕)가 되었다. 비류와 온조는 어머니 소서노와 고구려를 떠나 비류는 미추홀(인천)에 온조는 위례성(한강남부)에 도읍을 세우고 나라이름을 '십제' 라고 정했다. 기원전 18년이었다. 이후 미추홀 땅이 습하고 소금기가 많아 사람들이 위례를 찾아왔고 십제는 크게 성장하여 나라이름을 '백제' 로 바꿨다. 백제의 한강유역은 많은 농사에 유리했고 서해를 잇는 바닷길로 중국의 선진문물을 받아들였다.

한반도에는 중국 한나라가 고조선을 멸망시킨 후 낙랑, 대방 등 군현을 설치해 간섭했다. 그러나 고구려, 백제, 신라가 성립 할 때 쯤 중국 한나라가 흉노의 공격과 내부의 권력다툼으로 기울고 있었다. 3세기 초에 중국은 5호 16국시대로 잦은 전쟁과 많은 왕조의 흥망성쇠가 이어졌다. 한편, 백제는 오랜 왕위 계승 혼란을 끝내고 346년 근초고왕이 등장하게 된다. 그는 귀족을 누르고 강력한 왕권으로 영토 확장에 힘썼다. 남쪽으로는 마한 세력을 통합하고 충청도, 전라도, 낙동강 가야 일부까지 영토를 넓혔다. 이제 북쪽 진출을 계획했다.

371년 백제는 고구려의 선제공격을 잘 막고 그 해 겨울 3만 군대를 이끌고 평양성을 공격했다. 이 싸움에서 고구려 고국원왕은 전사하고

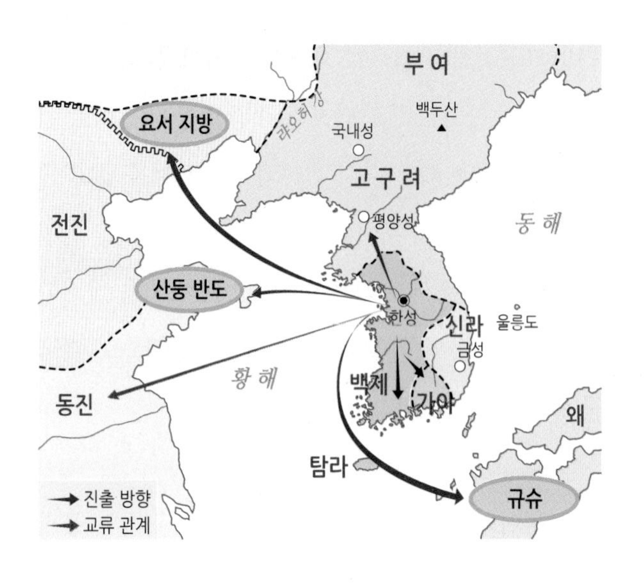

백제는 황해도 지역까지 영토 확장을 했다. 이 후 근초고왕은 중국 남조 동진(東晋)과 정식 수교함으로써 국제적 위상을 높이고, 나아가 369년 일본 열도의 왜(倭) 야마토정권과 외교관계를 수립했다. 당시, 백제는 불교와 한자, 농업, 유교 등 선진문물을 일본에 전하기도 했다. 이에 일본은 백제가 위기에 처했을 때 지원군을 보내는 등 두 나라의 친선관계가 형성되었다. 이를 설명해주는 유물이 칠지도다. 백제가 왜왕(倭王)에게 수여한 이 칠지도(七支刀)는 현재 일본의 국보로 지정되어 나라현 이소노카미 신궁에 보관되어있다. 물론 한국과 일본 간 해석의 차이는 있지만 당시 백제와 왜의 관계를 알 수 있는 유물임은 확실하다.

그러나 4세기 후반 고구려의 반격으로 백제는 수세에 몰리게 되고 475년 장수왕에 의해 백제 한성이 함락되자 문주왕은 웅진(공주)로 천도했다. 그 후 국력을 회복한 백제는 다시 신라와 동맹관계를 맺고 중국 남조와 일본의 외교관계 속에서 부여(사비성)에 새로운 도성을 건설했다. 그리고 고구려와의 전쟁에서 승리해 마침내 한강유역을 차지한다. 하지만 신라의 배신과 중국의 통일 왕조 당나라의 등장으로 결국 660년 나당 연합군에 의해 멸망했다.

다시 풍납토성으로 돌아와서 이곳이 백제가 475년 고구려의 공격 전까지 약 500년 동안 수도로 예상되는 곳이다. 겉으로 보기에 그저 낮은 구릉지가 이어진 곳인데, 이 토성 안에서 약 2000년 전 백제인들의 삶이 묻혀있다 생각하니 기분이 이상하다. 이 풍납토성은 어떻게 발견되었을까?

| 풍납토성의 발견

1925년 대홍수에 각종 유물이 출토되었으나 발굴조사는 제대로 되지 않았다. 그리고 광복 이후 풍납토성의 성벽만 사적으로 지정되고 그 안은 거의 방치되었다. 그러다 1990년대 재개발 속에서 풍납동 일대에 아파트건축이 시작되었다. 고층 아파트는 주차장과 건물의 기초를 위해 지하 깊숙이 파기 때문에 유적 훼손이 심하게 될 수 있다. 이

풍납토성

런 상황에서 1997년 사회적 관심이 이곳 풍납토성에 집중되었다. 이형구교수가 공사현장에 몰래 잠입해 백제문화층을 발견했기 때문이다. 아파트 공사는 중단되고 국립문화재연구소의 발굴조사로 풍납토성 안 지하 4m아래 백제시대 유적을 확인했다.

풍납토성 단면도

1999년에는 풍납토성 동벽에 대한 절개조사가 이루어졌는데 넓이

40m이상, 높이 12m 이상, 길이 3,500m 정도의 거대한 규모였다. 학계에서 이곳이 왕성이라는 목소리가 커졌다. 이렇게 많은 인력이 필요한 토목공사는 강력한 국가 권력이 아니면 불가능했기 때문이다. 따라서 풍납토성의 축조는 백제의 국가 형성 시점과 긴밀히 연결되어 있다. 그런데 흙을 쌓아 만들어진 이 풍납토성을 보고 있으니 갑자기 궁금해진다. 비바람에 쉽게 무너지는 흙으로 어떻게 이렇게 크고 견고한 성으로 만들 수 있었을까?

판축기법

백제인들은 이 풍납토성을 '판축기법' 으로 쌓았다. 이 방법은 우선 네 개의 나무 기둥을 땅위에 세우고 기둥 사이를 판자로 막는다. 그 다음 일반 흙과 나뭇잎과 나뭇가지를 잘게 잘라 섞은 진흙을 한 층씩 번갈아 쌓는다. 흙과 진흙을 단단하게 다지면서 진흙이 접착제 역할을 해 흙이 무너지는 것을 막아준다. 배수홈도 만들어 물이 고이지 않게 했다. 구역공법으로 공간을 나누어 지어 단단한 토성건축이 가능했다. 풍납토성과 몽촌토성이 약 1500년이나 지난 오늘날 까지 남아있는 것이 바로 이 기법덕분이다.

눈앞에 보이는 드넓은 언덕 '풍납토성'은 백제인들이 이렇게 직접 만든 것이다. 흙을 어깨에 짊어지고 위에서는 그 흙과 진흙을 섞어 단단히 누르며 토성을 만들어갔다. 이것은 백제인들이 손과 마음이 켜켜이 쌓은 노력이다. 이 토성의 길이가 3,500m 넓이가 40m이상, 높이가 12m 이상. 이 숫자는 그 이상의 의미다. 그동안 잊고 있었던 백제 역사를 생각하게 하고, 이 토성 안에서 백제인들의 삶을 찾아가는 현재의 발굴현장으로 다가온다. 또한 미래세대에게 백제시대를 알려줄 교육의 장소이다. 그러나 그동안 주민들 반대로 발굴이 쉽지 않았다.

| 경당지구

우선 1999년 풍납토성 내부 가장 중심부에 위치한 경당지구(제사터) 발굴조사 시기였다. 재건축을 앞두고 발굴조사로 공사가 지연되자 지역주민과의 갈등이 시작되었다. 과거역사도 중요하지만 현재를 살아가는 주민들의 재산권도 보장해야 된다는 입장이었다. 한편 문화재청과 정부기관에서는 주민 보상문제에 바로 답할 수가 없었다. 그러던 중 재건축 조합장과 주민 몇몇이 유구(집터,구조물)를 훼손했다. 정부와 주민 사이의 갈등이 고조되는 순간이었지만 극적으로 주민보상이 타결되어 현재 이 경당지구는 전면 보존되었다.

이곳을 찾았다. 보기에는 주춧돌 몇 개로 '이게 뭔가~~' 싶은 첫

풍납토성 경당지구 전경

인상이다. 그러나 여기는 국가 차원에서 제사를 지낸 공간임을 알려주는 증거들이 묻혀 있었다. 먼저 여(呂)자 형태의 건물터가 발굴되었고 규모나 모양으로 봐서 제사건물터로 추정하고 있다. 옆에

경당지구

서 발견된 구덩이에서 토기 조각을 비롯해 곡물과 동물의 뼈가 발견되었다. 그 중에서도 눈길을 끄는 것은 말머리 뼈의 출토였다. 말은 비싸고 귀한 대접을 받았기에 특수한 목적이 있지 않고는 말목을 자른다는 것은 있을 수 없는 일었다. 말은 이동의 수단이자 전쟁에 있어 중요한 군수물자였고 말의 관리는 곧 국가차원에서 이루어졌다.

토제마

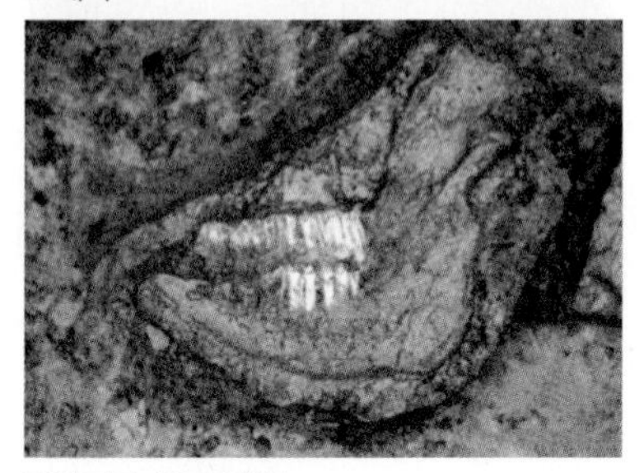
경당지구 출토 말뼈

제사에서 말과 관련된 사례가 있다. 2016년 경기도 화성 당성 발굴에서 말머리가 출토되었다. 흙으로 만든 말 모양 '토제마'로 목과 다리가 부러진 채 발견되었다. 왜 이런 형태의 토제마가 산 정상에서 출토되었을까? 사실 토제마는 다른 지역 전북 부안 죽막동 제사유적과 전남 영암의 월출산 제사 유적터 등에서도 발견되었다. 화성 당성에서 출토된 것과 비슷한 모양이다. 추측해보면 실제 말을 대신해 흙으로 빚은 토제마를 제물로 바치는 제사의식이었을 것이다.

다시 풍납동 경당지구에서 출토된 '말'로 돌아오자. 길이 13.3m, 폭 5.5m, 깊이 2.4m 에 달하는 구덩이가 발견되었다. 이 안에는 특수 토기 수 천점, 12마리 분의 말(馬)머리(실제 말뼈), 도미를 비롯한 생선뼈 등이 출토되었다. 그리고 제기류의 많은 경우 인위적으로 깨뜨린 흔적이 있다. 이는 제사 과정에서 토기를 깨뜨리고 구덩이에 던져 넣는 의식이 있었음을 보여준다. 따라서 국가적 차원의 제사와 관련

된 것으로 추정된다.

12마리의 말 머리. 출토된 사진을 보며 제사모습을 그려본다. 제복을 입은 백제왕과 대신관료가 엄숙한 분위기에서 향을 피우고 제단 앞에 서있다. 북쪽의 고구려로부터 잘 지켜주고 동진과 관계를 잘 풀어달라는 기원을 할 수 있다. 또한 곧 중국과 무역교류를 위한 배가 떠나는데 무사귀환을 빌 수도 있다. 그리고 한 달째 비가 안와서 농사짓기도 힘들고 민심이 흉흉해서 힘들다고 기우제를 지낼 수도 있다. 이곳은 국가차원의 근심걱정을 없애고 나라를 위한 간절함을 담은 공간이었을 것이다.

┃백제 역사문화공원

발길을 돌려 미래마을로 간다. 이곳은 과거 단독주택 상가가 있던 곳으로 지역 주민들이 아파트를 신축하려 했으나 시굴조사에서 백제 문화층이 확인돼 2000년도 개발이 중단됐다. 주민들은 재산권을 포기 할 수 없다며 시위했고, 발굴연구원들은 이곳은 백제유적지 보존구역이라고 개발을 반대했다. 급기야 주민들은 자신들 눈으로 유물을 확인하지 않는 한 이곳 부지를 포기할 수 없다고 했다. 그래서 첫 발굴이 진행되었고 예상대로 백제유물이 출토되었다.

백제 역사문화공원

2004년~2011년 까지 진행된 발굴 조사에서 많은 건물터와 다량의 기와, 남북도로가 확인되었다. 기와는 보통 왕궁이나 관청, 사원 등 극소수 시설물에 사용되기 때문에 이곳 풍납토성이 백제의 왕성임을 보여주는 보다 구체적인 증거였다. 이런 발굴의 노력으로 이곳 풍납토성은 백제의 역사적, 학술적 가치가 재평가되고 있다.

현재 미래마을에는 고층아파트 대신에 "백제 역사문화공원"이 만들어졌다. 백제 문화재보존과 지역주민생활권 보장이라는 두 목표를 위한 역할을 하고 있다. 당시 발굴 현장을 보여주는 공간에 사진으로 백제유물을 볼 수 있다. 또한 주변 아파트에서는 느끼지 못하는 넓은

풍납토성 복원

공간이 주는 여유로움과 운동시설, 놀이터, 주차공간으로 시민들의 편의도 제공한다. 그리고 매년 백제문화를 알리는 행사가 열리면서 시민들에게 다가가는 역사문화장소가 되었다. 문제는 아직도 재산권을 제대로 보장받지 못했다는 주민들과 정부는 긴장관계이다. 쉽지는 않겠지만 정부와 이곳 주민들의 상호협조 노력은 발굴을 기다리는 이곳 유물 유적을 위한 가치 있는 과정이다.

옆에 남편을 본다. 친구들과 재밌게 썰매 탔던 추억 장소가 바로 백제 왕성일 수 있다니 전과 다르게 보이나 보다. 한편으로는 너무 익숙한 공간이라서 우리역사를 몰라봤던 미안함 일 수 있다. 아직도 우리가 서있는 이 땅 아래에는 우리가 맞춰야 할 백제역사 퍼즐이 많다. 갑자기 풍납토성이 동양의 폼페이처럼 느껴진다.

| 올림픽 공원과 몽촌토성

몽촌토성 앞에 88올림픽의 상징인 평화의 문이 보인다. 올림픽 공원과 몽촌토성? 엄밀히 말하면 몽촌토성은 현재 올림픽공원 안에 있다. 몽촌토성은 '곰말' 이라는 우리말로 '꿈마을' 을 뜻하고 한자로 표기하면 몽촌(夢村)이다.

먼저 나의 추억을 더듬어본다. 중학생 때 봄 소풍으로 여기 처음 왔다. 그때 기억은 나지막한 언덕이 보이고 많이 걸어서 힘들었고 그늘진 곳이 없어 더웠다. 그러다 맛있는 도시락을 친구들과 나눠먹으며 웃음꽃을 피웠다. 이후 오락반장 주도로 반전체가 어울릴 수 있는 수건돌리기나 숫자로 모이는 게임을 했다. 그러다 누가 벌칙에 걸리면 요즘 10대는 상상할 수 없는 음향도구(?)가 등장했다. 누군가 어깨에 짊어지고 온 큰 카세트. 지금은 찾기도 힘들다. 여기에 최신유행 테이프를 넣어 반전체가 노래를 따라 부르고 게임에서 진 친구들은 벌칙으로 춤을 추는 것이었다. 우리는 햇빛 쨍쨍 무더운 날씨에 어색하게 춤추는 친구들을 보며 재밌어 했다.

몽촌토성 전경

내게 올림픽 공원은 그저 하루 즐겁게 보낸 소풍의 장소였다. 그때는 이곳이 백제와 어떤 관계가 있는지, 몽촌토성이 무엇인지 하나도 몰랐다. 담임 선생님은 왜 이곳에 대해 말해주지 않았을까? 아니면 말 했는데 내가 기억을 못하는 것일까? 요즘도 이곳을 찾는 학생들이 많을 텐데, 선생님들이 올림픽공원 안에 백제시대의 몽촌토성이 있다고 말해줄까? 대학에 가서 이곳 몽촌토성이 백제시대 방어를 목적으로 만들어진 곳임을 알았다. 대한민국 서울시민으로서 20여년을 살고 나서 처음으로 안 사실이었다. 그 후 또 20년이 흘렀다. 이제는 보다 적극적으로 이곳을 보고 느끼고 전하고 싶다. 정말 많은 사람들이 찾아오는 곳이지만 잘 알지 못하는 곳, 바로 몽촌토성이다.

주변 높은 건물들에 둘러싸인 드넓은 언덕들이 다소 어색하게 보일 수 있다. 그러나 원래 주인은 이 나지막한 언덕이다. 1970년대 잠실 개발로 일대 고층빌딩이 세워져 현재 모습처럼 되었다. 위성사진으로 보면 남한산에서 뻗어 내려온 낮은 자연구릉 끝부분에 몽촌토성이 있다. 토성은 말 그대로 풍납토성처럼 흙을 쌓아 만든 성이다. 그러나 차이가 있다면 자연구릉을 이용해서 만든 곳이라서 연결되지 않은 부분은 판축기법으로 양쪽구릉이 서로 이어지도록 했다. 성 바깥쪽은 주변을 깎아 급경사면을 만들고 아래 부분에는 목책을 설치한 흔적이 확인되었다. 평면 형태는 구불구불 불규칙하지만 크게 보아 긴 모양의 마름모 모양이다. 이곳이 바로 백제시대 만들어진 몽촌토성이다.

몽촌토성 목책

그렇다면 올림픽과 무슨 관계일까?

1988년 올림픽을 앞두고 기념공원과 체육시설을 준비하던 중 몽촌토성이 발견되었다. 각종 중국제 자기와 도기, 금동제허리띠장식 등 많은 유물이 출토되어 학자들을 긴장하게 했다. 책에서만 보아온 백제 한성을 찾을 수 있다는 기대였다. 그러나 1983년 시작된 조사는 학술적 목적보다는 올림픽준비가 우선이었다. 그 결과 중심부에 해당되는 성 내부 저지대는 제대로 된 발굴조사가 없었다. 이후 1999년 풍납토성에서 4m아래 백제문화층이 확인되면서 이곳 몽촌토성도 성 중심부 발굴조사를 재개했다.

| 풍납토성과 몽촌토성 관계

궁금하다. 풍납토성과 몽촌토성의 관계는 어떻게 해석해야 할까?

개로왕 21년(475) 가을 9월에 고구려 왕 거련(巨璉, 장수왕)이 군사 3만 명을 거느리고 와서 왕도(王都) 한성(漢城)을 포위하였다. 왕은 성문을 닫고 능히 나가 싸우지 못하였다. 고구려인이 군사를 네 길로 나누어 양쪽에서 공격하였고, 또 바람을 이용하여 불을 놓아 성문을 불태웠다.....(중략)... 이때에 이르러 고구려의 대로(對盧)인 제우(齊于), 재증걸루(再曾桀婁),고이만년(古尒萬年)등이 군사를 거느리고 와서 북성(北成)을 공격하여 7일만에 함

락시키고, 남성(南城)으로 옮겨 공격하였다. 〈삼국사기〉 백제 본기

〈삼국사기〉에서 북성은 풍납토성을 남성은 몽촌토성으로 연결된다. 즉, 북성과 남성을 포함한 도읍지 전체를 '한성'이라고 인식하는 것이다. 현재까지 풍납토성과 몽촌토성에 대한 발굴조사 내용과 방위상으로 볼 때 '북성' 풍납토성은 왕을 비롯한 귀족관료등이 거주했다. '남성' 몽촌토성은 규모는 작으나 방어면에서 풍납토성 보다 유리했기에 왕과 귀족관료들이 피신할 수 있는 성으로 추측할 수 있다.

내 입장에서 정리하자면, 88올림픽기념 공원을 만들다가 몽촌토성

몽촌토성

이 발견되었고 현재 서울 시민들에게 녹지공간과 미술관, 박물관등으로 역사문화예술을 느낄 수 있는 장소가 바로 올림픽공원이다. 그런데 이 공원에 많은 사람들이 찾아오지만 바로 가까이 있는 백제 몽촌토성의 가치를 잘 몰라봐서 많이 안타깝다는 것이다.

몽촌토성 정상을 향해 걷는다. 여름이 주는 더위에 땀이 나지만 점점 주변 풍경이 한눈에 들어오는 성취감도 있다. 잠실 롯데타워와 올림픽공원의 상징 평화의 문이 보인다. 지금까지 발굴된 유적과 유물을 토대로 1800년전 백제 풍경을 그려본다.

저기 풍납토성이 보이고 이 몽촌토성에 긴장감이 감돈다. 언제 쳐들어올지 모르는 고구려를 주시하는 백제 병사들이 있다. 한편 저 멀리 중국에서 다양한 물건을 싣고 들어오는 배를 보면서 반가워하는 백제 관리도 있다. 5세기 들어서 민생안정과 국력확대 보다는 왕실이 권위와 사치 향락으로 제 백성을 돌보지 못한 왕도 있다. 결국 475년 9월 고구려 장수왕 앞에 풍납토성이 함락되고 개로왕이 이곳 몽촌토성으로 와서 대항했던 그 좌절의 순간도 있다. 개로왕의 아들 문주왕이 웅진(공주)로 천도하던 다급함도 있다. 이후 이곳은 고구려군이 주둔하면서 한강유역을 차지했다는 승리감에 축제분위였을 것이다. 하지만 다시 여기 주인이 바뀌어 신라 차지가 되었고, 통일신라가 이후 이곳 몽촌토성은 경주로부터 아주 먼 지방이 된다. 그리고 몇 백 년 동안 잊혀져가는 시간이 있다.

고려시대 역시 이곳은 그렇게 주목받지 못하다가 조선시대 몇몇 역사적 흔적이 있다. 그렇게 또 몇 백 년이 흘렀고 1970년대 강남개발로 시골 같은 이곳에 고층건물이 세워지고 아파트가 들어선다. 1980년대 올림픽을 앞두고 드디어 이곳 몽촌토성이 우리와 마주했다. 1800년 만에 고대 백제시대를 만난 것이다. 그런데 이 만남은 끝나지 않았다. 왜냐하면 아직도 몽촌토성 저 밑에서 우리를 기다리고 있는 많은 유물 유적이 있기 때문이다.

옆에서 남편이 카메라 셔터를 누르며 한마디 한다. "경치 좋네.." 맞는 말이다. 이 경치와 더불어 백제시대 이곳은 군사적으로 중요한 위치였다. 주변 다양한 나무들과 꽃들이 주는 편안함에 눈을 감아본다. 자동차 소음 대신에 새소리가 귀엽게 들린다. 유모차에 있는 딸아이에게 "가을에 오빠하고 다시 오자"고 말을 건넨다. 내려와서 걷는 나무 숲길 곳곳에는 야외 조각전시장이 있다. 거대한 돌을 따뜻한 가족으로 표현한 작품이 있고, 뭔가를 고민하며 우리에게 말을 걸어 오는 듯한 모습도 있다. 뛰어 노는 아이들의 모습을 담은 작품에 미소가 번진다. 근처 미술관이 주는 여유도 좋아 보인다. 이처럼 올림픽공원은 사람들에게 역사와 문화공간을 편안함으로 서비스해주고 있다. 물론 웰빙족을 위한 운동공간도 있다. 오다 보니 무더운 여름 속에서 땀 흘리고 뛰는 사람, 친구들과 테니스를 치며 이열치열(?)을 하고 있는 사람들이 목격되었다. 참 다양한 공간이다. 마지막으로 가볼 장소가 가까워진다. 바로 한성백제 박물관이다.

| 한성백제박물관

서울은 한강유역에 도읍하였던 한성백제의 수도로 2000여년 역사를 가지고 있다. 그러나 아직까지 그 중요성이 알려지지 않았다. 그래서 풍납토성과 몽촌토성에서 출토된 3만여 점의 유물을 체계적으로 전시하고 지속적인 연구와 발굴을 위해 한성백제박물관이 만들어졌다.

한성백제박물관

풍납토성 건축

로비에 들어가자마자 풍납토성의 단면도에 시선이 고정된다. 실제 2011년 절개조사에서 넓이 43m, 높이 11m로 추정 복원한 것이다. 이 거대한 토성을 마주하고 있으니 백제의 축조기술이 느껴진다. 앞에는 백제인들의 작업 장면을 모형으로 만들어 놨다. 흙을 가져오고, 판 속에 넣은 흙을 단단하게 만들고 누군가는 제대로 만들었는지 검사를 하고 있다. 그들이 쌓아올린 이 거대한 높이의 의미는 무엇일까? 삶의 터전과 가족과 나라, 나아가 생존과 희망을 지키는 노력이었을 것이다. 기계도 없이 맨손으로 일구어낸 그들의 토성은 아직도 건재하게 남아 풍납동과 이곳 올림픽공원에 자리 잡고 있다.

1층에는 선사시대를 중심으로 유물과 당시 생활상을 이해 할 수 있는 모형들이 전시되었다. 구석기시대 뗀석기와 신석기시대 토기 그리고 청동기 시대의 고인돌, 철기시대의 농기구 등 단시간에 아주 먼 옛날로 간다. 그리고 2층에서 본격적인 백제시대관련 전시가 시작된다. 바로 입구에 우리를 반기는 세 인물이 있다. 온조와 비류 그리고 소서노 이다. 그들이 부여를 떠나 한강유역에 도착해서 이곳에 새로운 나라를 만들겠다는 다짐을 생각해 본다. 낯선 곳의 강과 산들을 보면서 삶에 대한 희망과 떠나온 나라보다 더 부강한 나라를 만들겠다는 도전이 느껴진다.

옆에는 백제역사를 한 눈에 볼 수 있는 연표가 있다. 왕과 중요한 유물과 유적으로 간단하지만 정리가 잘 되어있다. 특히 눈길을 끄는 건 역시 4세기 한성백제의 전성기를 만들었던 13대 왕 근초고왕이다. 그는 대외교류를 통해 시대 흐름을 파악할 줄 알았다. 우선 마한지역을 정복하여 전라도 까지 뻗어나가고 하고 고구려를 공격해 북쪽 영토 확장을 했다. 사신을 보내 남조문화를 받아들여 백제문화에 융화시키고 왜와의 친선관계와 교류를 통해 국가 위기 때는 군사적 도움을 받기도 했다. 신라와도 동맹관계를 맺어 고구려를 견제하면서 한강유역의 주인으로서 백제문화 발전의 토대를 마련했다.

현재 석촌동 고분 3호분은 근초고왕의 무덤이라 추정되는 곳이다.

석촌동 고분

석촌동 고분

말 그대로 추정이다. 무덤방식이 고구려 돌무지(돌을 쌓아서 만든 형태)와 비슷한 백제시대 초기 양식이고, 특히 근초고왕이 죽었을 시기와 무덤 규모에 근거한 것이다. 그 곳에서 가서 근초고왕에게 정말 당신 무덤이 맞는지 물어볼 수는 없지만, 그가 남겨준 4세기 업적에 감사하다는 말은 전할 수 있을 것이다. 즉, 시대는 달라도 외교관계와 국력으로 민생안정을 만들어갔던 근초고왕의 노력은 오늘날과 통한다.

| 칠지도

옆 전시실에는 반갑지만 안타깝고 그래서 더 궁금한 백제 유물이 우리를 기다린다. 바로 칠지도다. 남편에게 오늘 답사의 하이라이트라고 짧게 중요성을 담아 말한다. 유리관 앞으로 다가가는 남편 얼굴에는 처음 보는 호기심이 번진다. "이게 뭐지? 칼 같은데 모양이 좀 ..." 이 하나의 유물을 두고 한국과 일본이 서로 다른 역사를 말하고 있다. 이 칠지도는 현재 일본 나라현 이소노카미신궁에 있다. 길이가

74.9cm, 일곱 개 가지모양으로 제사의식에 썼던 칼로 추정된다. 앞뒤 표면에는 60여개 한자가 새겨져 있는데 부분적으로 글자가 훼손되어 완벽한 해석은 어렵다.

칠지도 복제품

뒷면 先世以來未有此刀 百濟王世子奇生聖音 故爲倭王旨造傳示後世

지금까지 이러한 칼은 없었는데, 백제 왕세자 기생성음이 일부러 왜왕 지(旨)를 위해 만들었으니 후세에 전하여 보이라

앞면 泰△四年五月十六日 丙午正陽造百練銕七支刀 出(生)辟百兵宜供供侯王 △△△△(作)祥

태△ 4년 5월16일은 병오인데, 이 날 한낮에 백 번이나 단련한 강철로 칠지도를 만들었다. 이 칼은 온갖 적병을 물리칠 수 있으니 제후국의 왕에게 나누어 줄만하다. △△△△가 만들었다.(△는 아직 확인되지 않은 글자)

이제 한국과 일본의 입장을 알아보자. 일본에서는 1892년 '일본서기' 에 등장하는 칠지도이고, 백제왕이 왜왕에게 바친 것이라고 주장

한다. 잠깐 일본서기를 보면, 서기 249년 일본 신공황후가 신라와 임나7국을 평정하고, 탐미다례(제주)를 하사해 백제가 칠지도를 바쳤다고 기록했다. 따라서 일본은 칠지도를 통해 일본서기 역사책의 신뢰도를 확보했다고 여긴 것이다. 나아가 신공황후의 4세기후반부터 6세기 말까지 한반도 남부를 정복하고 통치했다는 '임나일본부설' 을 정설로 믿는다. 이는 조선 침략의 역사적 근거로 일제강점기 그들의 역사관을 강화시켰다.

한편 한국 역사학계 해석은 다르다. 칠지도는 4세기 백제 전성기 때 근초고왕이 왜왕에게 보낸 하사품이라는 것이다. 이 칼은 실제 싸움에서 사용되는 것이 아니라 성스러운 의식에 사용되었을 것이라고 학계는 말한다. 칠지도에 사용된 상감은 강철 표면에 글씨를 새긴 후 금실을 넣고 두드리는 기법으로, 왜나라에는 존재하지 않았던 선진기술이다. 고대 국가에서는 제철기술이 곧 국력의 척도였다. 따라서 중국(동진)-백제-일본(왜) 외교관계에서 백제가 친선관계를 위해 일본에 하사한 것으로 볼 수 있다는 주장이다.

갑자기 역사왜곡문제가 떠오른다. 사전을 찾아봤다. '왜곡' 이란 사실과 다르게 해석하거나 그릇되게 함이라고 한다. 그렇다면 역사적 사실을 두고 한국과 일본이 다르게 해석하는 이유는 무엇일까? 한국에서는 일본제 강점기 35년간 억울함과 분함이 아직도 존재한다. 동시에 일본과의 관계에서 우위를 차지함으로써 느껴지는 자부심을 확인하고 싶어 한다. 그 증거로 칠지도가 있다. 반면 일본에서도 자신들의 역사적 자긍심, 고대시대부터 한반도를 차지하고 통치했다는 (임나일본부설) 상황을 믿고 싶어 한다. '하사했다' vs '바쳤다' 긴장관계에서 그럼 백제가 일본왜왕에게 '선물했다.' 라는 의견도 나온다. 역사는 사실을 근거해 다양한 접근으로 이해하고 가르치고 배워야 한다. 그런 점에서 칠지도는 우리에게 역사교육의 중요성을 말해주는 유물이자 앞으로 역자학자들의 역할을 알려준다.

한성백제 박물관

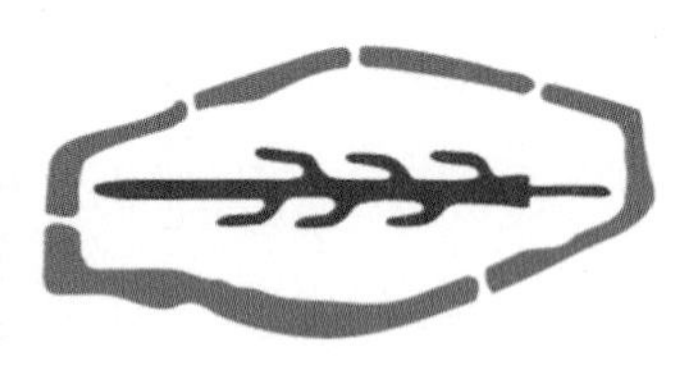
박물관 로고

한성백제 여행을 마치고 나온다. 박물관 앞에서 보이는 건축미에 걸음을 멈춘다. 찾아보니 한성백제박물관 건물 외형은 몽촌토성의 윤곽을 나타내면서도 전성기 해양국가를 상징하는 배 모양으로 디자인되었다고 한다. 갑자기 주변 맑은 하늘이 바다처럼 보이고 그 안에 백제인들이 타고 있는 배가 곧 중국으로 떠날 채비를 하는듯하다. 그러나 내 눈을 멈추게 하는 부분은 따로 있다. 바로 박물관 왼쪽에 자리한 로고이다. 긴 마름모 안에 칠지도가 보인다. 바로 왕성이라 추정되는 풍납토성과 백제의 전성기를 상징하는 칠지도가 그려져 있다. 많은 사람들이 풍납토성을 지나가지만 관심이 없어 몰랐고, 너무 자주 지나가다 보니 익숙해서 몰랐던 백제시대이다. 그리고 보통 백제시대는 충청도 공주와 부여를 중심으로 배우고 알다 보니 역시 잘 몰랐다. 그러나 이제는 안다. 한강유역을 통해 외교관계로 국력을 다지고 문화발전의 기초를 마련했으며 백제의 전성기를 맞이했던 곳이 바로 서울이었다는 것을.

옆에서 오늘 답사의 결론을 말해준다. "저 풍납토성과 칠지도가 친근하게 보인다."

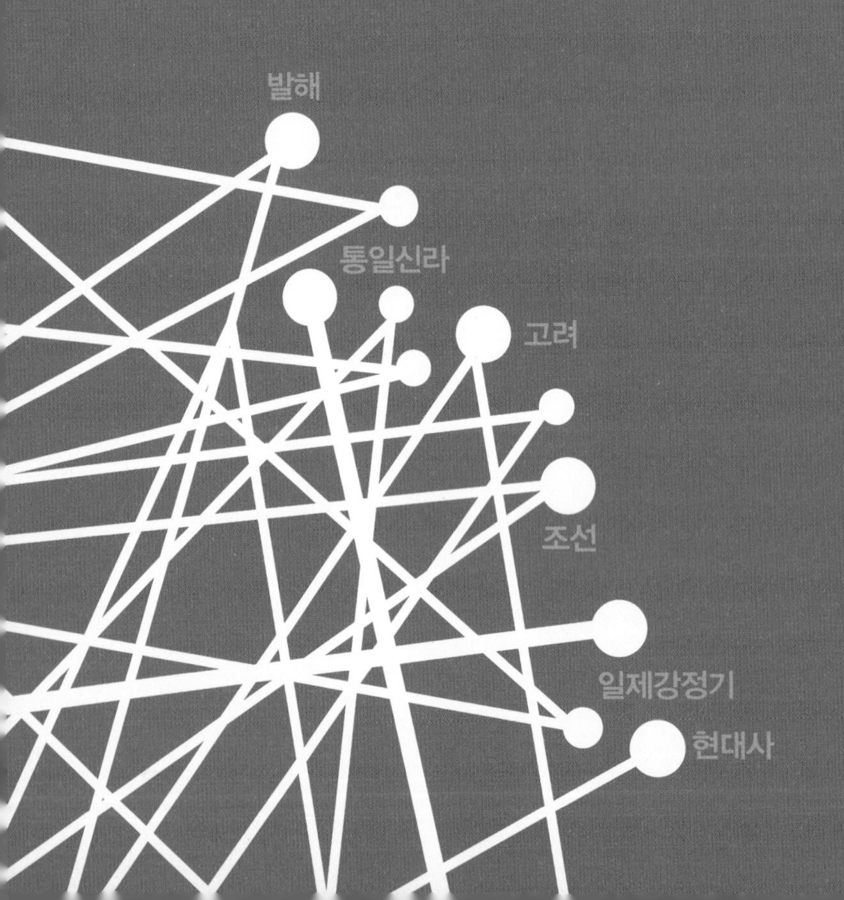
발해
통일신라
고려
조선
일제강점기
현대사

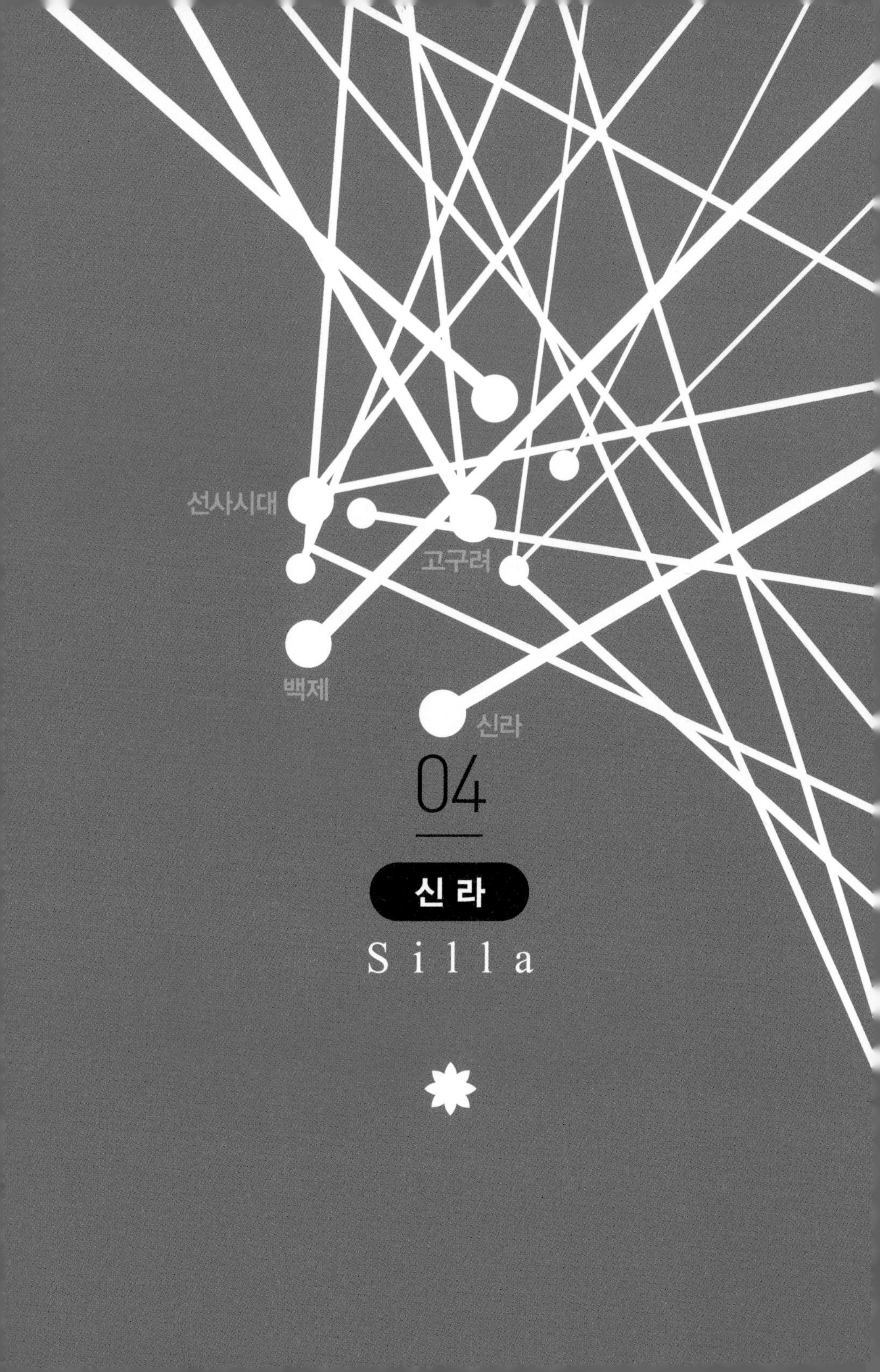
선사시대
고구려
백제
신라
04
신라
Silla

Silla

04 신라

선택과 집중의 힘
〈북한산 진흥왕 순수비〉

골품제도 | 진흥왕 | 북한산순수비
화랑도 | 김유신

"진짜 여기 갈 거야?" 남편이 다시 묻는다. "응. 내가 직접 가서 보고 싶어." 서울에서 만나는 신라시대를 찾다가 내린 결정이었다. 바로 북한산 진흥왕순수비를 직접 보고 오자는 것. 전에 갔던 아차산성보다 훨씬 험준하고 사진으로 봐도 비봉의 아찔함이 느껴졌기에 남편의 걱정이 이해된다. 하지만 이 진흥왕순수비가 세워지기까지 신라시대 공부도 하고 누가 그 높은 곳에 비석을 세웠는지 알고 싶었다. 물론 현재 북한산에 있는 순수비는 복제품이다. 진품은 천 년 이상의 비바람을 견디고 현대사의 총알 상처에 국립중앙박물관에 있다.

북한산

북한산은 서울시 은평구, 강북구, 성북구, 도봉구와 경기도 의정부, 고양시, 양주시에 걸쳐 있다. 북한산이라는 명칭은 조선시대 북한산성을 축조한 뒤 사용된 것으로 추정된다. 최고봉 백운대(836m),동쪽 인수봉(810m), 남쪽 만경대(779m)등 세 봉우리로 삼각산(三角山)이라고도 한다. 이 세 봉우리와 연결된 능선에는 오랜 세월에 만들어진 크고 작은 암석 봉우리, 암벽, 암석들이 있다. 이중에 진흥왕순수비가 세워져 있어 '비봉' 이다. 도심과 가까운 북한산은 아름다운 자연경관과 문화자원으로 국립공원으로 지정되었다. 또한 북한산에는 많은 사찰이 있었다는 기록이 있고, 지금도 약 30여개가 남아있다. 그중 도선사와 망월사는 신라시대 창건 된 사찰이다.

우리는 종로구에서 산행을 시작한다. 진흥왕순수비를 직접 볼 수 있다는 기대와 육아로 잊고 있던 '산다람쥐' 감각이 아차산에 이어 다시 느껴진다. 먼저 신라역사를 알아보자.

| 신라역사

신라의 건국신화이다. 서라벌(경주)의 산기슭에 여섯 마을이 있었다. 하루는 마을 촌장이 우물 옆 숲에서 말이 울고 있는 모습을 봤다. 그런데 가서 보니 말은 없고 큰 알이 있었다. 이 알에서 나온 아이가 신라의 시조 박혁거세다. 그는 재주가 뛰어나고 행동이 어른스러워 여섯 마을 사람들은 기원전 57년에 그를 지도자 '거서간' 으로 추대했다. 그리고 서라벌(경주)을 도읍지로 정했다. 이후 동해안으로 석탈해 집단이 합류하면서 박, 석, 김 세 가문이 교대로 왕을 이어갔다. 집단의 대표는 이사금(군주)으로 불리며 독자적인 세력 기반을 유지했다.

4세기 내물 이사금은 활발한 정복활동으로 낙동강 진한을 확보하고 중앙집권 모습을 갖추었다. 이후 김씨 왕위 계승이 이뤄지고 점차 왕권이 안정되면서 다른 연맹 집단들에 대한 중앙정부 통제가 강화되었다. 한편 한강유역에 있는 백제는 중국과 직접교류를 통해 선진문물을 받아들이고 국가체제 정비로 근초고왕 때 전성기를 맞았다. 이후 일본 왜, 가야와 친선관계 속에서 고구려 공격을 준비했다. 그리고 그전에 백제는 신라를 먼저 침공해 고구려를 압박하려는 계획을 했고, 이에 왜가 신라에 위협을 주는 상황이었다. 그러자 신라는 고구려에 도움을 청했고, 400년 쯤 해안가에 나타나던 왜구를 고구려 광개토대왕이 보낸 군대가 격퇴했다. 이런 과정에서 신라는 고구려 영향력 아래 놓였다. 잠깐, 기억을 되살리면 그때 고구려가 신라에 영향을 끼쳤다는 증거로 '광개토대왕 호우' 가 있다. 앞장 고구려편에서 언급했듯이 이 그릇 밑에 내용을 근거로 고구려가 왜를 물리쳐주고 신라의 내정간섭을 하였던 것으로 보인다.

다시 돌아와 신라는 고구려의 영향 아래 왕의 권위를 실감하고 계승자 의미의 '이사금' 을 통치자라는 뜻의 '마립간' 으로 바꾼다. 그리고 왕권강화를 위한 국가제도정비에 박차를 가한다. 그러다 5세기 고구려의 전성기로 백제와 신라는 두 나라는 힘을 합쳐 고구려를 견제하는 친선관계가 되었다. 바로 '나제동맹' 이다. 이때 신라는 중국과 교류하고 백제의 문화에 자극을 받으며 내부정비에 힘썼다. 행정구역 개편과 정치제도를 통해 중앙집권국가로 성장하는 시기였다. 그리고 귀족들의 합의기구인 화백회의보다 왕명을 받고 시행하는 집사부의 권한이 커지면서 왕실의 권위는 더욱 강해졌다. 이후 지증왕 때는 국호를 '신라(新羅)' 로 바꿨다. 왕의 덕업이 날로 새로워져 사방에 퍼진다는 의미로 군주의 칭호도 마립간에서 '왕' 으로 고쳤다. 그리고 지증왕 13년 우산국 복속과 더불어 지방 세력을 장악했다.

삼국시대를 보면 국가 간의 이해관계 속에서 적이 동지가 되고 다시 적이 되는 상황이 보인다. 4세기 백제 전성기에는 신라와 고구려가, 5세기 고구려 전성기에는 신라와 백제가, 6세기 신라 전성기에는 백제와 고구려가. 이렇게 서로 견제하고 자극받으면서 삼국은 문화적 경제적 정치적으로 성장한다. 정치적인 면에서 이견이 있을 수 있지만 왕권이 약하거나, 귀족들 간 권력다툼이 있을 때 국가흥망성쇠가 이어지고 후대에 교훈을 주었을 것이라는 의미다. 본론으로 돌아와서 만약 한반도에 하나의 나라만 있었다면 평화와 성장이 있었을까? 나는 아니라고 생각한다. 북방민족들과 중국왕조가 한반도를 그냥 둘리가 없고, 아무리 맑은 물이라도 오래 고이면 썩는다는 판단에서 이다. 그런 의미에 문화교류, 주변국과 관계가 중요하다.

세계지도에서 보면 대한민국이 참 작아 보이지만 분명 존재한다. 강대국 사이에서 우리민족의 역사와 전통을 이어가기까지 많은 어려움이 있었지만 포기하지 않은 노력이 있어서 가능했다. 물론 가끔은 강대국에 붙어서 같은 민족을 힘들게 하는 무리도 있었다. 고려시대 친원파, 조선시대 심한 사대주의 친명파, 일제강점기 친일파가 그들이다. 이들이 있어도 우리역사문화를 지키며 흔들려도 부러지지 않게 견딘 사람들이 더 많다. 그리고 주변국과 교류를 통해 문화를 수용하고 우리 땅에서 우리 것과 접목시켰다. 삼국시대에 지금의 민족개념은 없었을 것이다. 고구려에게 신라와 백제는 다른 나라, 싸워야할 적이었을 것이다. 그러나 지금 이 세 나라는 우리 역사의 과정이다. 그래서 서로 목숨 걸고 싸우고 죽고 훗날 당나라에 힘을 합쳐 대결하는 그런 모습이 고맙다. 내가 너무 역사를 감성모드로 접근하는 듯하다. 그런데 이런 마음이 드는 것도 사실이다. 서로 주고받은 자극 중에 하나가 바로 불교이다. 물론 불교 수용은 거의 중국에서 이루어졌지만 삼국은 각자의 문화로 응용하며 우리 것으로 만들었다.

| 불교수용

신라에서 불교가 처음 소개 된 것은 고구려 영향력 아래 있던 눌지왕 때였으나 토착신앙이 강해서 그 의미는 약했다. 그러다 국가적으로 전래된 것은 512년 법흥왕 때다. 중국 남조 양나라와 국교를 맺고 그 나라 승려가 신라왕실에 불교를 전했다. 하지만 예상했던 대로 귀족들은 민간신앙을 자신의 권력기반으로 여겨서 불교 수용이 쉽지 않았다. 한편 불교의 권선징악과 인과응보는 피지배층의 관심을 일으켰고, 왕실은 이 불교를 왕권강화에 이용 할 수 있다는 생각을 했다. 이런 상황에서 불교를 반대하는 귀족층과 왕은 대립하게 되었다.

이때 등장하는 인물이 이차돈이다. 그는 부처님의 가르침을 배우던 젊은 관리로 귀족들 반대로 불교 공인에 고민하던 법흥왕에 힘을 실어준 인물이다. 이차돈은 귀족들 앞에서 부처님이 계신다면 자신이 죽을 때 흰 피를 흘리겠다고 했고, 전해지는 바로는 그가 죽었을 때 흰 피였다고 한다. 과학적으로 이차돈의 흰 피는 불가능하지만 당시 사람들에게는 가능했다. 불교수용의 과정을 설명하는데 이런 과함(?)은 유용했다. 반대했던 귀족들도 '지금의 위치는 과거 공덕이 많아 생겼다.' 는 유리한 윤회사상 해석으로 불교를 인정하게 되었다.

금선사

오르다 보니 '이곳은 산입니다.' 분위기가 느껴진다. 비포장도로에 좁은 산길 그리고 '금선사' 라는 표시가 보였기 때문이다. 우리의 목적지는 비봉이지만 잠시 이 사찰에 들려 부처님께 안부 인사를 전한다. 좁은 산길에서 더 좁은 샛길로 절의 입구가 이어졌다. 계단에는 이곳을 오간 사람들이 만든 돌탑들이 보인다. 작은 입구를 지나자 생각보다 넓은 공간에 2층 누각이 있다. 북, 종, 목어, 운판이 주변 숲과 새소리에 어울려 보기 좋았다. 더 안쪽을 들어갈까 하다가 템플스테이를 하는지 젊은 사람들이 모여 스님 말에 귀 기울이고 있다. 방해가 될 거 같아 방향을 돌려 금선사 전경을 쭉~ 본다.

금산사 돌탑

북한산자락에 자리 잡은 이곳에서 조용히 부처님에게 '공기 좋은 곳에서 잘 지내시나요? 무사히 비봉에 올라 진흥왕순수비를 만나게 도와주세요' 라고 말한다. 입구 있던 돌탑에 남편이 앉아 작은 돌을 올려놓는다. 우리 가족을 위해서 마음을 담았다고 생각하고 싶다. 내려가는 길에 남편은 조용히 내게 다가와 속삭인다. "여기 12시에 무료로 국수 준다네." 순간 웃음이난다.

더운 여름 날 경사진 산길을 즐거운 마음으로 오르는 내 모습에 스스로 대견하다. 두 아이 엄마로 평지에서만 살다가 오랜만에 느껴보

서울전경

는 전신운동이다. 은근히 땀이 송글송글 맺히는데도 기분이 좋다. 반면 남편은 야근 때문이지 어제 먹은 야식 때문인지 아직 피곤함이 한가득이다. 처음보다 말이 줄었다. 대신 부탁이 있다며 "혜진아, 가방 좀 들어줘"라고 말한다. 나는 바로 남편 가방을 메고 걸었다. 남편과 이렇게 즐거운(?) 등산을 함께 하니 힘이 더 났다.

얼마 후 나무들 사이로 보이는 풍경에 걸음을 멈추고 본다. 아차산에 갔을 때도 그렇고 높은 곳에서 내려다보이는 서울은 참 넓어 보이고 조밀조밀 정말 많은 사람들이 살아가는 공간이다. 갑자기 아빠생각이 난다. 저 넓은 곳에서 우리 집 한 채 없다고 한탄하던 아빠. 이 좋은 풍경 앞에서 슬픈 아빠 모습이 왜 나왔는지 모르겠다. 출산후유증인지 이렇게 문득문득 갑자기 새어나오는 too much 감정은 나도 힘들다. 시원한 풍경을 뒤로 하고 산행을 이어간다.

다시 신라 불교 이야기다. 귀족들의 반대는 협조로 바뀌어 527년 법흥왕 때 불교가 공인되었다. 그리고 국가안녕과 왕실의 번영을 위한 호국불교는 정치, 문화, 사상, 외교 등 신라인들의 생활에 영향을 끼쳤다. 법흥왕의 칭호도 불법을 널리 알려 흥하게 한다는 의미이다. 뿐만 아니라 건축, 공예 등에서도 불교미술은 신라 문화의 바탕이었고 그 안에 찬란한 신라예술이 꽃 피우게 되었다. 현재 경주에 있는 많은 사찰과 특히 불국사와 석굴암은 우리의 자랑스러운 문화유산이다. 불교공인에 이어 법흥왕은 병부를 설치하고 율령반포와 공복제정 등으로 통치 질서를 확립했다. 그리고 골품제를 정비하고 왕권강화의 틀을 잡으며 금관가야를 정복해 영토 확장을 이루었다. 마침내 신라는 중앙집권국가의 체제를 마련했다. 여기서 잠깐! 신라문화를 이해하는 골품제를 알아보고 가자.

| 골품 제도

골품제도는 지방 연맹부족세력들이 중앙귀족이 되면서 만들어진 신분제도로 쉽게 말하면 혈통의 상하 구분이다. '골'은 성골과 진골

관 등		골 품				공복
등급	관등명	진골	6두품	5두품	4두품	
1	이벌찬					자색
2	이 찬					
3	잡 찬					
4	파진찬					
5	대아찬					
6	아 찬					비색
7	일길찬					
8	사 찬					
9	급벌찬					
10	대나마					청색
11	나 마					
12	대 사					황색
13	사 지					
14	길 사					
15	대 오					
16	소 오					
17	조 위					

골품제도

의 두 개로 구분된다. 그리고 '품'은 일반 평민 1~3두품, 하급관리 4~6두품으로 여섯 두품. 이 8개의 신분으로 신라는 형성되었다. 성골은 김씨 왕족 중에서 왕이 될 수 있는 최고의 신분이었다. 그러나 진평왕이 아들 없이 죽자 647년 그의 딸이 왕위에 올랐고 그녀가 선덕여왕이다. 이후 사촌인 진덕여왕을 끝으로 성골은 막을 내린다. 이렇게 성골이 소멸되자 진골에서 왕위 계승이 이어졌고 그 시작은 김춘추였다. 그 뒤 신라가 멸망할 때 까지 모든 왕은 진골이었다.

골품제도는 혈통에 따라 왕이 되고 신분에 따라 관직을 가질 수 있다. 이 말은 능력이 있어도 정치적 출세가 제한될 수 있다는 것이다. 이런 이유로 신라 말 6두품은 불만이 생기고 반신라 성향을 띠게 되었다. 또한 이 골품제는 사회적으로 같은 신분에서만 혼인이 가능했다. 그리고 사는 집, 옷의 색깔 등 사회전반에 걸쳐 특권과 제약을 자연스럽게 만들었다.

생각해보면 역사에서 신분제도는 공식적이고 합법적인 불평등이다. 우리나라뿐만 아니라 세계사를 봐도 공통적이다. 수 천 년 유지되었던 이 신분제도는 20세기부터 없어졌다. 불평등한 구조에 사람들의 의식 바뀌고 '민중' 이라는 이름으로 힘이 생겨서 지도층에서 신분제 폐지를 인정했다. 우리나라는 1894년 고종 때 '갑오개혁' 이 추진되면서 폐지되었다. 하지만 법적으로는 없어진 이 신분제도가 우리가 살아가는 지금도 존재한다. 과거에는 혈통 기준이었다면 현재는 사회적 지위와 자본의 힘으로 구분되는 신분이다.

언젠가부터 한국사회에서 우리의 위치를 '수저' 에 비유한다. 흔히 흙수저와 금수저로 대비되는 이 말이 참 안타깝지만 지금의 대한민국이다. 쉬운 예로 금수저는 고위직 또는 부자부모를 둔 자녀들이다. 이들은 그 어렵다는 취업문을 쉽게 통과하고 사회생활에서 선두를 달린다. 반면 흙수저들은 경쟁구도에서 '취준생, 공시생' 이름으로 견디고 있다. 사회는 흙수저도 금수저로 될 수 있는 가능성과 방법을 열어 놔야한다. 이는 공정한 경제사회질서 속에서 만들어진다. 그래서 우리가 정치, 정부역할에 관심을 갖고 지켜봐야하는 이유다. 뜬구름 잡는 소리 같다고, 현실을 아직도 모르냐고 반응할 수 있다. 그런데 나는 그렇게 생각한다. 수저관련해서 언젠가 남편에게 물었다. "오빠, 우리는 무슨 수저야?" 남편은 종이수저에서 점점 레벨업 되고 있다고 했다. 힘없는 종이수저로 태어났지만, 열심히 살려고 노력하니까 동수저는 되는 거 같다고 했다. 그리고 우리 두 아이들에게 인성을 겸비한 좋은 재질 수저 제조 기술을 가르쳐야 한다고 남편이 말했던 거 같다. 그때 남편의 모습은 참 멋졌다.

| 관산성 전투(553)

6세기 들어 삼국은 저마다 새로운 변화를 맞았다. 먼저 고구려는 광개토대왕과 장수왕의 전성기가 지나 지도층의 권력다툼과 북방 돌궐의 위협에 국력이 약해졌다. 한편 백제는 고구려에게 한강을 잃고 웅진(공주)천도 후 나제동맹과 중국과의 교류 속에서 국력이 많이 회복되었다. 이어 성왕 때 사비성(부여)으로 다시 천도하여 국가체제를 정비하고 군사력을 강화했다. 그리고 551년 고구려를 공격해 한강유역을 되찾게 되었다. 나제 동맹 활약으로 신라도 소백산맥을 넘어 한강 상류 10개 군을 차지했다. 그런데 2년 뒤 중국과 직접교류하고 영토 확장을 위해 신라는 중대한 선택을 한다. 당시 신라 진흥왕은 김유신의 할아버지인 김무력을 시켜 백제를 공격하게 하고 한강유역을 확보했다. 이는 약 120여년 간 지속된 나제동맹이 깨지고 신라가 한반도 주도권을 갖게 됨을 의미했다.

백제 성왕은 신라의 배신을 가만 둘 수 없었다. 이에 아들 여창을 총사령관으로 신라 입구인 관산성(충북 옥천)으로 돌격했다. 이곳은 한강하류에 있는 신라군의 보급로였기 때문에 이를 차단한다는 전략이었다. 553년 신라와 백제의 '관산성 전투'는 우리고대사에서 가장 처절하게 기록되었다. 초반 백제군이 관산성을 함락시키고 태자 여창은 다음 전투를 위해 군사정비를 하고 있었다. 이때 성왕이 태자의 승리를 격려하러 관산성을 가던 중 신라군의 급습을 당한다. 관산성은 다시 신라차지가 되고 백제군은 전멸 당했다. 그때 상황을 삼국사기에서는 이렇게 기록하고 있다. "한 필의 말도 살아남지 못했다." 사실 표현이 좀 지나치지만 관산성 전투는 백제 성왕에게는 너무나 갑작스러운 절망이었고, 신라 진흥왕에게는 하늘이 돕는 희망이었다.

| 진흥왕

학창시절 삼국시대 전성기 때 세 왕을 많이 외웠다. 시기와 업적 등 왕과 관련된 내용이 시험에 잘 나왔기 때문이다. 4세기 해상왕국을 꿈꾸던 백제 근초고왕, 5세기 만주벌판 달려라 광개토대왕, 6세기 젊은 패기 진흥왕이었다. 젊은 왕? 그렇다 신라가 한강을 차지하고 삼국통일 프로젝트 기초를 다진 인물이 20대 진흥왕이었다. 그는 할아버지격인 백제 성왕을 치고, 한강유역을 차지함으로 한반도 구석진 신라를 중앙으로 끌어올렸다. 관산성 전투를 앞두고 그는 고민했을 것이다. 나제동맹 속에서 안전하게 신라를 지킬지, 아니면 보다 넓은 곳에서 신라를 크게 만들지. 사실 그는 성왕의 사위이기도 했다. 정략결혼으로 성왕의 딸과 결혼했다. 그러나 결과적으로 진흥왕은 신라의 번영을 선택해 120년간의 백제관계를 깼고 대신 한강유역을 확보해 더 큰 계획으로 국력을 집중시켰다. 바로 한반도 진정한 주인이 되는 거였다.

잠깐! 진흥왕에 대해 더 알아보자. 20대 젊은 왕 그는 누구인가? 540년 신라 24대왕으로 어린나이에 즉위했다. 약 10년간 왕태후의 수렴청정으로 국정운영을 했다. 이때 이사부를 지금의 국방부장관으로 임명하여 국가의 모든 군사적 일에 책임지게 했다. 귀족들의 화백회의에서 결정되던 신라의 병권이 왕의 임명으로 운영된다는 것은 왕권강화를 의미했다. 한편, 이사부는 지증왕 때 우산국을 점령했던 경험으로 어린 진흥왕과 왕태후를 도와 신라의 군사와 정치를 안정권으로 진입시켰다. 557년 진흥왕은 연호를 개국으로 바꿨다. 즉, 직접통치가 시작되었다는 의미다. 그리고 지방을 다니며 영토 확장에 대한 관심을 적극적으로 표시했다. 그는 소백산맥과 차령산맥에 갇힌 신라가 변방으로 느껴졌고, 더 큰 나라를 위한 계획을 했다. 555년에는 경상남도 창녕에 신라행정부를 설치하고 다음해에 함경남도까지 영역확장을 했다. 한편 6년 뒤 대가야를 멸망시키고 가야를 신라에 편입시켰다. 그 결과 신라는 한반도에서 절반이상의 땅을 차지하며 주도

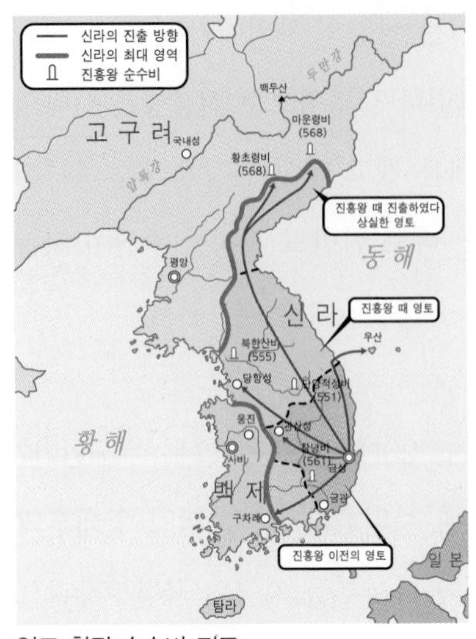

영토 확장 순수비 지도

권을 잡았다. 이는 삼국 통일의 토대가 되었다.

568년 진흥왕은 '크게 번창한다.'는 뜻의 '태창'을 연호로 썼다. 그동안 확장된 영토와 신라의 번영을 의미하는 것으로 보인다. 진흥왕은 서울을 거쳐 함경남도 함흥의 황초령까지 자신이 개척한 영토를 직접 순수하면서 백성을 위로하고 포상했다. 그리고 이를 기념하고 왕의 권위를 남기고자 경남에 창녕비, 북한산에 진흥왕순수비, 함경남도에 황초령순수비와 마운령순수비를 세웠다.

| 북한산 진흥왕순수비

드디어 나왔다. 신라편의 핵심 키워드인 '진흥왕순수비'. 우선 '순수(巡狩)'는 왕이 직접 살피며 통치한다는 의미로, 북한산 진흥왕순수비는 진흥왕이 영토 확장 지역을 직접 가보고 나라의 번영을 기원하며 북한산에 세운 비석을 말한다. 현재 우리나라 국보 3호로, 높이 155cm, 폭 71cm, 두께 17cm의 화강암 비석이다. 비석의 윗부분은 덮개가 들어갈 수 있는 흔적이 있지만 발견당시 덮개돌은 없었다. 누군가 가져갔거나 비바람에 자연으로 돌아갔거나 했을 것이다. 비석의 받침돌은 자연석을 이용해 지금도 비봉에 남아있다. 비문에는 12행으로 각 행 21자 혹은 22자가 새겨져 있지만 읽기 어려운 부분이 많다.

북한산 순수비는 천 년 이상 사람들의 기억에서 잊혀 있었다. 나중에는 이끼에 글자가 잘 안보이고, 내용을 모르겠다며 이 비석을 몰지비(글이 새겨져 있지 않은 비석), 또는 전해오는 이야기로 조선개국에 참여한 무학대사와 연관시켜 무학대사비라고 불렀다. 그렇게 1000년 이상 북한산 정상에서 버티던 이 비석이 1816년 추사 김정희에 의해 밝혀졌다. 금석학자인 김정희는 이 비를 직접 찾아보고 비문을 탁본했다. 금석학은 금속과 돌에 새겨진 글을 연구하는 학문으로 당시 김

진흥왕순수비

진흥왕순수비

진흥왕순수비 탁본

정희는 청나라에서 이 금속학문을 배워왔다. 그리고 조선 곳곳을 돌아다니며 숨은 우리 역사를 고증하고 밝혀냈다. 한편 추사 김정희는 진흥왕순수비 측면에 아래 내용을 새겼다.

"此新羅眞興大王巡狩之碑 丙子七月 金正喜 金敬淵來讀(이것은 신라진흥대왕 순수비이다. 병자년(1816년) 7월 김정희, 김경연이 와서 비문을 읽었다)"라고 새겨져 있고, 그 옆에 "己未八月二十日 李濟鉉 龍仁人(기미년(1859년) 8월 20일 용인사람 이제현)'이 새겨져 있으며, 다시 예서로 "丁丑六月八日 金正喜 趙寅永同來 審定殘字六十八字(정축년(1817년) 6월 8일 김정희, 조인영이 함께 남아있는 글자

68자를 심정하였다)"라고 새겨져 있다.

나는 여기 세 사람에 주목해본다. 1816년 처음 추사김정희와 이곳 북한산에 올랐던 김경연, 1817년 진흥왕순수비에 적힌 글자를 판독한 조인영 그리고 1859년 용인사람 이제현. 북한산 진흥왕순수비를 밝혀낸 업적은 추사김정희의 공이 크다. 분명 그가 이곳에 와서 탁본으로 비문 내용을 연구하고 세상에 알렸으니. 그러나 동시에 추사김정희 옆에서 함께 이곳에 오른 김경연이라는 분도 있었고, 글자 하나하나 의미를 찾아가며 퍼즐을 맞춘 동료 조인영도 있었다. 용인사람 이제현도 이 높은 곳까지 와서 비석의 의미를 알고 아래 세상으로 내려가 가슴 벅찬 감동을 전했을 것이다. 안내 이정표도 없이 등산화도 없이 얼음물도 없이 추사와 이들은 이곳에 올랐다. 우리 역사의 증거를 보고 읽고 느끼고 싶은 그 마음 하나로 이곳까지 올라 왔을 것이다. 솔직히 처음에는 진흥왕 순수비에 왜 자신들의 이름을 적어 문화재를 훼손했을까 부정적인 마음이었다. 그러나 이곳을 찾은 그들의 노력과 기록으로 숨어있던 가치를 세상에 드러나게 했다는 점에서 긍정적으로 생각하기로 했다. 그리고 이들이 흘린 땀과 우리문화를 지켜준 마음에 감사하다.

점점 숨이 차온다. 생각보다 경사가 급해서 힘들고 목이 마르고 배

오르는 길

가 고파 더 힘들다. 좀 전에 내려오는 분에게 물어봤을 때 20분정도만 올라가면 비봉이라고 했는데. 벌써 40분이 지났다. 올해 마흔인 나는 더 이상 '산다람쥐'가 아닌가 보다. 같이 산을 오르던 남편은 점점 말수가 적어지더니 급기야 나보고 먼저 가라며 자신은 자기 페이스대로 가겠다고 한다. 순간 "페이스는 무슨...빨리 와!"라고 말하고 싶었지만 "오빠! 저기 올라가서 물 마시고 좀 쉬자~" 상냥하게 말한다. 일주일에 한번 쉬는 일요일에 무더위를 뚫고 이렇게 함께 비봉을 오르는 남편에게 정말 고맙다.

산을 오르면서 갑자기 궁금해진다. 이 높은 곳까지 어떻게 와서 비석을 세웠을까? 분명 비석의 받침돌은 자연석이라고 했는데... 이 말은 당시 도공이 저 높은 바위산에 올라 망치와 정을 들고 바닥을 만들었다는 것이다. 순간 OMG(oh my god!)가 외쳐진다. 산을 오르면서 중간 중간 내려다보이는 풍경이 시원했지만 건너편 멀리 바위봉우리를

진흥왕순수비 받침돌

볼 때면 '와~ 저기를 어떻게...' 라는 아찔함도 있다. 그런데 해발 560m저 높은 곳, 바위 봉우리 위에서 안전장비도 없이 비석 받침돌을 만들었다니!! 또 신라인 누군가는 그 비석을 등에 짊어지고 왔을 것이다. 1400년 전 그들이 올랐을지 모르는 이 산길을 우리도 오르고 있으니 기분이 이상하다. 왜 그들이 저 높은 곳까지 힘들게 비석을 세웠는지 가서 한번 보자. 남편의 손을 잡아 일으키고 다시 정상을 향한다.

| 비문내용

진흥왕순수비를 살펴보면 정확한 연대 기록이 없다. 대체로 진흥왕이 555년에 북한산을 순수하였다는 '삼국사기' 기록으로 이 비석이 세워졌음을 유추한다. 비석에 새겨진 내용은 크게 제목, 순수배경과 경과 그리고 왕을 수행한 사람 등으로 기록되어있다. 그러나 풍화작용으로 보이지 않은 글자가 많아 자세한 내용을 알기는 어렵지만 중요한 내용을 알 수 있다. 국립중앙박물관의 북한산비 설명은 아래와 같다.

비의 첫 부분에 '진흥태왕(眞興太王)' 라고 적혀있는 부분이다. 이는 이전의 '마립간' 으로 칭했던 왕의 호칭이 이제는 '태왕' 으로 진흥왕 자신을 칭하고 있다는 것이다. 즉, 중앙집권으로 왕권강화가 이루어졌음을 알 수 있다. 그리고 김유신의 할아버지 김무력이 '사돌부 출신 무력지가 잡가' 이라고 적혀있다. 김무력은 한강유역을 차지하는데 중요한 역할을 한 장군으로 창녕비의 아간지 위치에서 잡간으로 관직 상승이 되었음을 유추할 수 있다. 마지막으로 '도인' 이라는 승려가 기록되어있다. 이는 새로운 곳에서 편입된 백성들을 교화하는 사람으로 진흥왕이 단지 영토확장에 주력한 것이 아니라 그 지역 백성들을 교화하는 노력도 엿보인다.

이런 역사적 자료가 담긴 진흥왕순수비는 자연의 풍화작용을 천년 이상 견디며 또는 사람들의 관심어린 손길로 훼손되어 갔다. 그래서 국립중앙박물관으로 옮겨간 뒤로 이곳에는 받침돌은 남고 앞에 표지석이 세워졌었다. 그러나 본체 없는 받침돌은 그 격이 느껴지지 않았다. 결국 2006년 진흥왕순수비와 똑같은 복제비가 제작되었다. 철저한 과학적, 역사적 고증 그리고 강화도 화강암과 3D작업으로 원본의 균열, 표면, 파손부위까지 쌍둥이처럼 담았다.

이 복제비석을 보면서 문화재에서 복제가 주는 의미를 생각해본다. 사실 '복제' 라는 단어는 부정적인 느낌이다. 원본, 진품, 본래의 것이 아닌 가짜라는 생각이 들어서다. 그러나 문화재에서는 달리 봐야한다. 민족의 역사문화를 나타내는 문화재는 한정되어있다. 그리고 시간이 지나면 자연적 훼손은 불가피하다. 그런 면에서 문화재를 아끼고 보존해서 후대에 잘 전해주는 방법은 무엇일까? 여기에서 '문화재 복제' 가 필요하다. 그리고 복제품으로 보다 많은 곳에서 사람들이 문화재를 접할 수 있다. 물론 진품을 보는 감동보다는 약하겠지만 그래도 쉽게 볼 수 없는 문화재를 가까이에서 직접 보고 느낄 수 있는 기회는 분명 가치가 있다고 생각된다. 그래서 나는 남편과 북한산 비봉 정상에서 생생한 감동으로 진흥왕순수비를 보고 싶었다.

갑자기 남편이 손을 들어 "저기다~!" 외친다. 우리 눈앞에 비봉이 보인다. 강한 햇빛에 눈을 찡그려 졌지만 저 꼭대기 진흥왕순수비복제비가 어렴풋하게 보였다. 곧 정상에서 만난다는 감동이 미리 느껴졌다. 가까워지는 저 멀리 북한산비 옆으로는 이미 몇몇 사람들이 그곳에 올라 풍경을 감상하고 있었다. 비봉 꼭대기로 가는 급한 경사면은 안전의 이유로 금지되고 뒤편으로 갈 수 있었다. 남편과 나는 그

진흥왕순수비 찰칵

방향으로 걸음을 옮기며 "와~~ 드디어 왔어!" 파이팅을 외친다.

뒤편에는 '북한산 신라 진흥왕 순수비' 라는 안내문이 있었다. 그러나 검은색 페인트가 벗겨져 사람들이 제대로 읽을 수 없는 상태였다. 안타까운 문화재관리 현실이다. 이 안내문을 시작으로 주위에 나무 없는 매끈한 바위산이 펼쳐졌다. 옆에서 남편은 "야~ 이거....", "이거.. 어떻게 올라가지?" 이 말만 서너 번째다. 정말 잡을 거 하나 없는 바위산이었기에 필요한 것 '용기(?)' 하나였다. 나는 바짝 엎드린 거북이처럼 한 걸음씩 한 걸음씩 발을 뗐다. 뒤에서 조심히 천천히 가라는 남편 목소리가 들린다. 왼손바닥에 힘을 주어 옆으로 기대서 오르다 잠깐 오른쪽으로 시선을 돌렸는데...정말 아찔하다. 아무것도 없는 낭떠러지. 다시 시선을 눈앞에 바위로 옮기고 드디어 입구격인 넓은 바위산 도착. 남편도 바로 왔다. 눈앞에는 달력에나 나올 법한 풍경이 우리를 기다리고 있었다. 안쪽 바위에 걸터앉아 남편이 말한다. "진흥

비봉 오르는 길①

비봉 오르는 길②

왕은 여기까지 올라왔대?" 순간 뭐라 대답해야할지 몰라서 "글세.." 라고만 했다. 사실 기록이 없어 정확히 모른다. 아마 아래에서 이 높은 곳을 보고 "저기에 세우면 좋겠구나~"이렇게 말만 했을 거 같다. 내 생각이 틀릴 수도 맞을 수도. 그러나 직접 오르면서 느낀 점은 여기까지 오는데도 다리가 후덜덜 심장이 콩닥콩닥 이라는 것이다.

숨을 고르고 주위를 살펴본다. 앞쪽으로는 코불소 모양의 바위가 있는데 '코' 부분이 파여 참 인상적이었다. 구름 한 점 없이 파란 하늘에 자연스런 돌무늬의 코불소 바위. 잠시 뒤 용감한 두 명의 등산객

등장. 그 코불소 바위 콧등에 앉아 멋진 포즈를 취하며 모델처럼 찍어달라고 농담을 했다. 옆에 있는 남편은 우리는 저러지 말자고, 오래 살자고, 그냥 눈으로만 보자고 한다. 보기만 해도 정말 손에 땀이 났다. 주위를 둘러보다 우리 옆에 젊은 커플이 보인다. 여자가 계속 "어떻게~어떻게~"하고 있다. 남자는 그 더운 여름 날 여자 손을 꼭 잡고 기다려 주는 듯 보였다. 용기내서 올라왔는데 더 이상 올라가지도 내려가지도 못하겠는 상황이었다. 막간을 이용해 나는 그 커플에게 다가가서 우리사진을 부탁했다. 파김치였던 남편이 카메라 앞에서는 편안한 미소로 북한산 비봉의 추억을 만들었다. 그리고 다시 파김치로 변신해 말한다. "야~ 이거 저기까지 어떻게 가지?" 얼굴이 점점 어두워진다.

비봉 코불소 바위

저 꼭대기에서 내려오시는 듯 보이는 노련한 등산객이 아까 그 커플에게 말한다. "뭐가 무서워? 그냥 눈 딱 감고 올라가면 되는데...젊은이들이..거참..그냥 가면 되요." 갑자기 좀 그랬다. 우리처럼 아마추어는 완전 무서운 순간인데 아저씨는 눈 딱감고 가라니. 옆에서 점점 먹구름에 휩싸인 남편얼굴이 보였다. 그리고 나는 결심했다. "오빠...우리 여기에서 마무리하자. 아무래도 정신건강에 안 좋을 거 같아. 비봉에 오긴 온 거고...멀었지만 아까 진흥왕순수비도 찍었어." 갑자기 남편얼굴이 환해진다. 약간이지만 고소공포증이 있는 남편에게 무리한 부탁을 했던 내가 더 미안했다. 여기까지 함께 와준 것만으로도 나는 만족한다. 이제 하산이다. 비봉정상에서 진흥왕순수비를 보지는 못했지만 남편이 더 소중하기에 가벼운 마음으로 발길을 돌린다.

잠시 20대 청년 진흥왕을 생각해본다. 기존 신라 영토보다 훨씬 넓어진 영토를 보면서 어떤 생각을 했을까? 한강유역을 확보하고 신라의 발전을 기대하며 왕으로서 중요한 역할을 고민했을까? 사실 진흥왕은 신라의 국력을 강화하기 위해 화랑도를 적극 지원했다.

| 화랑도

4세기 신라는 국가체제를 정비하면서 인재가 필요했다. 이때 화랑도의 전신인 원화(源花)제도가 있었다. 청소년들을 떼 지어 놀게 하고

화랑도

그 행실을 보아 등용하는 것이었다. 여기서 두 명을 대표로 이들을 따르는 청소년을 뽑았으나 서로 시기하는 일이 생겨 해산되었다. 그 후 국가에 의해 정식으로 제정된 것은 진흥왕 시기였다. 당시 신라는 군대를 보충할 수단과 장기적으로 국가가 필요한 인재를 양성할 필요가 있었다. 이처럼 화랑도는 전문 교육기관이 아니라 전통과 정부조직 원리가 결합된 성격의 조직이었다.

기록에 의하면 신라의 화랑은 전체 200여명 정도였다. 화랑집단은 각기 화랑1명과 승려 약간 명 그리고 대다수의 낭도로 구성되었다. 화랑은 외모가 준수하고 사교성과 인품을 겸비한 진골귀족 가운데 낭도의 추대로 되었다. 승려는 주로 화랑을 지도하는 위치였고 낭도들은 경주에 사는 평민출신의 자제들이었다. 즉, 화랑도는 혈연을 초월하여 자신들의 선택으로 만들어진 결사체였다. 일정기간을 정해놓고 단체생활을 했다. 특히 이들은 경주 남산, 금강산, 지리산 등 명승지를 찾아 다니며 국토에 대한 애착심을 기르고 무예를 연마하기도 했다. 그리고 원광법사의 세속5계를 따르며 가치관을 만들어갔다.

충으로써 임금을 섬기는 '사군이충事君以忠' 충
효도로써 부모를 섬기는 '사친이효事親以孝' 효
믿음으로써 벗을 사귀는 '교우이신交友以信' 의
싸움에 임해서는 물러남이 없도록 하는 '임전무퇴臨戰無退' 용맹
생명을 죽임에는 가림이 있어야 한다는 '살생유택殺生有擇' 자비

불교와 유교, 도교 등의 사상이 합쳐진 공동체의식과 애국심을 강조한 것이다. 삼국사기를 보면 화랑도는 국가를 위해 목숨을 아끼지 않은 무사도정신이 강하다. 660년 황산벌 전투에서 '황산벌의 계백, 맞서 싸운 관창~' 의 화랑 관창이 대표적이 예다. 또한 675년 나당전쟁의 매소성 전투에서 김유신의 아들 화랑 원술 보여준 용맹함도 있다. 화랑도는 신라의 시대적 상황과 연결되어 삼국통일까지 신라 역

사의 주역이 되었다. 화랑도의 정신은 우리민족 전통과 이념에 영향을 주어 고려, 조선을 거쳐 계승되었다. 또한 국가 유사시 독립운동과 애국정신의 상징으로 오늘날 이어진다.

육군, 공군, 해군 사관학교는 1940년대 만들어진 군사학교이다. 내가 사는 곳 근처에 '화랑대' 역이 있다. 바로 육군사관학교가 있어서 붙여진 역 이름이다. 가끔 제복 입은 사관생도가 보이면 나도 모르게 살짝 눈길이 간다. 훤칠한 키에 평균적으로 준수한 외모 그리고 절도 있는 행동에서 느껴지는 군인다움이 보기 좋다. 사관생이 되려면 학업실력은 물론 체력과 키, 몸무게 등 어느 정도 외관을 갖추어야 한다. 그리고 매해 높아지는 경쟁률을 뚫어야 한다. 현대사에서 사관학교 출신으로 5 · 16과 12 · 12사태 등 정치적 기록도 있지만, 전체적으로 이들 육해공군 사관생들의 애국심은 고마운 것이다. 그리고 이들이 21세기 대한민국의 화랑도이다.

| 김유신

다시 신라시대 화랑으로 돌아가서 만나야 할 분이 있다. 바로 화랑의 대표적인 인물이자 삼국통일의 주역인 김유신장군이다. 먼저 그와 관련된 전설을 소개한다. 15살에 화랑이 된 그는 왜구를 평정할 뜻으로 산속으로 들어가 수련을 했다. 이때 어떤 노인을 만나 삼국통일에 필요한 비법을 전수받고 다음해 검을 들고 산속에 들어가 기도했다. 사흘째 되던 날 허성(북쪽의 넷째 별자리)과 각성(동쪽의 첫째 별자리) 두별이 환하게 빛나면서 김유신이 갖고 있던 칼에 내려앉았다. 즉, 유년시절부터 삼국통일에 뜻을 갖고 하늘의 도움으로 그 준비를 했다는 것이다.

629년 김유신이 고구려의 낭비성(충북청원군)을 공격해서 승리했다. 신라는 고구려 기세에 밀린 상황이었는데 김유신이 신라군을 지휘하던 장군에게 허락을 구한 뒤 혼자 적진으로 뛰어들었고 고구려군 장수 목을 베어왔다. 이에 신라군은 사기가 높아져 고구려와 전투에서

김유신 동상

이겼다. 이를 계기로 김유신의 명성은 신라에 퍼졌고, 33살에 큰 공을 세우며 삼국통일의 주역으로 등장했다. 사실 김무력, 김서현, 김유신 3대가 무관으로 그 능력은 인정받았지만 가야 왕족 출신임에도 가문의 위치는 쇠락하고 있었다. 따라서 김유신의 승전은 가문의 영광이자 자신의 출세를 보장해줄 기회였다.

김유신은 진골의 김춘추와 함께 하면서 그 기회를 넓혀갔다. 둘째 여동생을 김춘추에게 시집을 보내 왕실과 인척관계를 맺은 것이다. 한편 신라는 성골 남성이 끊겨 선덕여왕이 왕위를 이어가고 있었다. 이때 김유신은 김춘추와의 우정과 가족의 힘으로 훗날을 도모할 수 있다는 생각을 했다. 642년 김유신은 높은 관직에 오르며 백제를 공격해 대승을 거두고, 연이은 전투에서도 백제를 제압했다. 삼국사기에 그는 한 번의 패배도 허락하지 않은 명장이자 전략가로 기록되어 있다.

선덕여왕의 적극적인 지원 아래 김유신과 김춘추가 급성장했고 이를 시기한 구세력들이 반란을 일으켰다. 그러나 김유신은 이를 진압하여 더욱 그 둘의 입지는 강해졌다. 선덕여왕이 죽고 그 뒤를 이은 진덕여왕도 일찍 죽자 자연스레 김춘추가 왕위를 이어 무열왕이 되었다. 정권을 장악한 김유신과 김춘추는 삼국통일 작업을 해나갔다. 나당동맹을 성사시킨 것은 김춘추였지만, 김유신은 그 뒤에서 군사력을 확보하고 지휘했다. 이후 김유신은 백제멸망에 공을 인정받아 더 높은 관직에 올랐고, 661년 무열왕이 죽고 그의 아들이 왕위에 올라 문무왕이 되었다. 그는 김유신에게 "과인에게 경은 물고기에게 필요한 물과 같소"라며 아버지 무열왕과 같은 믿음을 보였다. 이에 김유신도 죽을 때 까지 문무왕에게 충성을 다했다. 김유신은 673년 79세의 나이로 자신의 집에서 눈을 감았다.

신라의 김유신은 용맹한 장군으로 역사에 기록되고, 경주에 있는 그의 무덤에서도 그 위엄 느껴진다. 화랑출신 장군으로 삼국통일의 주역이므로 분명 인정받아야한다. 그러나 나는 한편으로 그의 아들 원술과의 관계에서 김유신의 모습이 떠오른다. 김유신의 둘째 아들 원술 역시 화랑이다. 고구려와의 석문전투에 나갔으나 상황이 신라에게 불리하자 도망쳐 목숨을 건졌다. 그러나 화랑의 계율 '임전무퇴(臨戰無退)'를 어긴 죄로 아버지 김유신의 노여움을 사게 되고 어머니의 차가운 냉대로 원술은 결국 반강제적으로 집을 나가게 되었다. 이후 자신의 과오를 반성하며 당나라와 신라의 675년 매소성 전투에서 큰 공을 세워 신라왕실의 인정을 받았다. 그러나 아버지에게 용서받지 못한 자괴감에 평생을 산속에서 숨어살았다.

김유신 묘 〈출처:문화재청〉

엄격한 아버지 김유신. 아들 걱정보다 주변 시선과 자신의 체면이 우선이었을까? 세상에 하나 밖에 없는 둘째 아들인데. 나의 이야기를 잠깐 하자면, 두 아이 엄마로서 아이들과 함께하면 에너지가 충전되고 또 힘들어서 방전 된다. 경험상 육아는 충전과 방전의 반복이다. 그래도 첫 아이가 스스로 옷을 입고 밥을 먹고 서툴지만 말을 시작하면서 의사소통이 된다. 이런 과정이 신기하고 감사하다. 둘째도 곧 그러겠지만. 사실 아이들에게 얻는 긍정 에너지가 더 많다. 부모역할을 잘 하고 싶어 고민하고 노력하는 과정도 곧 나의 성장이다. 예전 부모님 세대처럼 일방통행의 부모와 자식 관계가 아닌 인정과 존중으로 소통하는 부모가 되고 싶다.

갑자기 화랑도 김유신과 그의 아들 이야기에서 나의 육아경험으로 이어지는게 어색하게 보일 수 있다. 그런데 여기에 내가 나누고 싶은 요지는 이것이다. 나라를 구한 김유신은 정작 자신의 아들을 잃었다. 비록 석문전투에서 아들의 행동이 명예스럽지 못했더라도 두려움에 떨었을 원술의 마음을 읽어주고 다음 전쟁에서 실력발휘 할 수 있게 격려해 줬다면 어땠을까? 김유신은 장군으로서 존경과 아들을 챙기는 따뜻한 아버지로 후대에 더 기억되었을 것이다. 내가 김유신장군에게 너무 많은 것을 바라는 건가? 맞다 그럴 수 있다. 김유신이 살았던 때는 고대국가 신라시대다. 국가를 위한 '충'의 개념을 생각하면 김유신의 입장이 이해되기도 한다. 당연히 요즘의 자녀사랑 방법이 다를 수도. 한편으로는 '지금'을 살아가는 우리는 그만큼 부모자식간의 관계를 보다 다정하고 소통하는 면을 중요하게 여긴다는 말이다. 시대마다 다른 생각이다. 역사 속 김유신장군을 통해서 뭔가 공유되고 생각하게 되는 이런 연결고리가 좋다.

| 삼국통일

사실 어떤 사람들은 진흥왕 순수비를 보며 진흥왕이 영토 확장하고 비석세우는 일에 너무 집착했다고 비하하기도 한다. 한강유역을 확보하고 삼국통일까지 생각했다면 결과가 있어야 하는 거 아니냐는 의미일 수 있다. 실제 553년 한강유역을 차지하고 약 100년이 지나 660년 백제, 668년 고구려가 멸망했다. 그렇다면 약 100년 동안 삼국에서는 무슨 일이 있었을까?

고구려는 남쪽으로 신라, 북쪽은 돌궐의 공격을 받았다. 이후 581년 수나라와 전쟁에서 을지문덕이 살수대첩에서 승리하지만 내부 권력다툼으로 국력이 점점 약해져갔다. 그리고 수가 멸망하고 618년 세워진 당도 고구려와 국경선을 접하면서 긴장감이 돌았고 급기야 당나라와 전쟁이 났다. 다행히 연개소문의 활약으로 잠시 고구려는 유지되지만 역시나 왕권을 둘러싼 귀족들의 다툼 속에서 저물어갔다. 그리고 나당 연합군에 의해 668년 막을 내렸다.

백제는 성왕이 죽고 나서 한동안 귀족중심제로 운영되다가 무왕이 왕위에 오르면서 어느 정도 왕권이 안정되었다. 무왕은 사찰을 지어 불교를 확산하고 당나라와 외교관계도 이어갔다. 또 신라에 빼앗긴 영토를 회복하고자 고구려와 동맹관계도 한때 이뤄졌다. 그러나 의자왕은 초기에 국력향상을 위해 노력했으나 점차 향락으로 빠져 백제가 기울어져 갔다. 그리고 황산벌전투에서 백제의 5천 결사대와 계백장군은 신라 화랑들과 싸우다 결국 패하게 되었다. 한편 나당연합군은 사비성으로 진격해 의자왕이 무릎 꿇게 되면서 백제는 660년 멸망하게 되었다.

신라는 진흥왕 이후로 한동안 국가 체제를 정비하고 불교에 힘을 쏟았다. 사실 고구려와 백제가 신라를 견제하며 완강히 버티고 있었기에 영토 확장은 힘들었다. 여기에 신라 지도층은 국가재정 대부분을 궁궐이나 절을 짓는데 쓰거나 귀족들이 자기 세력을 키우는데 사용했다. 이 후 김춘추가 왕이 되고 위에서 언급한 김유신의 활약으로 왕권이 안정화 되고 당나라와 손잡으면서 삼국통일이 진행되었다.

나당연합은 서로의 이익관계에서 이루어졌다. 당나라는 그동안 거슬렸던 고구려를 멸망시킴으로 국경부근 평화(?)와 왕권강화를 이루고 싶었고 신라는 삼국통일로 영토 확장과 더불어 한반도 주인이 되고 싶었다. 그래서 나당연합군 사이에 맺어진 약속은 대동강 기준으로 북쪽은 당나라가, 아래쪽은 신라가 차지하는 것이었다. 그러나 막상 고구려까지 멸망하자 당나라는 계획을 바꿔 아예 한반도 전체를 원했다. 그러나 신라는 당나라의 그 야욕에 굴하지 않았다. 과거에는 적이었으나 이제는 같은 진영으로 고구려와 백제의 유민과 연합하여 당나라와 정면 대결했다.

처음부터 신라는 당나라에 거세게 몰아붙였다. 이에 당나라도 더 많은 군대로 신라를 공격했다. 그 와중에 김유신이 세상을 떠났지만 신라는 군대를 정비하고 화랑대를 앞세워 전쟁터로 나갔다. 그리고 매소성(경기도 연천)에서 당나라 20만 대군을 격파하고 이어 676년 기벌포(충남 장항)에서 당의 수군을 물리쳤다. 7년에 걸친 나당전쟁이 끝난 것이다.

북한산을 내려오면서 생각해 본다. 진흥왕은 약 120년의 나제동맹을 깨고 백제를 공격해서 한강유역을 차지했다. 이 선택의 결과 그는 신라역사상 가장 넓은 영토를 차지했다. 그리고 진흥왕은 국가 제도와 강력한 왕권강화를 이루었고 불교를 장려하고 화랑도를 제도화하면서 국력을 강화시켰다. 이런 과정은 산으로 둘러싸인 신라를 한반도 중앙으로 진출하게 만드는 초석이었다. 그는 선택했고 지향하는 바를 위해 집중하며 노력했다. 그리고 삼국은 서로 견제와 갈등 속에서 서로 영향을 주고받으며 결국 (당나라와 연합은 아쉽지만) 신라 주도로 통일되었다. 즉, 진흥왕의 선택과 그가 집중했던 노력들이 통일의 기틀이 되어 우리민족문화의 첫 단추가 되었다.

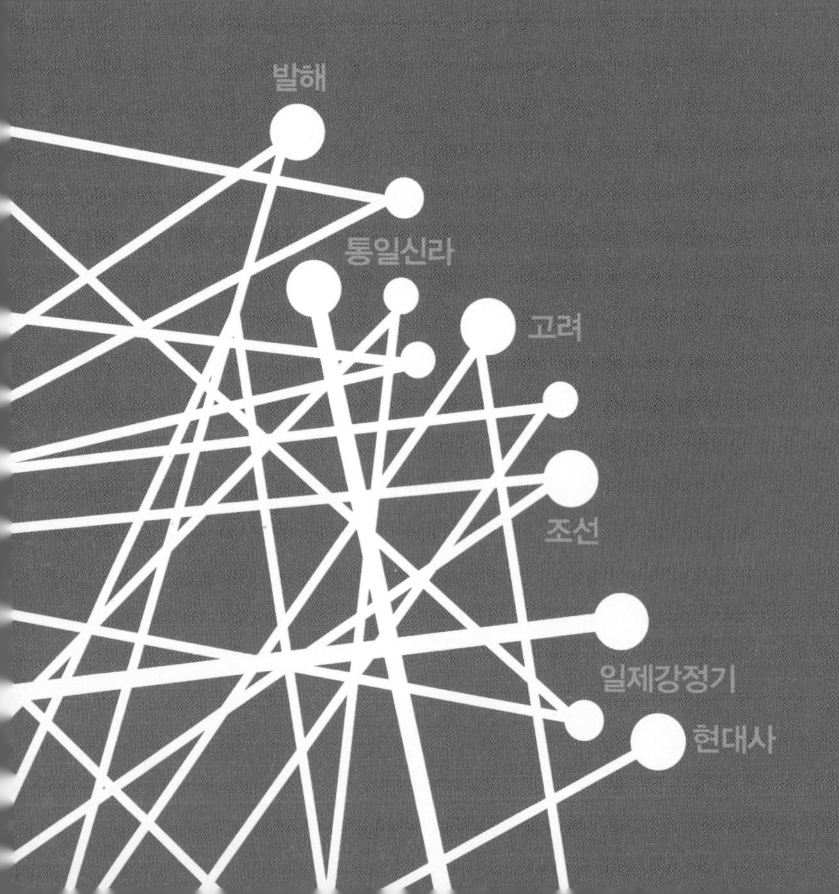
발해
통일신라
고려
조선
일제강점기
현대사

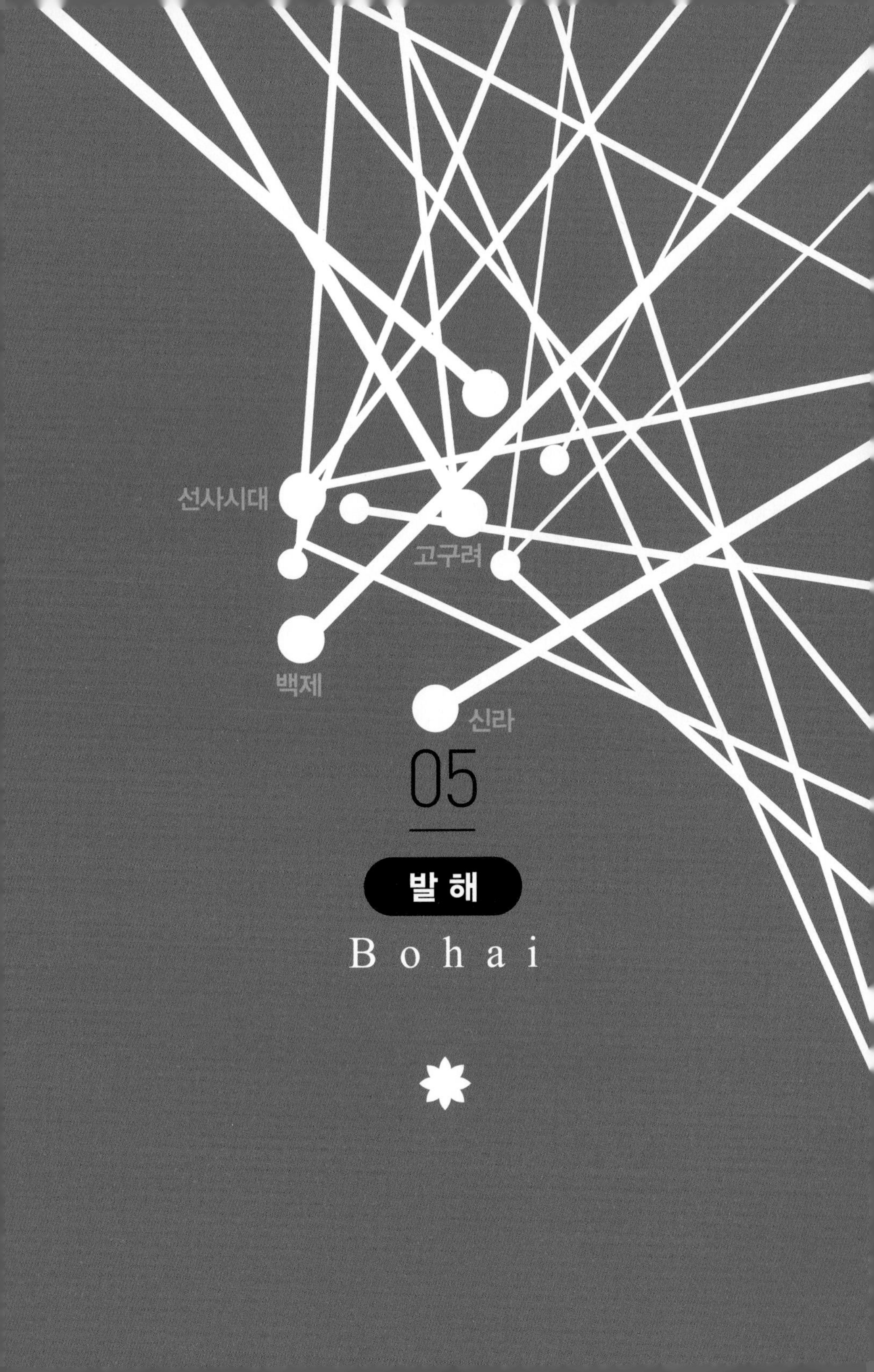

05

발해

Bohai

05 발해

아직 끝나지 않은 우리의 역사
〈국립중앙박물관〉

대조영 | 무왕 | 해동성국 | 유득공 '발해고'
동북공정

'발해를 꿈꾸며' 라는 노래가 있었다. '갈려진 땅의 친구들을 언제쯤 볼 수가 있을까~' 가사내용이 참 신선했다. 나는 통일을 주제로 이런 좋은 노래를 만든 태지오빠만 생각하며 '발해' 의미를 모른 채 지나갔다. 그리고 여고생이 되어 발해를 다시 만났다. 고려로 넘어가기 전 역사시대로 시험에 잘 나오는 고구려계승과 해동성국만 외우며 또 넘어갔다. 역사를 전공했지만 발해 기억이 거의 없다.

고구려를 계승했다는 발해는 솔직히 우리에게 멀게 느껴진다. 왜일까? 발해 문화유적이 북한과 중국에 있어 직접 가는 것도, 학술 연구를 하는 것도 어렵기 때문이다. 분단이라는 상황에서 북한은 이해되지만 중국은 왜 어려울까? 만약 일본이 우리나라에서 옛날 일본조상이 세운 나라를 연구하겠다면 우리 또한 반갑지 않을 것이다. 그러나 건강한 역사관으로 학문에 필요한 연구라면 협조적 자세로 가능하다. 문제는 중국에서 '동북공정'으로 고구려와 발해를 중국역사로 편입시키고 있다는 것이다. 즉, 한국과 중국의 학술적 연구가 실제 차단되었다. 고구려와 발해는 우리역사인데 왜 중국이 자기네 역사로 만들까? 여기에는 중국의 정치적 경제적 문화적으로 복잡한 이해관계가 숨겨져 있다. 그리고 이 상황에서 내가 전할 수 있는 것은 그래도 우리가 발해역사를 알고 있어야한다는 것이다. 그렇다면 남한에서 발해를 만날 수 있는 곳은 어디인가? 없다. 정말 없다. 그래도 발해유물을 만날 수 있는 곳을 향한다. 바로 국립중앙 박물관이다.

서울시 용산구에 위치한 국립중앙 박물관은 2005년 10월에 개관했다. 약 30만㎡의 거대한 공간에 30만 여점 이상의 유물이 보관, 전시되는 우리나라에서 제일 큰 박물관이다. 전에는 용산 주한미군지역이었으나 현재 역사문화를 직접 보고 느낄 수 있는 장소로 많은 사람들이 찾고 있다. 특히 박물관 뒤로 보이는 남산과 앞에 있는 호수와 정원은 선조들의 '배산임수(背山臨水)'를 생각나게 한다. 자연과 인공의 조화 속에서 발해역사를 만나러 간다. 시원하고 높은 중앙 통로를 지

국립중앙박물관 전경

나 남북국 시대가 있는 발해관으로 먼저 들어갔다. 그리고 순간 갸우뚱 해지며 발해관이 맞는지 다시 확인한다. 작년에 왔을 때보다 전시물이 많이 줄었기 때문이다. 그 이유가 궁금하겠지만 나중에 설명하겠다. 우선 발해 역사를 살펴보자.

| 발해성립

668년 고구려가 나당연합군에 멸망했다. 신라는 대동강 이남을 차지했고, 당나라 또한 만주지역을 차지했다고는 하지만 행정적 관리는 장악하지 못했다. 즉, 고구려 옛 영토는 힘의 공백 지역으로 남았다. 고구려 유민들은 어디로 갔을까? 당나라는 영주(요하강 서쪽)에 이

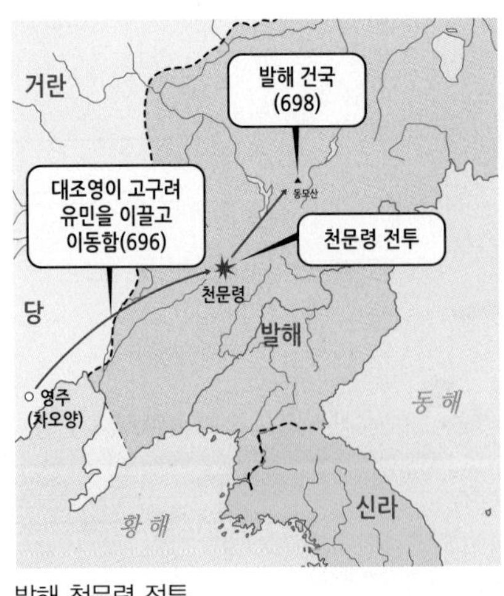

발해 천문령 전투

들을 강제 이주시켜 거란족, 고구려와 협력했던 일부 말갈족과 함께 살게 했다. 하지만 696년 영주도독의 가혹한 통치에 거란이 반란을 일으키고, 일대가 혼란해지자 고구려 유민들과 말갈족은 당나라 지배를 벗어나 탈출을 시도했다. 이때 이들을 이끈 사람이 고구려 출신 걸걸중상과 그의 아들 대조영, 그리고 말갈인 걸사비우이다.

처음 당나라는 이들에게 관직으로 회유하려 했다. 그러나 뜻대로 되지 않자 군사공격을 단행했고, 이에 말갈부대는 적극적으로 전투에 임했지만 걸사비우가 죽으면서 패하게 되었다. 이때 대조영이 말갈족을 흡수하여 동쪽으로 향했다. 추격해오는 당나라군대를 산세가 험하고 매복이 쉬운 곳으로 유인시켜 공격했다. 이 천문령전투로 당나라군은 거의 전멸했고 대조영은 날쌔고 용병술에 뛰어났다고 후대에 전해졌다. 그러나 대조영의 아버지도 이 전투에서 죽은 것으로 추정된다.

| 대조영

천문령전투를 기반으로 대조영은 동쪽 동모산에 터를 잡고 흩어져 있던 고구려유민들을 모아 말갈족과 함께 698년 '진국'을 세웠다. 오늘날 우리가 말하는 '발해' 국호를 둘러싸고 학계에서는 이견이 많다. 처음에는 진국이었다가 나중에 당나라가 대조영을 발해군왕으로 인정하며 이때부터 발해로 바뀌었다는 주장과, 진국은 대조영의 아버지 걸걸중상이 세운 나라로 698년 대조영은 처음부터 발해로 나라이름을 정했다는 것이다. 또한 대조영의 출신을 둘러싸고도 말갈계고구려인, 고구려유민, 고구려 장수 등으로 표현된다. 중요한 것은 대조영이 당의 억압에서 벗어나 고구려유민들을 모아서 고구려를 계승한 나라를 세웠다는 것이다. 그리고 이 내용은 우리가 배워온 '발해' 역사로 지금도, 앞으로도 배우게 될 내용일 것이다. 하지만 쉽지 않다.

현재 지도를 보면 발해 영토는 만주, 연해주, 한반도 북부 즉, 중국과 러시아 그리고 북한의 영토에 걸쳐있다. 그래서 세 나라는 발해가 자기들의 역사라고 주장한다. 중국은 발해를 세운 대조영이 말갈사람이고 그 후예가 여진족과 관련된 만주족이며, 이들이 중국의 마지막 왕조인 청나라를 세웠기 때문에 지금의 중국민족이라고 주장한다. 동북공정은 이런 중국의 역사관에 기초해 고구려에 이어 발해도 중국역사로 만들고 있다. 러시아 역시 대조영은 말갈 사람으로 그 자손들이 연해주 소수민족과 연결된다며 발해도 자신들의 역사라고 한다. 당연히 북한과 남한은 고구려를 계승한 대조영이 고구려유민들과 세운 나라이기에 우리역사라고 믿는다. 발해와 대조영, 어느 나라의 역사인가? 이를 위해서 우리 역사학계의 노력과 역할이 중요하다.

| 무왕

발해는 당나라의 억압에서 벗어나 나라를 세웠지만 국가 체제를 갖추는데 시간이 필요했다. 대조영에 이어 무왕은 우선 영토 확장에 힘썼다. 그는 광개토대왕시대 만큼 영토를 넓혀 강성한 발해를 만들어 갔다.

대토우(大土宇)를 개척하여 동북의 여러 오랑캐(夷)들이 두려워하여 발해의 신하가 되었다. 『신당서』 권219하 북적열전발해

이런 발해의 급성장에 위협을 느낀 흑수말갈은 당의 지배를 선택했다. 이들은 식량과 철 등 물자를 생산할 능력이 없어 교역으로 살아갔는데 발해 세력 확장으로 다른 말갈족들이 복속하자 이에 위협을 느꼈다. 그리고 당이 발해를 견제하자 당이 자신들을 보호해 줄 거라고 여겨 당과 손을 잡았던 것이다. 또는 당나라가 발해를 주시하면서 흑수말갈을 포섭했다는 주장도 있다. 결과적으로 당과 흑수말갈의 친밀

함은 발해에 위협이었다. 무왕은 왕위계승자인 장자 대도리행을 당에 파견해 이를 항의했다.

흑수말갈이 처음에는 우리에게 길을 빌려 당나라와 통교하였다. 그런데 지금 당나라에 관리를 요청하면서 우리에게 알리지 않으니 이는 반드시 당나라와 함께 우리를 공격하려는 것이다. 문예와 장군 임아는 군사를 거느리고 흑수를 치도록 하라. 『구당서』 권199하, 열전 149하 발해말갈

고구려가 당과 신라의 연합으로 멸망했듯이 당과 흑수말갈의 공조는 발해에게 긴장감을 주었다. 이에 무왕은 동생 대문예를 총사령관으로 흑수말갈 공격을 명령했다. 그러나 대문예는 고민하다 왕의 명령을 거부한다. 왜냐하면 발해 건국 초 인질로 당에 8년간 머문 대문예는 실크로드를 통해 발달된 당문화와 강력한 군사력을 보았다. 그래서 친선관계에 있는 흑수말갈을 공격하는 것은 당과 전쟁을 뜻하는 것으로 보았다. 한편 무왕입장에서는 흑수말갈이 당과 교섭을 묵인할 수 없었다. 그리고 만약 당과 전쟁이 나도 당과 국경선을 접한 돌궐과 거란이 지원해 줄 거라는 판단도 있었다.

한편 이런 상황에서 대문예는 무왕의 명령에 불복하고 오히려 당에 망명을 했다. 그리고 당나라 현종의 지원 아래 벼슬까지 얻으며 목숨

을 부지했다. 이때 무왕은 당에 사신을 보내 현종에게 대문예는 왕의 명령을 거역한 죄인임으로 죽이라는 국서를 보냈다. 그러나 현종은 이를 무시하고 대문예를 귀양 보냈다며 거짓말을 했다. 나중에 무왕이 이 상황을 알게 되어 더욱 당에 반감이 생겼고 그 와중에 발해 차기 왕위계승자 대도리행이 당에서 죽는 일이 생겼다. 이에 당은 대문예를 왕으로 임명할 수 있다고 발해에 경고했다. 이런 상황에서 발해 무왕은 당을 공격하기로 결심했다.

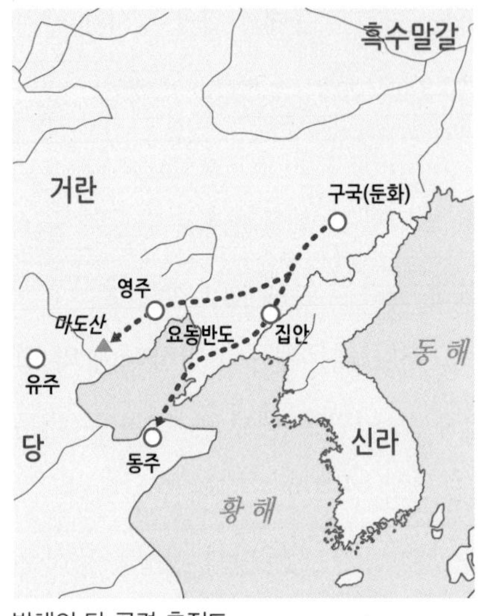

발해의 당 공격 추정도

| 동주 전투

732년 9월 무왕은 장문휴에게 당나라의 큰 항구도시이자 무역거점인 '등주' 공격을 명령했다. 등주는 수당시대 수군의 거점으로 등주성에서 배를 만들고 물자를 수송하는 일을 맡았다. 발해입장에서는 이곳을 먼저 공격해야 당에게 전략적 피해를 줄 수 있었다. 갑작스런 발해의 등주공격에 당 현종은 급히 군대를 보냈지만 발해는 더욱 강해졌다. 이에 당은 신라에 지원군을 요청했고 733년 1월 약 10만의 신라군이 왔으나 혹독한 추위에 제대로 싸우지 못하고 퇴각했다.

갑자기 발해 무왕의 '용맹' 함이 그려진다. 사실 우리나라역사에서 중국을 대상으로 '선제공격' 은 거의 없다. 그런데 무왕은 했다. 그것도 감정적 대응이 아니라 주변정세를 살피고, 명분을 갖고 전략적으로 공격했다. 당 현종은 수나라가 당했고, 당초기 당했던 고구려가 생각났을 것이다. 그리고 그 고구려를 계승했다는 발해의 군사력에 긴장 했다. 그래서 남쪽 신라를 불러 협공을 요청했던 것이다. 보통 역사 속에서 중국과 우리는 사대관계, 조공무역, 책봉하사 등 상하관계지만 이번 무왕의 화끈한 공격은 은근한 통쾌함이 느껴진다. 약간 감성적으로 역사 접근인데 이 또한 솔직한 나의 입장이다.

| 마도산 전투

등주전투가 제대로 풀리지 않자 당은 무왕의 동생 대문예를 발해 토벌의 총사령관으로 임명했다. 무왕은 조국을 등진 동생 대문예를 가만 둘 수 없어서 당에 암살단을 보냈다. 나중에 이 사실을 안 당 현종은 낙양에 침입한 자객단을 모두 처형했다. 한편 무왕은 직접 군사를 이끌고 거란과의 협력으로 733년 마도산을 침공하면서 발해와 당의 두 번째 전투가 시작되었다. 무왕이 이끈 발해군은 맹렬한 기세로 당나라 군대를 제압했다. 첫 번째 등주전투와 두 번째 마도산 전투를 통해 당시 발해는 고구려에 견줄만한 군사강국임을 확인했다.

| 문왕

당에 강경하던 무왕이 죽은 후 그의 아들 대흠무가 발해의 3대왕인 문왕이다. 그는 아버지 때 확장된 영토를 보다 안정적으로 다스리는데 집중했다. 그 시작은 당나라와 우호적인 관계를 유지하면서 당의 선진문물을 수용하고 발해 실정에 맞게 적용시키는 것이었다. 당의 3성 6부제는 정책의 기초를 수립하는 중서성, 수립된 정책 심의 기관인 문하성, 결정된 정책 시행의 상서성 3성과 이(관리임명), 호(재정), 예(교육), 병(군사), 형(법률), 공(토목) 6부였다. 이를 바탕으로 발해는 선조성, 중대성, 정당성과 충, 인, 의, 예, 신으로 운영했다. 기본은 거의 같지만 전보다 행정적인 효율성과 전문성으로 통치했다. 문왕은 도읍을 여러 번 옮겼다. 원래 수도인 동모산 일대를 벗어나 철과 쌀 생산에 유리한 중경으로 갔고 북쪽의 흑수말갈의 규모가 커지자 이를 제압하려는 목적으로 상경으로 천도했다. 이후 동해로 쉽게 이동할 수 있는 동경으로 이동해 당시 일본과 친선관계를 유지하면서 상업적 실리도 챙겼다.

한편 건국 초 발해와 신라는 적대국으로 대치했다. 무왕 때 당과의 전투에서 신라가 당에 지원군을 보낸 이후로 긴장관계가 있었지만 발

발해 행정구역

해와 당의 관계가 회복되면서 신라와 교류도 진행되었다. 그리고 757년 발해는 신라와 교역할 수 있는 발해 5경중 동경에서 남경에 이어지는 신라도(新羅道)를 통해 교역을 했다. 성왕 때 수도는 다시 상경으로 옮겨졌고 이후 발해의 도읍지로 굳혀졌다. 당의 문물을 받아들이며 정치적 안정화와 주변국과 교역 속에서 발해는 보다 성장했다. 이에 당은 발해를 발해군왕으로 칭하다가 762년부터는 발해국왕이라고 했다.

이 시기에 발해가 일본에 보낸 외교문서를 보면 그 자신감을 엿볼 수 있다. 속일본기를 보면 '고려국왕 대흠무'라고 표기하였고, 일본에서 사신이 오자 문왕은 "이 땅은 고구려의 영토를 회복하고, 부여의 유속을 이었으니 너희 일본은 우리를 옛 고구려를 대하듯 하라"고 했다는 기록이 있다. 발해는 더 이상 당의 간섭을 받지 않고 독자적인 나라운영을 해나갔다. 발해 임금은 스스로를 '황상'이라 칭했다. 특히 독자적인 연호사용은 발해의 국력을 말해주는 증거였다. 그러나 문왕이 죽은 후 발해는 권력다툼으로 25년 동안 왕이 6번이나 바뀌는 등 혼란이 계속되었다. 그리고 818년 선왕이 왕위에 오른 뒤에야 안정을 되찾았다.

발해사 목간

전시실에 '발해사 목간'이 보인다. 종이가 보편화되기 전 대나무나 나무판에 글을 썼는데 이를 목간 또는 죽간이라고 한다. 일본 나라시에서 나온 목간으로 727년 일본에 온 발해 사신이 일본 중신을 방문했던 일과 관련된 것으로 추정된다. 이 목간 중앙에 '발해사(渤海使)'라고 쓴 부분과 주변에 '교역(交易)'이라는 글씨가 보인다. 학계에서는 붓을 가지런히 하기 위해 글씨 연습을 한 흔적으로 추정한다. 발해 사신과 일본 중신이 마주한 자리에 어떤 이야기가 오갔을까? 서로 도와가며 신라도 견제하고 무역도 잘 하자는 화기애한 분위기였을까?

| 선왕 '해동성국'

818년 발해 10대 왕은 영토 확장과 대외교류에 집중했다. 그가 바로 발해 전성기 때 왕으로 알려진 선왕이다. 그는 북쪽으로는 헤이룽

강, 서쪽 요하강, 남쪽 대동강까지 옛 고구려영토를 대부분을 되찾았다. 특히 발해에게 가장 골칫거리인 흑수말갈을 선왕 때 정복하여 안정적인 정치체제와 지방제도를 정비했다. 또한 발해의 경제적 발전을 위해 당나라, 일본과의 외교를 보다 활성화시켰다. 825년 선왕은 103명으로 구성된 대규모 사신단을 보냈고 발해의 가죽을 비롯한 일본과 교역에 주력했다. 신라의 장보고가 일본과의 교역에 적극적이었던 시기라 발해도 신라를 견제하는 목적으로 일본과 적극적인 무역에 나섰다. 그러나 발해에게 역시 가장 큰 교역 상대는 당나라였다. 산둥반도 등주에는 신라 유학생이나 승려들이 거주하는 신라방이 있는 것처럼 발해인을 위한 발해관이 있었다. 발해 유학생들과 승려가 당의 불교문화와 더불어 유학과 당의 선진 문물을 받아들이고 발해로 돌아가 적절히 수용했다. 이런 당나라와 발해의 우호적인 관계 속에서 당나라는 발해를 '해동성국' 즉, 바다 동쪽의 성대한 나라라고 했다. 이처럼 9세기 발해는 정치, 경제, 문화 등에서 화려하게 꽃을 피웠다.

전시실에 치미가 보인다. 치미란 왕궁 지붕을 장식하는 기와이다. 발해의 이 치미는 고구려의 영향을 받아 만들어진 형태로 추정된다. 1964년 중국과 북한의 연합고고발굴단이 발해 수도 상경성에서 발굴했다. 높이 91㎝, 너비 91.5㎝, 두께 36㎝로 대형크기로 이 치미는 북한에 있는 진품을 복제한 것이다. 그래도 발해 유물이 이렇게 눈앞에

발해 치미

있으니 이 치미가 올려 졌을 왕실 규모를 상상해본다. '해동성국' 전성기 때 발해 모습이 궁금하다. 특히 당나라에 유학 온 신라인들과 발해인들이 만나면 서로 어땠을까? 서로 다른 나라로 인식했겠지? 말은 통했을까? 아니면 중국 한자를 적어가면서? 어찌 보면 고대시대 분단국가처럼 보이는데 그들이 모여서 만들어냈을 풍경이 궁금하다. 당에서 배우고 익혀서 고국으로 돌아가 국가발전에 도움이 되는 계획을 세웠을까? 오늘날 미국유학파처럼 말이다.

전시실에 있는 발해시대 작은 불상을 본다. 한 · 중 · 일 동아시아문화권 형성에 빠질 수 없는 부분이다. 그러나 발해 불상 역시 고구려처

발해시대 불상

럼 약간 투박하다. 백제처럼 섬세하거나 신라처럼 화려하지 않아도 고구려와 발해스럽다. 만주일대 척박한 환경이 느껴지는 것 같아 저 작은 불상들이 더 마음으로 다가온다. 어쩌면 내가 규모 있는 사찰과 화려한 금동불상에 익숙해서 이 작은 불상이 더 작게 느낄 수 있다.

옆에는 한 · 중 · 일 불교문화가 연꽃 와당으로 표현되어 있다. 역시 동아시아 문화의 공통분모가 느껴진다. 발해 와당을 가까이에서 보니 얼마 전 갔다 온 아차산 고구려 보루 연꽃와당이 연결된다. 만주벌판에서 고구려가 만든 와당무늬가 발해에 전해지고 세월의 풍파 속에 남겨졌다. 그리고 천년이상이 흘러 누군가에 의해 발굴되어 지금 내

연꽃와당

가 서 있는 이곳에 전시되어있다. 연꽃와당이 거쳐 온 시간이 우리역사로 느껴진다.

| 발해 멸망

926년 거란족의 침입으로 발해는 갑작스럽게 무너졌다. 그 이유를 둘러싸고 학계에서는 여러 주장이 있다. 왕위를 둘러싼 권력다툼으로 거란 공격에 제대로 대응하지 못했을 것이라는 의견이 있고, 또는 백두산이 폭발하면서 큰 식량부족과 국정불안에 결국 망했다는 설도 있다. 발해와 관련 기록은 대부분 당나라와 일본 사료에 근거하는데 아직까지 발해가 멸망한 이유가 정확하게 밝혀지지 않았다. 그러면 발해 멸망 이후 발해유민들은 어디로 갔을까? 대부분 거란의 지배를 받았고, 일부는 송나라로 망명을 갔거나 고려로 유입되었다. 한편, 발해의 마지막 왕 대인선의 아들 대광현은 고려에 귀순했다. 그리고 또 일부는 발해부흥세력으로 '정안국'을 세웠다는 기록이 있다. 송나라 역사를 기록한 '송사'에서 정안국전이 있고 조선시대 유득공 '발해고'는 이 책을 참고했다. 그 내용을 보면 '송태조 계보 3년 (970)에 사신을 보내 정안국왕의 표문과 담비가죽을 송 황제에게 올렸다'는 기록이 있다. 그리고 정안국의 왕 오현명이 송에 표문을 올리면서 "신은 본래 고구려 옛 땅인 발해의 유민으로서 한구석에 웅거하여 세월을 지내 보냈다-송사"고 밝혔다.

이것은 정안국이 발해유민이 세운 국가이고 고구려-발해-정안국으로 계승됨을 말한다. 그러나 정안국의 건국시기, 건국자, 중심지, 통치체제, 멸망 등 확실한 사료적 증거가 부족하다. 고구려의 옛 땅, 거란 세력 위치, 여진족 관계 등을 고려해 압록강 일대에 세워졌고 986년 거란의 여진 정벌에 정안국도 같이 멸망했을 것으로 추정한다. 전시실 벽에 발해지도 앞에 섰다. '와~~' 굉장하다. 그리고 한편으로는 '음~~' 아쉬움이 새어나온다. 무왕-문왕-선왕으로 이어지면서 한 때 당을 긴장하게 하면서 전성기를 맞이했던 발해였는데, 지금은 중국 땅에서 우리역사를 찾기가 힘들다. 이런 안타까움을 약 400년 전에 먼저 느낀 학자가 있었다. 누구일까?

| 유득공 '발해고'

발해가 우리 역사서에 등장한 것은 삼국사기가 처음이지만 신라와의 관계에서 언급되는 정도이다. 삼국사기가 고구려-백제-신라 세 나라를 중심으로 다룬 책이고 발해를 우리역사로 인식하지 않았다. 한편 일연스님의 삼국유사는 중국의 사료를 인용하여 속말말갈인, 말갈계 고구려인 또는 고구려 후예로 서술했다. 그러다 고려 말 문장가인 이승휴가 쓴 '제왕운기' 에서 발해를 민족사적 관점에서 접근했다. 당시 그는 집권층 눈 밖에 나서 57세 나이에 지방에 머물며 이 책을 썼다. 시의 형식으로 중국과 우리역사 제왕(帝王)들의 흥망을 담아 충렬왕이 역사적 교훈을 갖게 하는 것이 목적이었다. 여기서 우리가 주목할 부분은

'옛 고구려 장수 대조영은 태백산 남쪽 성을 근거지로 하여 주나라 측천무후 원년 갑신(684)에 개국하여 발해라 이름을 지었다.'

라고 발해와 우리역사의 계승관계를 명시한다는 것이다. 이승휴가 살던 고려는 고구려를 계승했고 '고구려 장수 대조영' 이라는 표현은 삼국사기나 삼국유사와 달리 민족사적 접근이었다. 그러나 이 제왕운기

는 좌천당한 지방관리가 쓴 책이라서 영향력은 없었다. 그리고 유교사회에서 우리의 역사는 한(韓)민족이었기에 역사의 정통성을 생각하면 발해는 당시 역사인식에서 벗어나 있었다. 따라서 '고구려 장수' 또는 '고구려를 계승했지만 정통성이 없는 왕조'로 여겨 발해역사를 제대로 편찬할 생각이 없었을 것이다. 이런 인식을 안타깝게 여기던 학자가 조선시대에 있었다. 그는 '발해고'라는 책에서 남쪽 신라처럼 북쪽 발해도 우리역사라고 주장했다. 그래서 통일신라가 아닌 '남북국시대'라고 칭했다. 누구일까? 바로 조선시대 규장각검서관 출신 유득공이다.

발해고

18세기 만들어진 규장각은 정조가 인재양성과 통치기반을 강화하기 위해 만든 학술 및 정치기관이었다. 유득공은 이 규장각에서 검서관으로 책의 교정 및 편찬을 맡았고 조선, 중국, 일본의 사료를 읽을 기회가 많았다. 그리고 박제가, 박지원, 홍대용 등 북학파와 교류하면서 실학에도 관심을 갖게 되었다. 이런 검서관 경험과 실학자와 교류는 유득공이 중화사상에서 벗어나 자주적인 민족의식을 갖게 했다. 그리고 이를 바탕으로 유득공의 역사관이 형성되어 '발해고'를 집필하게 되었다. 유득공은 발해고 서문에

'발해 영토가 거란과 여진에게 넘어갔고, 고려에 망명해온 발해 왕실과 유민이 있음에도 고려는 발해사를 서술하지 않았다. 때문에 이 땅을 되찾으려 해도 근거가 없다. 한편 18세기 북방영토에 관심을 갖게 되었지만 역시 기록이 없었다. 발해사를 우리 역사 속에 넣을 것을 적극 주장하고 이를 뒷받침하기 위해 '발해고'를 서술했다.' 라고 적었다. 유득공은 발해역사 기록과 문헌이 제대로 없음을 한탄하면서 신당서, 구당서를 비롯한 중국서적과 삼국유사 동국통감 등 한국사서 그리고 속일본기, 일본사 등 일본사서 총 20여종의 사료를 참고하여 '발해고'를 썼다. 그리고 발해가 제대로 기록된 사(史)를 남기지 못해 '발해고(考)' 라고 이름 지었다.

발해고는 대조영의 아버지 걸걸중상(乞乞仲象) '진국공'으로 시작한다. 그리고 그의 아들이 고구려 장수로 고구려와 말갈 군사를 이끌고 당나라 군대를 무찌르고 동모산에 건국했다는 내용이다. 발해고 내용을 보면 왕에 대한 기록 '군고', 문무신과 학자 외교관등을 다루는 '신고', 품계와 복식의 '의장고', 지방의 특산물을 다루는 '물산고',

칭호를 설명하는 '국어고', 외교문서가 기록되어있는 '국서고' 그리고 발해부흥운동 내용의 '속국고'를 담고 있다. 삼국사기나 삼국유사와 달리 유득공은 발해를 적극적으로 우리역사로 인식하게 만든 출발점이었다. 즉, 역사를 보는 새로운 시각을 제시했던 것이다. 이런 유득공의 노력에도 불구하고 현재 우리는 발해가 우리역사라고 보여줄 자료가 부족하다. 유물을 발굴하고 연구하기는 중국 협조 없이 불가능하고 중국은 이미 고구려, 발해 역사를 중국역사로 만들고 있다. '동북공정'이라는 이름으로 국가주도의 '역사왜곡'이 이미 2002년 시작되어 5년간 공식적인 연구기간을 끝냈다. 표면적으로는 동북공정이 끝났지만 역사왜곡의 여파는 지금도 진행되고 있다. 먼저 '동북공정'이 무언인지 알아보자.

| 동북공정

중국은 인구의 90%이상의 한족(漢族)과 55개의 소주민족이 만든 국가다. 국경선 부근에 살면서 전체인구 10%도 안 되는 이 소수민족은 중국 정치적 안정에 있어서 중요하다. 이들은 한족과 민족문화가 달라도 중국인으로 살면서 중국정부가 인정해준 자신들의 전통문화를 유지해왔다. 가깝게는 우리 조선족이 그렇고, 멀게는 이슬람문화권인 신장 위구르지역이 그러하다. 한편, 중국정부에서는 이들 소수민족을 인정해주는 느슨함과 역사적으로도 묶이는 뭔가가 필요했다. 그리고

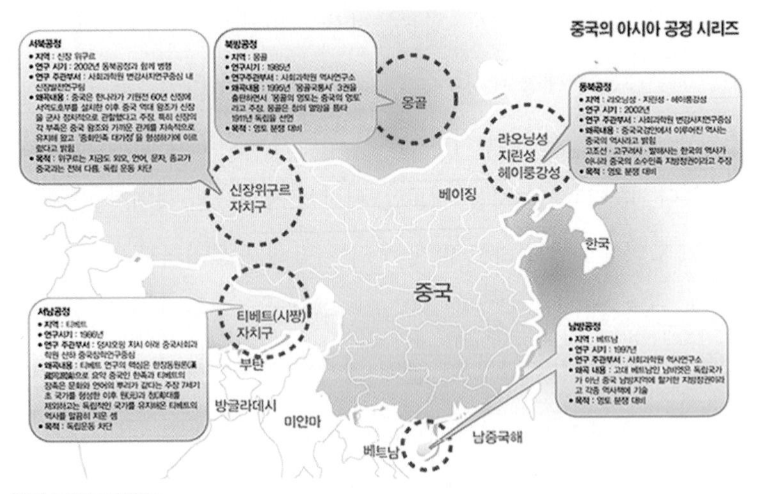

중국 공정프로젝트

이런 고민은 정부주도의 '동북공정', '서북공정', '서남공정'이 있다.

동북공정이란 중국의 동북 3성인 헤이룽장성, 지린성, 랴오닝성에서 일어난 역사와 여기에 관련된 현대사와 미래사가 주요 연구내용이다. '미래사'라는 말에 갸우뚱해진다. 일단 중국정부가 지향하는 것이 그것이다. 한 걸음 더 들어가면 동북공정은 80년대 이미 시작되었다. 당시 북한이 주체사상을 강조하면서 고구려와 발해사를 집중 연구하자 중국의 동북지방에서도 이를 반박할 내용의 연구가 시작되었다. 그러다 1992년 한중수교 이후 활발해진 경제교류로 조선족이 한국으로 유입되기 시작했다. 한편 2000년대 들어서 북한이 고구려고

분을 유네스코에 등재하려고 준비하자 중국에서는 '고조선, 고구려, 발해=한국' 이라는 상황에 긴장했다. 이에 2002년 공식적으로 '동북공정' 이 수면위로 등장했고 '고조선, 고구려, 발해=중국' 역사왜곡을 국가주도로 하게 되었다.

중국이 목표하고 있는 것은 현재 중국의 국경 안에서 전개된 모든 역사를 중국의 역사로 편입시키는 것이다. 이를 위해 중국은 국가주도의 역사관으로 각 민족의 단결을 강조하고 동북지역을 중국 역사의 정통성과 연결시키고 있다. 그래서 조선족이 중국국민으로서 정체성을 갖고 한반도 통일에 동요하거나 이탈하지 않도록 미리 방지하려는 것이다. 이런 과정에서 '동북공정' 은 고조선, 부여, 고구려, 발해의 역사가 중국의 역사라고 이론화하고 만주는 한(韓)민족과 관계가 없다고 부정하고 있다. 즉, '동북공정' 은 앞으로의 중국이해관계를 위해 과거의 역사를 왜곡하고 교육시키려는 국가적 프로젝트이다.

한국에서 '동북공정' 에 대한 관심과 우려가 확산되자, 정부에서 대응책을 마련하고 중국정부에 공식적인 문제제기를 했다. 그리고 2004년 한국은 중국의 역사왜곡에 대한 시정을 요구할 수 있는 근거를 마련했다. 중국이 쓴 고구려사 내용에 한국입장을 고려하고 학술교류를 하자는 내용이었다. 하지만 이 합의에도 불구하고 2007년 5

년간의 동북공정 결과물은 나왔고 이 프로젝트는 종료되었다. 문제는 '동북공정' 연구가 끝났다고 문제가 해결된 것이 아니다. 학계에서는 연구결과가 중요한 자료로 활용되고 내용의 타당성과 상관없이 상당 기간 후대에 영향을 준다. 심각한 것은 이런 역사왜곡 연구물이 고구려, 발해 유적지의 표지판과 박물관 안내문, 대학교재와 교양서까지 수록된다는 것이다. 즉, 교수와 학생들을 비롯해 일반 중국인들의 인식을 자연스럽게 지속적으로 바꾼다는 사실이다.

2004년 7월 중국에서 열린 28차 유네스코회의에서 북한의 고구려 고분군과 중국에서 신청한 고구려 수도, 귀족과 왕족의 무덤이 유네스코세계문화에 등재되었다. 장소를 보면 오녀산성, 국내성, 환도산성, 광개토대왕릉비, 장군총, 무용총등을 중국에 있는 고구려유적이다. 오녀산성은 고구려의 첫 번째 수도였고, 국내성은 두 번째, 환도산성은 임시수도역할을 했던 곳이다. 즉, 고구려의 유적이 중국에 있음을 국제사회에서 인정받고 중국인들에게 고구려를 중국역사로 교육시키는 근거가 되는 셈이다. 현재 중국 지린성은 옛 고구려 국내성터에서 유적을 발굴하고 연구한다는 목적으로 역사유적 공원을 만들었다. 이렇게 차근차근 진행된 동북공정은 중국인에게 이미 스며들고 있다. 그리고 이런 예는 동북공정 전에 시작된 '서남공정' 에서 찾을 수 있다.

| 서남공정

1986년 시작된 서남공정은 티베트의 역사문화를 중국역사로 편입시킨 역사연구다. 7세기부터 독립국가를 이루고 당나라 때 중앙 아시아에서 영향력을 행사하던 티베트를 중국의 지방정부로 격하시켰다. 그리고 한장동원론(漢藏同源論)으로 중국인 한족(漢族)과 티베트의 장족(藏族)은 문화와 언어의 뿌리가 같다는 주장을 했다. 또한 티베트로 이주하는 한족에게 주택, 일자리를 주면서 한족이주 정책을 진행했다.

티베트는 중국정부의 '서남공정' 따른 무력제제에도 꾸준히 독립운동을 하고 있다. 그러나 현실은 힘들다. 특히 2008년 베이징 올림픽을 앞두고 티베트인들의 대규모 항쟁은 중국정부의 무차별 유혈진압으로 이어졌다. 국제여론은 올림픽 보이콧까지 내세우며 중국을 비난했지만 중국태도는 달라지지 않았다. 현재 티베트 지도자 달라이라마는 완전독립보다는 자치권확대요구를 하고 있다. 국제사회는 중국의 눈치를 보면서 티베트의 자치권이 보다 안정되길 바랄 뿐이다. 우리가 티베트를 여행하면 불교의 가르침에 고개가 숙여지고, 때 묻지 않은 현지 사람들을 보면서 미소가 번진다. 그리고 복잡한 현대문명에서 벗어나 느끼는 여유에 즐거워한다. 반면 티베트가 가지고 있는 이런 역사적 아픔과 고통을 여행객들은 잘 모른다. 더욱 그들이 중국으로 부터 독립하기 위한 노력도 여행객들은 관심이 덜 하다. 이미

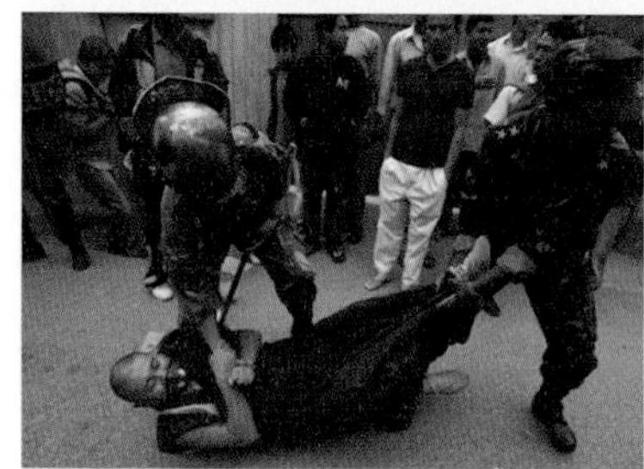

티베트 탄압

티베트 아이

티베트를 중국의 지방으로 알고 있기 때문이다.

| 동북공정 대응 내용

우리가 티베트처럼 중국역사에 편입되고 자치권을 요구 할 상황은 안 될 것이다. 그러나 우리 고구려와 발해 고대사가 중국역사로 편입되는 과정을 보면 '중국의 역사' 가 되고 있다. 이에 '동북공정' 에 우리는 어떻게 대응해야할지 진지한 고민이 필요하다. 먼저 고구려와 발해역사를 두고 중국 측 주장은 무엇이고 이를 반박하는 우리의 근거를 알아보자. 아래내용은 동북아역사재단에서 발행된 '한중역사현안 바로알기' 에서 발췌한 내용이다.

1. 고구려는 중국의 고대민족이 세운 중국 지방정권이다?

고구려는 중국본토가 아닌 요동과 한반도 중북부 일대의 토착민이 세운 나라다. 그리고 민족의 기원보다는 고구려인들이 누구와 역사적 경험을 같이 했는지, 어느 나라에서 계승을 했는지가 중요하다. 같은 민족이라도 동족의식이 없다면 후세사람들은 선조라고 여기지 않을 것이다. 고구려인들은 스스로 중국인들과 다르다고 여겼고, 고구려, 백제, 신라 삼국은 서로 싸우고 교류하면서 역사적 경험을 공유했다. 그리고 신라에 의해 삼국이 통일 되면서 민족문화가 융합되고 이후 발해, 후삼국, 고려의 성립으로 이어졌다. 이는 고구려가 한국사에 속하는 과정을 보여주는 것이다. 광개토대왕릉비에 '옛날 시조 추모왕이 나라를 세우시니 북부여 출신' 적혀있다. 이것은 고구려를 세운 이들이 중국 본토에서 건너온 사람들이 아니라 현재 지린성 일대에 자리 잡고 있던 북부여 출신임을 보여준다.

2.고구려와 발해는 중국과 조공, 책봉관계를 맺은 지방정권이다?

조공은 중국과 외교관계에 있는 나라들이 매년 일정한 공물을 바치는 것이고, 책봉은 새 왕이 즉위하면 중국왕조로부터 인정받는 것이다. 즉, 조공과 책봉은 전근대시기 동아시아 여러 나라들이 중국과 맺었던 외교형식이었다. 이를 통해서 중국은 황제국으로 위상을 높이고 주변국은 중국과 교류를 통해 경제적 이득을 취했다. 만약 조공과 책봉만으로 고구려를 지방정권이라고 본다면 신라, 백제뿐만 아니라 일본, 베트남, 고려도 중국의 지방정권으로 봐야한다. 그리고 고구려와 발해는 고유의 연호를 사용하면서 독자적인 국가체계를 갖추었다. 이는 고구려와 발해가 중국의 지방정권이 아닌 독립국가임을 증명하는 것이다.

3.고구려와 수당간의 전쟁은 중국 내부의 통일전쟁이었다?

수와 당은 중국을 통일 하고 중화사상을 확대하는데 걸림돌인 고구려를 정복하려고 했다. 그리고 고구려는 독자적인 세력권을 지키려고 수나라와 살수대첩, 당나라와 안시성전투 등에서 맞서 싸웠다. 그리고 중국역사에서 수는 남북조를 통일 한 후에 중원통일의 완성을 이루었다고 기록되어있다. 이는 고구려가 수의 지방정권이 아닌 독립적인 국가였음을 의미한다. 7세기 당의 힘만으로 고구려 정복이 불가능하자, 신라와 연합하여 고구려를 멸망시켰던 것은 나라와 나라간의 국제전이었음을 말한다.

4. 발해는 말갈인의 나라였고 중국 고대 소수민족이 세운 지방정권 이다?

발해건국에 말갈인이 참여했고 발해 주민에 포함된 것은 사실이다. 그러나 말갈인은 피지배층으로 발해의 국정운영 지배층은 고구려인이었다. '구당서'에 발해말갈 대종은 고려별종이라고 고구려계임을 밝히고 있다. 그리고 발해 무왕과 문왕 때 보낸 국서를 보면 자신들이 고구려의 옛 터를 회복하고 부여의 전통을 이어받았다고 기록되었다. 고려시대 이승휴 '제왕운기'에서 발해를 민족적 접근을 했고, 조선시

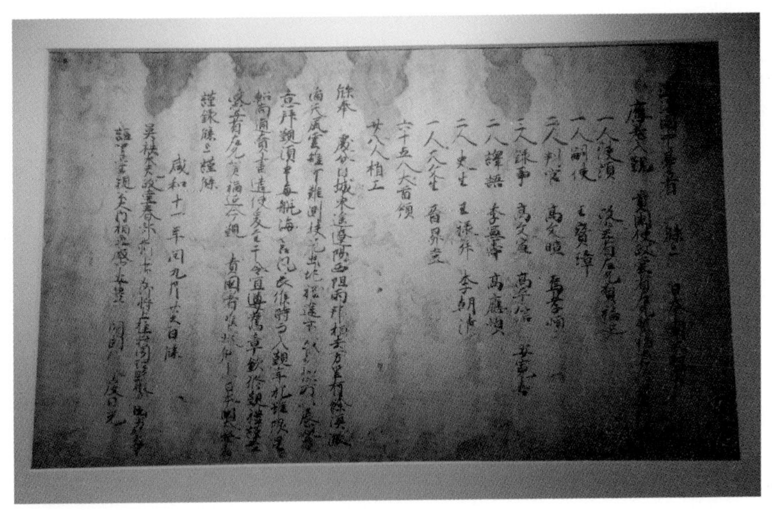

발해 외교문서

대 유득공 '발해고'에 발해 역사가 기록되어있다.

5.발해 국왕이 당의 책봉을 받았으므로 발해는 당의 지방정권이다?

발해와 마찬가지로 신라와 일본도 당의 책봉을 받고 사절단을 보내 조공했다. 발해는 국왕을 '황상'이라 부를 정도의 독자세력을 갖고 있었다. 또한 당에 유학 간 발해인들은 외국인을 위한 과거시험 '빈공과'에 응시 했다.

6. 발해와 당의 문화적 차이는 중앙과 지방 차이에 불과하다?

발해문화가 말갈족이나 당 문화에서 영향을 받은 것은 사실이다. 그러나 발해가 고구려 문화를 계승했다는 것이 중요하다. 발해의 수도인 상경성이나 연해주 크라스키노 성에 남아있는 성벽, 기와, 불상의 축조방법이나 온돌이 그 증거다. 특히 중국 길림성 화룡의 용해고분군에서는 고구려 특유의 관목이 조우관과 매우 비슷한 관모가 나와 발해와 고구려의 문화 유사성을 보여준다. 그리고 온돌은 고구려에서 보이는 특징적인 난방으로 발해가 이를 이용했음은 역시 고구려 문화가 지속되고 있음을 알려준다.

관모

7. 발해가 거란의 요에게 멸망당했으니 발해사는 중국사다?

발해는 거란에 멸망했지만 발해인은 부흥운동을 일으켜 거란 통치를 거부했다. 그래서 정안국이 세워졌고 존속기간은 수 십 년에 이른다. '고려사' 기록에 따르면 발해 왕실 대광현과 발해 유민이 지속적으로 고려에 유입되었다. 고려는 이들을 친척의 나라라고 했고, 대광현에게는 왕씨 성을 내렸다. 한편, 요나라가 사절을 보내오자 고려는 요나라에게 발해를 멸망시킨 무도한 나라라 여기고 수교를 거부했다. 이때 '만교부 사건' 이 일어났다. '발해를 친 무도한 나라이므로 결연할 수 없다.' 며 사신 30명은 섬으로 귀양 보내고 선물로 가져온 낙타는 만교부 아래에서 굶겨 죽였다.

이상 중국의 동북공정 논리가 무엇이고 우리의 근거를 알아보았다. 문제는 중국의 동북공정은 2007년으로 끝났지만 사실 끝나지 않았다. 우선 발해유적지 안내문에 적힌 내용을 보자.

발해 유적지 안내문

"발해국 상경용천부 터는 흑룡강성 영안시 발해진에 있으며, 우리나라 성당(盛唐, 713~762년)기 가장 완비된 형태를 갖춘 건축유적이다. 유적이 풍부하고 고도(古都) 위치, 도시 구조, 건축양식, 건축기술, 건축예술에서 당나라 최고 수준을 보여준다. 중요한 역사 문화 가치뿐만 아니라 건축 기술로서 가치와 예술 가치를 지니고 있다."

물론 발해가 당나라의 영향을 받았지만, 분명 독자적인 나라임에도 안내문에는 발해는 없다. 대신 누가 봐도 중국역사로 인식되는 내용뿐이다.

그리고 중국은 러일전쟁에서 일본이 전리품으로 가져간 발해비석 '홍려정비'의 반환을 요구하고 있다. 이 비석은 당이 발해국 국왕을 '발해군왕(渤海郡王)'으로 책봉해 군신관계를 맺었다는 내용이 새겨진 것이다. 이를 중국이 왜 요구할까? 역시 발해가 자국의 역사라고 주중하는데 매우 중요한 증거가 되기 때문이다.

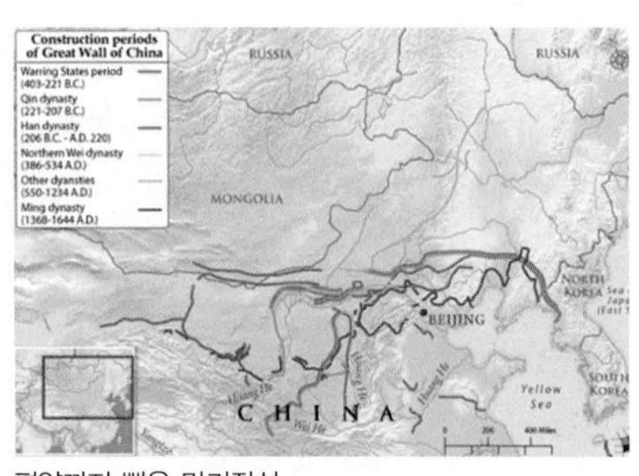

평양까지 뻗은 만리장성

한편 중국은 만리장성의 길이를 점점 늘려 역사를 왜곡하고 있다. 2000년대 중반에는 6천km, 2009년에는 8천km, 2012년에는 2만km이상이다. 그리고 유명 지도회사, 백과사전, 언론사, 관광싸이트 등 만리장성에 대한 왜곡된 정보를 확산시키고 있다. 왜 그럴까? 고려구와 발해 때 만들어진 성까지 만리장성에 포함시키면서 역시 중국역사의 증거로 삼으려는 목적이다. 지도를 보면 한반도 안까지 만리장성이 이어져 있다. '만리장성이 우리역사에?' 의아해 할 수 있지만 중국이 그렇게 만들고 있다는 얘기다. 나는 이 지도를 올린 사람에게 이메일을 보냈다. 요약하면 한국과 중국의 좋은 관계를 생각해 역사왜곡보다는 인정과 존중이 먼저라는 내용이다. 사실 역사관심이 약한 분들이 이런 내용을 보면 '그렇구나~' 믿는 상황이 안타깝다. 현재 사이버외교사절단 반크의 노력으로 이런 왜곡들이 발견되고 시정을 요구하고 있는 상황이 다행이고 이들의 노력에 감사하다.

| 동북공정에 대한 우리의 노력

언급 한 것처럼 동북공정은 계속 진행되는 역사왜곡이다. 인터넷을 이용하여 더 빨리 더 넓게 퍼지는 이 상황에 마음이 무거워진다. 그래도 포기해서는 안 된다. 역사란 우리의 삶에 담긴 내용이다. 이를 제대로 잘 기억하고 또 미래세대에게 잘 전해 주어야 한다. 그렇다면 우리는 어떤 노력을 해야 할까?

우선, 고구려사나 고조선, 발해사 연구자 양성을 해야 한다. '동북공정' 이후 이 분야 연구원이 증가된 것처럼 보이지만 신진연구자는 그리 많지 않다. 중국에서는 젊은 연구자들 수가 늘고 있다는 점을 기억해야한다. 중국은 유물, 사료 등을 틈새를 찾아 자기역사에 유리하게 편집하고 왜곡하여 교육시키려고 한다. 이에 우리도 반박할 수 있는 논리적 근거를 찾고 대응할 수 있어야한다. 한편 학술적인 연구 성과를 국제사회에 알릴 필요가 있다. 사실 외국인들은 한국사에 관심이 없거나 있어도 제대로 이해하기가 힘들다. 그리고 중국이라는 강대국과 나라의 이해관계가 있으면 중국측의 일방적인 내용이 사실로 받아들여질 가능성이 높다. 따라서 우리의 연구를 학술대회를 통해 국제적으로 알려야한다. 현재 동북아재단이나 동아시아 재단 등에서 진행하는 연구와 국제 학술교류 등이 그 노력이다. 더 다양하고 많은 교류가 진행되야 할 것이다.

자라나는 세대들에게 역사교육을 제대로 해야 한다. 그러나 현실은 안타깝다. 많은 학생들이 역사를 단순암기 과목으로 여기고, 시험을 위한 역사공부를 한다. 역사는 교육대계의 큰 축이다. 국가의 정체성 상실은 빠른 시간에 진행되지만 이를 다시 세우기 위해서는 많은 시간과 노력이 필요하다. 일제강점기 35년 동안 우리는 이미 경험했다. 우리에게 유리한 지나침으로 국수주의에 빠지지 않고, 주변국에 휘둘렸던 식민사관에 좌절되지 않는 건강한 애국심과 자긍심을 심어주는 역사교육이 필요하다.

어떤 사람들은 발해를 우리역사라고 말하는 게 아전인수라고 한다.

중국의 동북공정 현실 앞에서 실제 우리가 할 수 있는 일도 없고 그렇다고 유득공의 '발해고' 내용이 100% 맞다 가르치는 것도 근거부족이라는 이유다. 이해한다. 그러나 나는 발해가 고구려를 계승한 우리 역사라고 생각한다. 그리고 우리 아이들에게 과거와 지금을 이해하고 분명 배울 수 있는 가치와 교훈이 있다는 게 내 입장이다.

전시실을 한 번 더 둘러봤다. 작년과 달리 줄어든 유물 상황이 궁금해 박물관 학예사를 만났다. 그리고 우리나라에 발해 진품 유물이 거의 없다는 다소 당황스럽지만 솔직한 이야기를 들었다. 중국이나 러시아에서 발굴 된 발해 유물이 있지만 그 나라가 소유권을 갖고 있어 우리가 구입하기 힘들다고 했다. 가끔 발해유물을 기증해주시는 고마운 분들도 있지만 사실 드문 경우라고도 했다. 그래서 중국이나 북한, 러시아에서 유물을 빌려 전시를 하거나 진품을 복제를 해서 발해를 알리고 있다고 전했다. 상황이 힘들지만 꾸준한 전시를 통해서 사람들에게 발해를 알리는 것도 좋은 노력이라고 생각한다.

'현재 중국 영토에는 한국 조상들이 동북3성 일대에 세운 고구려와 발해역사가 있다. 궁궐터와 무덤양식, 비석내용, 온돌 등은 중국과 다른 독자적인 문화가 보인다. 중국과의 교류에서 영향을 받았지만 고구려와 발해는 왕들이 연호를 사용했고, 외교문서와 관련 기록으로 보아 독립적인 국가였다.' 짧은 몇 줄로 요약되는 이 역사를 없애기 위해 중국은 약3조원이 들어간 '동북공정' 프로젝트를 단행했다.

발해전시실을 나오면서 발걸음이 무겁다. 중국은 동아시아에서 한자, 유교, 불교 등 문화적 공통분모 역할에 중요한 역할을 했다. 이를 바탕으로 한, 중, 일은 고유문화를 만들어가며 하나의 나라로 구분된다. 우리는 중국과 이천 년 이상을 함께 한 이웃국가다. 그러나 미래의 이해관계로 과거 사실을 거짓으로 감추고 없애는 작업은 서로의 불신을 키우는 것이다. 중국이 한국을 동반자적 관계로 생각한다면 역사 '왜곡' 보다 건강한 역사관을 위한 '인정과 협조' 가 더 나은 미래를 준비하는 것이다. 이런 점에서 발해는 우리가 제대로 알아야하는 '아직 끝나지 않은 우리 역사' 이다.

갑자기 얼굴에 미소가 번진다. 내년에 친한 여고동창들과 블라디보스토그(연해주)여행을 계획하고 있는데, 친구들에게 '발해' 유적지를 제안하려한다. 사실 우수리스크에 있는 발해 흔적은 사람들에게 '휑~함' 만을 보여준다고 하는데, 나는 그곳에서 주춧돌이라도 직접 보고 싶다. 또한 발해에 이어 이곳에서 일제강점기 독립을 위해 노력한 애국지사들의 흔적도 마주하고 싶다. 그래서 내가 보고 느끼고 담아온 내용을 사람들과 나누고 싶다. "친구들아~ 우리나라에서 가까운 유럽분위도 좋고, 맛있는 킹크랩도 기대되지만 아주 먼 옛날 발해와 우리 근대사도 만나보자."

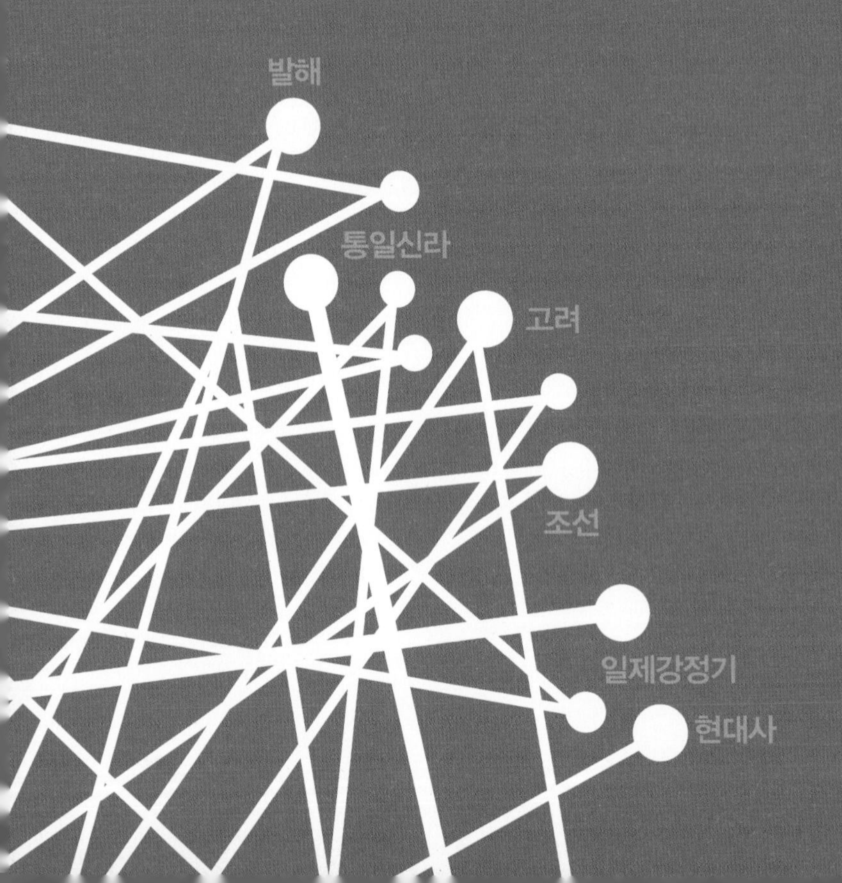
발해
통일신라
고려
조선
일제강점기
현대사

06

통일신라

Unified Silla

Unified Silla

06 통일신라

한반도에 퍼지는 천년 향기

〈국립중앙박물관〉

문무왕 | 사찰구조 | 석가탑과 다보탑
실크로드 | 장보고

경주는 우리나라의 불교문화를 대표한다. 특히 1995년 불국사와 석굴암의 유네스코 등재는 불교예술을 국제적으로 인정받는 계기가 되었다. 또한 천마총, 감은사, 문무왕릉, 첨성대, 황룡사지 등 많은 유물, 유적은 사람들에게 관심을 갖게 한다. 그래서 경주는 고교 시절 수학여행으로, 연인들이 시간을 내서 꼭 가고픈 여행지로, 부모들이 아이들에게 꼭 보여주고 싶은 역사문화장소이다.

그러나 이 책은 서울에서 만나는 시대별 문화유산이므로 경주는 갈 수가 없다. 대신 통일신라시대를 접할 수 있는 곳은 있다. 여름에는

국립중앙박물관 입구

시원하고 겨울에는 따뜻한 공간에서 만나는 통일신라. 바로 용산구에 위치한 국립중앙박물관이다. '발해'에 이어 '통일신라'도 이곳에서 만난다. 입구에 있는 미니 대나무 숲은 담양 소쇄원과 닮았다. 가운데 길이 있고 양쪽에 대나무들이 만들어 내는 초록풍경이 참 예쁘다. 유모차를 세우고 돌 지난 아이와 한 컷 찍는다. 파란 하늘과 초록나무 그리고 빨간 유모차가 잘 어울린다. 조금 걷다 보니 바로 한눈에 안 들어오는 큰 건물이 보인다. 우리는 오른쪽 입구로 들어가 시대별 전시관으로 간다. 1층에는 시대별 전시공간이 있고, 2층은 그림, 도자기, 불교 등 주제별로 관람할 수 있다. 우리는 시원하게 높은 중앙 통로를 지나 1층에 위치한 통일신라관으로 직행한다. 우선 통일신라 시대적 배경을 살펴보자.

| 통일신라 역사

676년 나당 전쟁 이후 본격적으로 신라는 고구려, 백제를 통일한 한반도 주인이 되었다. 삼국통일을 이끈 문무왕은 보다 안정적인 국가를 만드는데 힘썼다. 그는 북원소경과 금관소경을 설치해서 한쪽으로 치우친 수도의 역할을 보완했고 통일과정에서 재정이 약화되었지만 우선 민생안정을 우선시 했다. 이후 그의 아들 신문왕 때 9주 5소경 행정체제로 지방을 다스리며 통치체제를 구상했다. 그러나 강력한 왕권의 중요성에도 오랜 내부적 문제가 풀리지 않았다. 그것은 바로 골품제였다.

신라의 높은 진골 귀족세력은 막강한 군사력과 막대한 땅으로 백성들의 노동력을 직접 관리했다. 그리고 귀족들의 화백회의에서 나라의 중요한 사안을 결정하고 왕이 따라야하는 경우도 있었다. 이에 신문왕은 귀족세력을 누르고 왕권강화 체제를 만들어갔다. 우선 자신을 몰아내려고 반란을 꽤했다는 이유로 많은 진골귀족을 숙청하고 왕을 지키는 군대를 늘렸다. 또한 화백회의 기능을 줄이고 대신 왕과 연결된 중앙정부가 주로 결정권을 갖게 했다. 이어 귀족관리들이 자신의 땅에서만 세금을 걷을 수 있도록 경제적 압박을 가했다. 그리고 교육기관인 국학을 세워 귀족자녀들에게 '충' 을 강조하는 유교를 가르치고 이를 통해 왕권이 강해지는 효과를 만들었다. 이렇게 통일신라 초기에는 아버지 문무왕과 아들 신문왕이 만들어낸 왕권강화의 노력이 있었다.

| 문무대왕릉

두 부자 이야기가 나오니 결혼 전 남편과 갔던 경주여행이 생각난다. 비가 와서 우산을 같이 쓰며 경주 앞바다에 있는 문무대왕을 만나러 갔다. 남편 손을 잡고 걷는 비오는 날의 모래사장은 낭만적이었다. 위에 적은 것처럼 문무왕은 당나라와 약 7년 동안 전쟁을 하면서 삼국통일을 완성한 왕이다. 그러나 통일 후 넓어진 영토와 늘어난 인구, 아직은 왕권이 약한 그 당시 걱정이 많았다. 그리고 죽기 전 아들에게 유언을 남겼다.

"내가 죽거든 열흘 후 화장을 하고 예는 지키되 검소하게 하라.
나는 죽어서 바다의 용이 되어 신라를 지킬 것이니라."

죽어서도 나라를 지키겠다는 것이다. 그래서 그의 아들이자 31대 왕 신문왕은 아버지의 뜻대로 불교식 화장을 하고 바다에서 장례를 치렀다. 이곳이 오늘날 수중릉이라 불리는 '문무대왕릉' 이다. 육지에

문무대왕릉

서 가까운 바다에 작은 바위산이 보였다. 사방에서 밀려오는 파도가 바위에 부딪혀 물보라가 생기고 중앙으로 모여 다시 부딪히고 바로 빠져나갔다. 바다에 저런 바위섬이 있다는 게 참 신기하고 또 역사적으로 이런 이야기가 감동이었다.

보슬보슬 비 내리는 풍경 속에서 신문왕도 이 자리에 있었을 거라 생각이 들었다. 그는 여기에서 어떤 생각을 했을까? '아버지, 제가 이 나라를 잘 이끌도록 함께 해주셔서 감사합니다. 힘내서 열심히 할게요. 아부지....흑흑흑..' 이랬을까? 나는 손을 잡고 있던 남자 친구이자 지금의 남편에게 "오빠~ 저기 저 바위가 문무왕이 묻힌 곳이래.

죽어서 용이 되어 신라를 지키겠다는 마음이 참 감동이다. 그치?" 다정하게 콧소리를 섞어 말했다. 남편은 내 어깨를 약간 힘주어 잡더니 "그거 미신이야 미신...순진하기는.." 순간 아까 나의 콧소리는 "오빠가 역사를 알아?!!"로 짜증이 되었다. 지금은 추억이 되었지만 그때 이 남자에 대한 호감도가 지하 3층까지 떨어졌다.

| 감은사지

다시 문무왕과 신문왕 이야기로 돌아가자. 신라 설화에 의하면, 문무왕이 신문왕에게 만파식적(万波息笛)이라는 피리를 주었다. 그가 죽은 후 바다의 용이 되어 이 피리 소리를 듣고 나타나서 신라 안위를 지켜주었다고 한다. 당연히 사실이 아닌 설화다. 그러나 아버지 문무왕이 나라를 사랑하는 그 깊이가 느껴진다. 나중에 아들 신문왕은 바다근처에 문무왕을 기리는 절을 세웠다. 그 이름이 '감은사(感恩寺)' 즉, 아버지 은혜에 감사하다는 뜻이다. 절에는 바닷물이 들어오는 물길을 설계해 용이 드나들도록 했다고 전해진다.

현재 이곳은 '감은사'가 아니라 '감은사지' 절터와 3층 석탑 두 개만 남아있다. 주변은 산으로 둘러싸여 있고 옆으로는 논밭이 있으며 그 앞으로는 아버지의 무덤인 바다가 보인다. 남편과 이곳을 거닐며 옛날에는 장엄했을 텐데 지금은 이렇게 큰 석탑만이 여기를 지키고

3층 석탑

감은사지

있다며 역사의 뒤안길을 이야기했다. 한편으로는 이렇게 절터라도 남고 눈에 보이는 이 감은사지 3층 석탑이 있어 다행이라는 생각도 했다. 약 13m나 되는 큰 탑이었지만 문무왕과 신문왕이 이야기가 전해오고, 우리가 보통 알고 있는 3층 석탑의 초기 모양이라 그런지 이곳이 편안하고 친근감 있게 느껴졌다. 우리는 이 탑을 배경 삼아 다정한 사진을 찍었다. 지나가는 1인이 너무(?) 잘 찍어서~~ 탑이 숨었다. 볼 때마다 웃음이 나는 추억이다. 좀 전 바닷가에서 떨어진 남편에 대한 애정 지수가 다시 지상으로 올라왔다.

| 불교의 성장

8세기 성덕왕 때 통일신라는 정치, 경제, 문화 등 안정된 분위기에서 전성기를 맞는다. 강력한 왕권을 바탕으로 정부기구를 늘리고 세금제도 개편을 통해 재정도 확보 되어 '경주' 일대에는 불교문화가 꽃

피었다. 역사에 관심이 생기던 때 궁금했다. 삼국통일 후 신라는 영토가 넓어졌는데, 왜 수도를 옮기지 않았을까? 국사 선생님은 지배층이 싫어해서 그렇다는 거였다. 지금 사는 집이 좋은데 낯선 곳에서 새롭게 시작하는 게 귀찮을 수 있다는 얘기였다. 경주는 '금성' 이라 불리며 지배층이 세력을 키워온 곳이다. 그리고 통일을 이루면서 그들은 부처님이 경주를 특별히 보호해 준다고 믿었다. 그러니 도읍지를 옮기기보다 더욱 경주를 가꾸고 키우는데 힘을 쏟았던 것이다. 이런 생각으로 부처님께 더욱 감사하며 경주 곳곳에 궁성을 비롯한 화려한 사찰과 귀족들의 저택이 세워졌다. 그리고 경주는 많은 사람들이 모여 사는 도시로 성장했다.

'절들이 별처럼 많았고, 탑들이 기러기처럼 늘어서 있었다.' –삼국사기

통일신라는 고구려와 백제의 불교를 받아들여 다양하고 폭넓은 불교사상을 만들었다. 그리고 불교의 토착화를 위해 '신라는 불교와 인연이 깊다' 는 불국토설(佛國土說)이 확산되었다. 통일신라에게 불교는 국가이념이자 고구려, 백제 유민을 포용해 사회 안정을 이루는데 필요한 방법이었다. 전시실 입구에 '사천왕' 이 보인다. 윗부분이 부서진 일부이지만 1300년 전에 만들어진 석공의 손길에 섬세함과 정성이 담겨있다. 사천왕은 고대 인도에서 숭상했던 신들의 왕이었으나

사천왕

불교에 귀의하여 부처님과 불법을 지키는 수호신이 되었다. 우리가 사찰에 가면 꼭 마주치는 다소 거친 인상의 네 명이 바로 이분들이다. 사찰 어디에 있을까? 간단히 사찰 구조를 보자.

| 사찰구조

사찰은 부처님을 모시고 있는 곳이자 스님들이 머물며 불교 교리를 공부하고 수행하는 곳이다. 또한 사람들에게 부처님의 말씀을 전하는 공간이기도 하다. 사찰은 각 건축물마다 이름이 있다. 주로 부처님과 보살님이 모셔진 곳을 '전'이라 하고, 그 외 건물을 '각'이다. 예를 들어 대웅전은 부처님처럼 역할이 큰 분을 모시는 건물이고 종각은 종을 매달아 놓은 곳이다.

송광사 일주문

① 일주문

사찰은 산속에 자리 잡으면서 정해진 공간 배치가 있다. 사찰의 중심에 있는 큰 법당을 가려면 여러 문을 거쳐야하는데, 그 시작은 일주문이다. 부처님의 공간과 세속적인 공간을 구분하는 것으로 문의 기둥이 한 줄로 있어서 일주문이라고 한다. 신성한 곳으로 들어가기 전 세속의 번뇌를 깨끗이 씻어내고 마음을 모아(일심) 진리의 세계로 향한다는 의미이다.

② 천왕문

두 번째가 사천왕이 있는 천왕문이다. 이들은 금방이라도 눈이 튀어나올 듯 화난 표정으로 뭐라 소리 지르는 듯하다. 동방지국천왕 손에는 선악에 대한 복과 벌을 주고, 국토를 수호해 주는 검(劍)이 있다. 서방광목천왕은 악한 이에게 고통을 주는 탑(塔)을, 남방증장천왕은 만물을 소생시켜준다는 용(龍)과 여의주(如意珠)를 손에 들고 있다. 마지막으로 북방다문천왕은 방황하는 중생을 구제하는 역할로 비파가 들려있다. 아이들은 이곳을 지나갈 때 사천왕의 과한 얼굴 표정에 무서움을 느끼기도 한다. 그러나 이들 사천왕은 공통적으로 악귀로부터

사천왕 동

사천왕 서

사천왕 남

사천왕 북

사찰을 보호하고 부처님을 만나기 위해서는 엄숙한 마음이 필요하다고 전한다.

③금강문

그 다음 금강문이다. 금강역사는 코끼리보다 수 십 배 이상 힘을 소유한 천하장사로 역시 사찰을 지킨다. 별도의 금강문이 있거나 보통 조각이나 그림으로 있다. 개인적으로 나는 금강역사를 좋아한다. 이들은 '용맹'을 표현하지만 역동적인 몸동작과 과장된 얼굴표정이 은근 귀여워 보인다. 석굴암 입구 양쪽에서 본존불을 지켜주는 두 분이 바로 금강역사다.

송광사 금강문

금강역사

석굴암 금강역사

불이문

④불이문

천왕문을 지나면 불이문이 나온다. 이 문은 집착의 갈등(번뇌)을 깨달음의(해탈) 세계로 연결하는 것으로 갈등과 깨달음은 둘이 아니라 하나라는 뜻이다. 맞는 말이다. 결혼해서 남편과 싸우고 감정적으로 많이 힘들었다. 그래서 되도록 안 싸우고 관계가 좋아지는 방법을 찾아봤다. 전문가들은 말했다. 우선 배우자의 있는 그대로 인정하는 게 중요하다고. 그 다음 이해하려고 노력하라고 했다. 30년 이상은 다른 환경 속에서 살다가 두 사람이 서로를 알아가고 이해하는데 시간과 노력이 필요하다는 말이었다. 남편의 성향, 습관, 좋아하는 음식과 행동 등을 있는 그대로... 그리고 '그럴 수 있지~' 라는 마음으로 이해하려 했다. 전보다 짧고 얕게 싸우고 화해도 금방하게 되었다. 물론 지금도 싸우긴 싸운다. 갈등이 있어야 깨달음도 있다는 말이 마음에 와 닿는다.

⑤종각

불이문을 지나 다소 경사진 계단을 오르면 점점 보이는 종각이 있다. 바로 법고(法鼓), 범종(梵鐘), 목어(木魚), 운판(雲版)이 사물이 있는

종각

사찰 사물

누각(2층으로 주변이 뚫린 건물)양식이다. 북소리는 불법이 널리 퍼지는 것과 같아 중생의 번뇌를 없애는 것이고, 종소리는 지옥의 중생들이 고통을 벗고 즐거움을 얻어 불교의 진리를 깨우치게 하려는 뜻이라고 한다. 구름모양의 판은 허공을 헤매는 중생을 구제하고, 나무로 된 물고기는 잠들지 않는 수행을 의미한다.

⑥탑

종각건물 계단을 오르면 탑이 보이며 사찰 본 건물들이 있다. 잠깐 탑에 대해 알아보자. 탑은 원래 부처님을 화장하고 유골을 묻은 일종의 무덤(인도에서 스투파로 불림)이었다. 이후 이 스투파가 부처님을 대신해 신앙의 대상이 되어 갔다. 처음에는 예배를 드리고 공양을 올렸는데 점차 사리탑 외에도 경전이나 기타 성스러운 물건들을 모신 탑 형태가 되었다. 한편 불교가 여러 나라에 전파되면서 이 스투파 형식을 그 지역의 건축양식과 재료로 다양하게 만들어졌다. 중국에서는 벽돌을 구워서 쌓은 전탑, 한국은 돌을 다듬어 쌓은 석탑, 일본은 나무로 만든 목탑이 그 예다.

불국사 대웅전

⑦ 대웅전

탑이 보이면 그 뒤에 사찰의 건물들이 보인다. 주로 중심에는 중생을 구제한 큰 영웅을 모시는 대웅전이 있다. 인도에서 태어난 왕자가 속세의 고통 원인을 파악하고 시행착오와 온갖 힘겨움을 이겨냈다. 그리고 그 깨달음에 이르는 비법을 전수했다. '욕심을 버려라' 우리는 이를 '무소유' 라고도 한다. 그 왕자님이 바로 석가모니, 부처님이다. 그분의 가르침은 많은 사람들에게 삶의 희망과 용기가 되어 계속 되고 있다. 그래서 음력 4월 8일 '부처님 오신 날' 이날 대한민국사람들은 쉬면서 부처님에게 감사한 마음(?)을 갖는다.

대웅전 부처님 손을 보면 오른손이 무릎 아래쪽으로 향하고 있는 '항마촉지인' 이다. 이는 부처님이 수행을 방해하는 모든 악마를 항복시키고 성취했다는 뜻이다. 그 주변에 지혜를 나타내는 문수보살과 불교 수행의 덕을 상징하는 보현보살이 있다. 대웅전 안에는 예불이

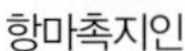
항마촉지인

본존불 수인

진행된다. 사찰에 갈 때면 조용히 들리는 불경 소리와 특유의 향냄새가 있다. 그리고 불자는 아니지만 나도 모르게 고개를 숙여 뭔가 마음 속 이야기를 간단히 전하고 나온다. 그런 엄숙함과 진솔함이 자연스레 나오는 곳이 바로 부처님 앞인 것 같다. 사찰마다 차이가 있지만 대웅전 주변으로 다양한 부처님을 보시는 건물이 있다. 중생을 병에서 구제하는 약사부처님을 보시는 약사전, '관세음보살 나무아미타불~' 자비를 강조하는 관음전, 중생을 구제할 미래의 부처를 모시는 미륵전, 부처님의 지혜가 온 세상에 비추고 있다는 의미의 비로자나 부처님을 모신 무량수전이 그 예다.

사찰은 부처님의 깨달음을 배우고 익히는 공간이다. 산속에 있는 사찰을 오르면서 (사찰마다 다르다) 일주문–천왕문–금강문–불이문–누각/종각–탑–대웅전/미륵전/관음전/무량수전까지 단계별로 만나는 과정이 부처님의 가르침으로 가는 길이다. 다음에 사찰을 갈 때는 속세에서부터 부처님의 공간까지 그 순서를 기억하고 올라보자. 전보다 더 많이 보이고 더 깊게 느껴질 것이다.

| 불국사- 석가탑과 다보탑

한걸음 더 들어가 통일신라 대표 문화유적지 불국사 안의 두 개 석탑을 알아보자. 8세기 중반 경덕왕 때 김대성이 전생의 부모를 위하여 석굴암을, 현세의 부모를 위하여 불국사를 창건했다고 삼국유사에 기록되어 있다. 불국사 중심인 대웅전 앞에 화려하고 섬세한 다보탑과 단순하지만 근엄한 석가탑이 있다. 두 탑을 나란히 세운 이유는 '과거의 부처' 다보불이 '현재의 부처' 인 석가여래가 설법할 때 옆에서 옳다고 증명한다는 경전 내용을 표현한 것이다. 즉, 불경 내용을 탑을 이용해 부처로 형상화 시킨 것 이다.

석가탑

먼저 석가탑을 보자. 2단의 기단 위에 세운 10.6m의 삼층석탑이다. 감은사지석탑양식과 비슷해 보이지만 크기가 작고 균형미와 단순미가 담겨있다. 탑 전체 무게를 지탱할 수 있도록 2층 기단이 높고 튼튼해 보인다. 기단의 모서리마다 돌을 깎아 기둥을 만들었다. 나는 석가탑의 지붕돌을 볼 때마다 감탄사가 나온다. "와~~" 그 이유는 모서리 끝이 조금씩 올라가 있어 마치 손 끝을 살짝 올린 듯 가뿐함이 보이기

석가탑

때문이다. 재질은 차갑고 무거운 돌인데 이렇게 부처님의 가르침이 생각나고 형태의 감동이 전해지는 게 신기하고 대단하다.

석가탑은 안타깝게도 1966년 도굴꾼들에 의해 손상된 적이 있다. 그해 탑을 복원하는 과정에서 부처님 사리를 모시던 공간이 발견되었고, 여러 가지 유물을 찾아냈다. 우리역사문화의 큰 발견이었다. (이왕 이렇게 된 거 그 도굴꾼에게 살짝 감사해야하나 싶기도 한 큰 발견이었다.) 그 중에 하나가 '무구정광대다라니경' 이다. 그 뜻을 보면 무구(더러움을 없애고) 정(깨끗하게) 광(빛나는) 다라니경(부처님말씀을 적은 경전), 즉 더러움 없이 깨끗한 마음으로 빛을 내게 하는 부처의 말씀이다. 이를 목판인쇄술로 찍어 작은 두루마리형태로 만들었다. 700-750년에 제작되었을 것이라고 추정되는 세계에서 두 번째로 역사가 오래된 목판인쇄물이다.

예전 국립중앙박물관에서 이 무구정광대다라니경을 전시했었다. 그

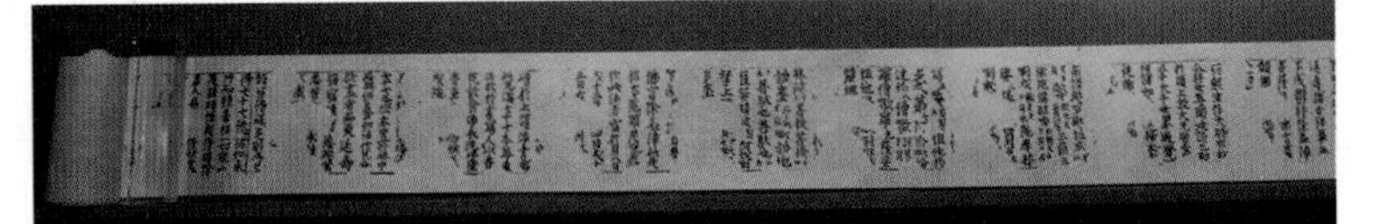
무구정광대다라니경

작은 두루마리 안에 적힌 글자들을 보면서 천 년 이상 된 유물의 존재가 반가웠다. 신라인들은 이 무구정광대다라니경이 있는 석가탑을 마주하면서 깨달음과 가족안위 그리고 국가 안정을 기원했을것 같다.

다보탑

이제 다보탑을 보자. 다보탑은 사진처럼 층수를 세기가 어렵다. 바닥 가운데 돌계단이 있고, 8각형 탑신과 그 주변을 둘러싼 네모난 틀이 있는 10.3m탑이다. 얼핏 복잡해보이지만 거리를 두고 보면 그 화려함과 섬세함에 뭐라 표현해야할지 말문이 막힌다. 나는 '야~' 감탄사만 나온다. 사각형, 팔각형에서 하나하나 이어지는 돌과 돌 이음, 윗돌과 아랫돌이 맞춰지는 홈을 보면 석공들 솜씨는 정말 대단하다. 석가탑이 근엄한 남성 같다면 다보탑은 활짝 미소 짓는 여성이다. 둘 다 석탑으로 불리지만 잘 보면 다르고 또 두 다름이 만들어내는 조화는 아름답고 감동이다. 가까이 가서 보면 돌을 다듬고 형태를 만들어가는 석공들의 내공이 보이고 거리를 두고 멀리서 보면 8세기 통일신라가 지향했던 불국토사상이 보인다.

다보탑

다보탑 중심부

한 편 다보탑도 안타까운 사연이 있다. 일제강점기 일본은 이 다보탑을 완전 해체, 보수했는데 이와 관련 기록이 없다. 그 이유는 알듯해서 넘긴다. 또 당연히 탑 속에 있었을 '뭔가'도 모두 사라져 행방을 알 수 없다. 그리고 돌계단에 있는 네 마리 돌사자 중 세 마리가 약탈되어 현재 일본 어디엔가 숨겨져 있을 것이다. 사실 이 다보탑은 우리 10원 동전에 있다. 잘 보면 그 작은 동전에도 디테일이 보인다. 안타깝게도 지금은 이 동전이 불편한 존재로 거의 쓰이지도 보이지도 않고 있다. 시대흐름이지만 가까이에서 보는 문화재가 하나 없어지는 기분이다.

10원 동전에 있는 다보탑

남편과의 경주여행에서 이 다보탑과 석가탑을 앞에 섰을 때다. 나는 이렇게 야외에 있는 문화재를 보면 살짝 걱정이 된다. 아무리 '돌'이 오래가는 재질이라도 언젠가는 비바람에 약해질 것이다. 이런 안타까움이 예상될 때면 나는 상상한다. 최첨단 기술로 탑 주위에 유리관이나 보호관이 땅 밑에서 있다가 날씨가 안 좋으면 자동으로 탑 전체를 막아 보호해준다. 그리고 다시 '햇볕은 쨍쨍 모래알은 반짝~' 날씨가 되면 이 보호관이 걷히면서 다시 땅 밑으로 접히는 것이다. 나는 이런 생각을 서른이 되면서 진지하게(?) 했다. 그만큼 우리 문화유산에 관심과 애정이 생겼다는 것이다. 문화재청에 건의해볼까? 했던 적도 있었으나 망설이다 그만두었다. 그러나 언젠가는 뭔가 대책이 필요하다는 생각은 계속 있다.

| 석굴암

석굴암은 경주 토함산(吐含山) 동쪽에 있는 통일신라의 대표적인 불교유적지이다. 1995년 불국사와 더불어 유네스코 세계문화유산에 등재되어 외국관광객들도 많이 찾는 곳이다. 석굴암이 있는 토함산은 용(龍)의 신앙과 연결된 곳으로 근처 동해바다에는 죽어서 용으로 변신한 문무대왕암이 있다. 석굴암 건축은 751년 경덕왕 때 시작해 23년이 걸린 큰 공사였다. 사실 굴을 파서 부처님을 모시고 예불을 드리는 형태는 인도나 중국에서도 많이 보인다. 그러나 경주 석굴암과 인도, 중국 석굴을 비교해보면 우리의 건축기술과 예술미 그리고 정성이 더 깊게 다가온다. 내가 한국사람이라 그런가 싶지만 여러분이 비교해 보면 알 수 있다. 인도나 중국은 거대한 암석지역에 공간을 팠고 경주 석굴암은 돌 판을 하나하나를 다듬고 조립한 건축물이다. 그리고 역시 돌판을 이어서 돔을 만들고 그 위에 흙을 덮었다. 정확하고 치밀하며 과학적인 계획이 필요한 작업이었다. 또한 내부 통풍과 습기, 빛을 처리하는 것도 토함산 자연의 힘으로 가능하게 했다. 그렇게 오랜 시간동안 자리를 지키고 있는 석굴암이다.

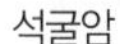
석굴암

석굴암 천정

내부를 보면 큰 사각형 전실과 그 뒤에 주인공이 있는 주실로 구분된다. 먼저 전실 입구 양쪽 기둥에는 용맹하고 귀여운 금강역사상이 보인다. 주먹을 쥐고 화가 난 듯 보이는 근육질 몸매. 주로 불법을 수호하는 역할이다. 그 뒤로 좁은 통로를 지나 주인공이 있다. 자비롭고 근엄한 존재감. 항마촉지인 자세의 부처님이다. 몸에 붙은 얇은 옷자

락으로 신체의 굴곡과 부피감이 느껴지고 살결이 살아있는 듯 편안함도 보인다. 아름다움과 생명력, 더 나아가 정신과 육체로 표현되는 예술의 조화가 정말 신비하다. 주변 둥근 벽에는 십대제자가 부조로 자리 잡고 있다. 자연의 빛으로 만들어내는 입체감에 그들 역시 친근하게 느껴진다.

지금 우리가 보는 석굴암은 일제강점기 때 큰 고초를 당했다. 1913년 일본은 석굴을 보수한다는 명목으로 준비 없이 갑작스럽게 석굴암을 해체했다. 그리고 석재를 교체하고 외부를 시멘트 돔으로 둘렀다. 전문지식 없이 시작한 공사는 자연통풍구가 막혀 내부에 이끼가 끼는 등 습기가 심했다. 지난 1963년에는 그 시멘트 위에 이중으로 시멘트 돔을 설치해 입구를 유리로 막아 더욱 심각한 상황이 되었다. 그 이후 지금까지 석굴암은 환풍기에 의지하고 있다. 일각에서는 일본이 최신 공법으로 석굴암을 보존, 유지하려 했다 말하기도 하지만 결과는 안타깝게 되었다.

남편과 갔을 때 석굴암은 보수공사로 본실을 제대로 보지 못했다. 그러나 잠깐이었지만 석굴암에 직접 들어가 금강역사를 보고 본존불을 마주할 때 감동은 여전하다. 천년이상을 견뎌온 그 따뜻한 존재가 내게는 특별하게 느껴졌다. 석굴암 내부는 불교의 자비와 평화의 정

본존불

본존불 옆면

신이 스며있는 곳이다. 10대 여고시절 수학여행으로 처음 이곳에 왔을 때는 석굴암을 직접 본다는 생각으로 '부처님얼굴이 너무 크지만 잘 만들었다.' 이 정도에 지나지 않았다. 그리고 '나 석굴암 간적 있어.' 의 간단한 경험이 전부였다.

그러나 20대 대학생 때와 30대 중반에 마주한 석굴암은 같은 공간에서 점점 깊어지는 감동이 있었다. 석굴암을 들어가는 입구에서부터 기대와 설레임이 커지고 본존불을 마주 할때 느껴지는 편안함을 나는 기억한다. 세상의 모든 이치를 알고 사람들이 왜 자신을 찾아왔는지 다 아시는듯 부처님은 조용히 눈을 감고 계셨다. 그리고 '그랬구나. 너무 조급하게 살지 말고 가끔은 옆도 보고 뒤도 보며 살아라.' 라고 내게 말하는 듯했다. 나의 지나친 상상인가? 사실 나는 정신없이 일하며 바쁘게 살았다. 마치 큰 기계의 부속품처럼 여유 없는 삶이었기에 이런 마음이 느껴졌을지 모른다. 아무튼 그때는 그랬다. 내용은 달라도 신라인들이 석굴암을 만들고 이곳에 오면서 부처님을 향해 마음속으로 무엇인가를 나누고 위로와 용기를 받았을 거 같다. 시간을 초월해 사람이기에 공감되는 뭔가가 참 훈훈하다.

| 철불

다시 국립중앙박물관이다. 전시장에 석굴암 부처님처럼 근엄하고 자상한 철불이 보인다. 둥근 얼굴과 온화한 미소에 나도 마음이 편안해진다. 연꽃 위에서 가부좌를 하고 항마촉지인 자세인데 손이 없다. 어디로 사라졌을까? 역시 철로 만들었지만 한 겹의 옷 속에 근육과 목주름이 인간적이다. 이마에 백호자리가 비어있다. 이건

철불

또 어디로 갔을까? 두 손과 백호의 자리가 없어도 철불에는 불교의 자비와 평화가 담겼다. 유모차 앉아있는 딸아이가 신기한 듯 쳐다본다. 우리가족을 위해 부처님께 살짝 나의 소망을 전한다. '건강한 몸과 마음으로 잘 살게 해주세요.'

| 통일신라 대외교류

나당전쟁(670-676) 이후 통일신라는 당나라와 관계가 안 좋았다. 그러나 당나라가 발해견제를 위해 신라에 군사요청을 했고 신라가 이에 응하면서 두 나라의 교류는 다시 시작되었다. 사실 신라는 고구려를 계승한 발해가 영토 확장을 하고 국경선까지 내려오자 신경이 쓰였다. 그런데 마침 당이 그런 제안을 해오니 당과 관계도 회복하고 발해와 거리를 둘 기회로 여긴 것이다.

8세기 부터 당나라는 개방성을 바탕으로 서역과 비단길, 바닷길을 이용한 교역이 활발했다. 우선 신라와 당의 무역은 사절단을 통한 공무역이 주를 이루고, 상인들에 의한 사무역도 있었다. 6두품을 중심으로 유학을 온 사람들과 불교공부를 위한 승려들도 당나라에 왔다. 산둥반도에는 신라인들 거주지인 신라방이 생기고, 유학생들을 위한 숙박 장소인 신라관, 거주하는 신라인이 늘어나자 이들을 자치적으로 다스리고 통제할 수 있는 관청인 신라소도 만들어졌다. 또한 신라인을 위한 사찰 신라원(법화원)도 세워졌다. 이곳들은 통일신라와 당의 긴밀한 무역관계와 더불어 활발했던 문화교류를 의미했다. 신라는 모시, 인삼, 금은세공품 등을 당에 수출하고 비단, 책, 관복, 약재 등을 수입했다. 대표적인 항구는 서해안의 당항성과 경주 근처의 울산항이었다.

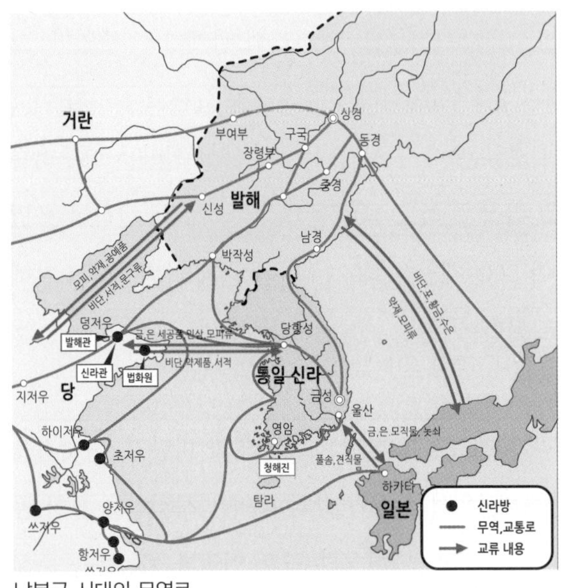

남북국 시대의 무역로

한편, 당과 군사적 긴장관계였던 발해는 발해원정에 참여했던 통일신라와 사이가 안 좋았다. 그러나 9세기 초 선왕 때부터 당나라, 일본과 외교관계를 맺으며 무역도 늘었다. 당나라에서도 발해를 인정하여 바다 동쪽의 성대한 나라, '해동성국' 이라 칭할 정도로 가까워졌다. 그래서 역시 신라처럼 활발한 교역 속에 유학생이 파견되고 자주 머물면서 발해관이 만들어졌다. 이 화기애한(?) 분위기에서 발해는 신라와 외교관계가 이뤄지면서 '신라도' 라는 무역 길을 만들어 교류했다.

여기서 잠깐 살펴보자. 당나라는 오늘날 미국과 같은 존재였다. 통일신라, 일본, 티벳, 베트남, 북방민족과 더불어 서역에서 많은 유학생, 승려등 문화적 교류가 당나라에서 이루어졌다. 그들이 공부했던 유교, 불교는 한자로 전해졌고, 당의 정치체제를 공부하면서 율령(법과 제도)을 배워갔으며, 그들이 머물던 당나라의 건축양식도 그들이 귀국 후 그 나라에 영향을 끼쳤다. 오늘날 중국, 일본 여행을 가면 비슷한 전통분위기의 이유가 바로 이런 역사적 배경이 있어서다. 일본 여행을 처음 가서 신선한 충격을 받았다. 분명 비행기를 타고 바다 건너간 다른 나라인데 거리에 다니는 사람들과 한자로 적힌 간판, 전통분위기 온천이나 사찰, 현대적 도시를 가도 우리와 '비슷함' 이 주는 편안함이 있었다. 그러나 그들은 일본말을 했고 특유의 친절함 속에서 잘 보면 '다름' 이 있는 외국이 맞았다. 한편, 당나라의 파워(?)는 아직까지 계속된다. 당나라가 국제적 도시임을 알려주는 '장안의 화제' 라는 말이 있다. 수도 장안(오늘날 시안)이 문화의 중심지로서 주변국에 영향력을 보여주는 뜻이다. 요즘에도 우리는 이슈를 말할 때 "~이 장

안에 화제입니다."라고 한다.

| 당삼채

전시실에 통일신라와 당의 교류를 알려주는 당삼채가 보인다. 이것은 당나라에 아랍인, 페르시아인등 서역인이 드나들며 그 문화의 영향으로 (주로 황색, 녹색, 흰색) 만든 토기이다. 나는 전시관 안에서 서역인과 낙타 당삼채 작품을 가까이 가서 본다. 밝은 갈색 외투를 입고 코깔콘 모양의 모자를 쓴 아저씨는 손에 뭔가 들렸을 자세로 서 있다. 큰 코에 다소 납작한 얼굴형의 이목구비가 아랍에서 온 사람 맞다. 옆에는 이분과 같이 왔을 낙타가 긴 목을 들어 자태를 뽐내고 있다. 혹이 두 개 있는 낙타 모습에는 당삼채 색이 잘 어울려져 흐르는 기법의 채색으로 만들어졌다. 신라 사람들이 이 당삼채 서역인과 낙타를 처음 봤을 때 기분이 어땠을까?

추억을 더듬어 본다. 아빠는 80년대 중동근로자로 가끔씩 편지와 사진은 보내왔다. 초등학교 2학년이었을 때 사진 속에서 낙타를 봤다. TV에서 '혹 달린 게 낙타라는 동물이 구나' 알았었지만 나와 가까운 누군가가 진짜 낙타 앞에 있으니 느낌이 달랐다. 혹이 컸고 낙타의 몸은 그 앞에서 웃고 있던 아빠보다 훨씬 더 컸다. 또 어쩜 눈도 그렇게 큰지, 저 낙타에 어떻게 올라가는지, 제네는 뭘 먹는지, 주변 사

실크로드 당삼채

막에서 어떻게 사는지 궁금한 게 참 많았다. 당시 신라인들도 이런 생각이었을 것 같다. 당나라에서 온 상인이나 유학생들에게 전해 듣고 이렇게 당삼채를 보면서 "희한하게 생겼구나, 이 혹 좀 봐봐…"라며 다른 문화에 관심을 갖고 가끔은 이 당삼채를 집에 들여놓으며 문화 교류가 이루어졌던 것이다. 이러한 관심은 당나라에서 서역과의 '실크로드'를 통해 신라까지 확대된 것이었다.

| 실크로드

실크로드(Silk Road) 또는 비단길은 중국과 중앙아시아, 로마까지 이어진 고대 동서 교역로를 말한다. 주로 중국의 비단이 로마제국으로 전해졌다는 의미로 연결되었다. 그러나 역사적 배경을 보면 지역마다 이 실크로드와 연결된 많은 길들이 만들어졌고, 보다 다양한 동서양의 문화교류가 이루어졌다. 동양에서 서양으로 건너간 것은 비단 뿐만 아니라 도자기, 차, 약재, 칠기 등이 사막을 지나 로마로 갔다. 그리고 서역에서는 유리, 사자, 불교, 향신료, 이슬람교, 등이 동양으로 전해졌다. 이렇게 당의 개방적이고 국제적인 정책으로 주변국가에서 정치, 종교, 문화적 영향력은 오늘날 동아시아 문화권 형성의 바탕이 되었다.

문득 재밌게 봤던 한중일 공통 영상 콘텐츠가 생각난다. 바로 '손오공' 이야기다. 먼저 접한 것은 일본 만화책인 '드래곤 볼' . 초등학생이었던 나는 친구가 가져온 이 만화책을 그냥 재밌게 깔깔깔 웃으며 봤다. 요약하면 이렇다. 손오공이 귀여운 소녀를 만나서 무천대사, 소림사에서 무술을 연마한 동자승과 함께 드래곤 볼을 모으는 모험이야기이다. 중간 중간에 악당이 드래곤 볼을 빼앗으려하지만 오히려 능력남 손오공에게 당한다. 나는 드래곤볼 만화책에 이어 TV로 '날아라 슈퍼보드' 를 봤다. '치키자카치키자카 초코초코죠~~ 나쁜 일을 하면은....' 초반에 나오는 노래는 언제 들어도 신난다. 주인공 손오공과 삼장법사 그리고 사오정과 저팔계가 요괴를 퇴치하는 이야기이다. 둘리에 이어 내가 참 좋아했던 만화로 동생과 TV앞에서 이 노래를 따라 부르며 재밌게 봤다.

역사를 알아가니 이 손오공과 관련 된 만화들이 다시 보였다. 중국 당나라의 문화교류 속에서 불교의 관심은 인도에 직접 가서 경전을 구해오는 도전으로 이어졌다. 그중 한명이 바로 현장법사였다. 그는 역사 속 인물이었으며 이를 바탕으로 명나라에서 '서유기' 라는 소설이 만들어졌다. 현장법사가 손오공, 저팔계, 사오정을 데리고 불전을 구하러 인도로 가는 중에 겪는 시련과 고난이 즐거움과 재미, 감동으로 책에 담겼다. 중국에서는 삼국지와 더불어 이 '서유기' 는 늘 인기 있는 이야기다. 최근에는 3D 기술력으로 서유기 판타지영화로도 제작되었다. 나는 이 책을 집필하면서 남편에게 '드래곤 볼' 과 '날아라 슈퍼보드' '서유기 영화' 가 다 손오공과 현장법사라는 공통분모를 갖고 있다고 말했다. 당나라 현장법사가 명나라 '서유기' 소설로 이어지고 한,중,일에서 각자 스타일로 만들어지는 게 참 재밌다고 더했다. 남편은 다 듣고 딱 한마디 했다. "너무 껴맞추는거 아니야~~?" 순간 그런가 싶었는데 부분적으로 내말이 맞는 거 같다. 한중일이 갖는 비슷함과 다양성 뒤에는 당나라 시대를 비롯한 오랜 문화교류가 있었기에 가능했다.

전시관에는 통일신라 때 실크로드와 관련한 자료가 있다. 경주부터 시작해 당나라를 거쳐 아라비아를 지나 로마까지 연결된 큰 무역로 실크로드. 전시실의 토기인형 신라인들이 보인다. 실크로드를 통해

황금보검

신라인

이들이 다른 문화로부터 간접 경험한 즐거움이 무엇인지 궁금하다. 그리고 갑자기 경주여행에서 인상 깊게 보았던 칼이 생각난다. 바로 '황금보검' 이다. 남편과 경주박물관에서 시간여행을 한참하고 있는데 이 칼 앞에서 나는 멈췄다. 약 40cm 정도 크기에 눈부시게 빛나는 금으로 화려함을 한껏 뽐내는 칼이었다. 한 걸음 더 가까이 가서 보았다. 여러 모양으로 휘어진 디자인과 반짝이는 붉은 보석이 주위의 황금과 어울리면서 '나는 명품' 이라고 말하는 듯 보였다.

이 칼은 1973년 경주시청에서 계림지역까지 이어지는 도로공사를 하다가 우연히 무덤이 발견되었고 그 안에서 발굴된 유물이다. 이후 '계림보검' 또는 '황금보검' 으로 불린다. 확실한건 신라유물이 아니다. 그동안 봐왔던 우리스타일과 정말 다르다. 그리고 직접 이 보검을 보면 작지만 위엄과 신분을 상징하는 권위도 느껴진다. 어떻게 이 '황금보검' 이 통일신라 경주까지 왔는지 궁금하지만 정확한 배경은 모른다. 하지만 '문물교류' 를 알려주는 이정표임은 분명하다. 오늘날 프랑스에서 건너온 리미트 샤넬백과 비슷한 느낌인가?

실크로드를 통해 들어온 서역 유물들을 보면서 신라도 다른 나라에 뭔가를 수출 할 수도 있었다. 그러나 안타깝게도 오늘날 생각하는 '수출' 개념이 신라에는 없었고 주로 지배층을 위한 물건들이 왔을 것이다. 이런 생각은 21세기 대한민국 국민으로서 '어떻게 하면 한국문화를 외국에 알리고 의미 있는 국제교역까지 이어질 수 있을까?' 하는 희망으로 연결된다. 현재 동남아시아와 남미에 부는 드라마, 영화, 음악의 '한류' 는 이런 의미에서 큰 역할을 하고 있다. 하지만 보다 장기적으로 구체적인 추진력이 필요하고 이를 위해 정부의 적극적인 노력이 필요하다.

| 장보고

한편 9세기에 접어들자 불교는 국가적 지원과 보호 아래 영향력이 커졌다. 국고 수입은 점차 감소되었고 이에 농민들이 부담해야할 세금이 많아졌다. 특히 대형사찰과 많은 불상, 불탑의 건립으로 국가재정이 낭비되고 귀족들의 지나친 사치가 이어졌다. 그리고 그 안에서 권력을 둘러싼 내분이 일면서 혜공왕 이후 150년 동안 20명의 왕이

장보고

교체되었다. 지배층의 왕위계승을 둘러싼 갈등은 국정운영을 점점 마비시켰고 백성들의 생활은 불안해져만 갔다.

이 시기는 당나라도 지방 군인들의 반란으로 중앙통제가 약화되었고, 일본역시 권력다툼으로 해적들이 들끓는 상황이었다. 고대 대외무역은 정부가 주도했지만 통일신라, 당나라, 일본 세 나라가 중앙 정부가 힘이 약화되자 이를 대신하는 민간교역이 늘게 되었다. 이때 해상에서 왜구의 약탈이 심해졌고 상인들은 물론 지배층까지 피해가 가면서 무역에 차질이 생길 정도였다. 바로 이때 이를 해결하면서 해상세력으로 급부상한 인물이 있었다. 그는 누구일까? 남해 작은 섬에서 태어난 이 아이는 어려서부터 수영과 무술 실력이 남달랐다. 청년이 되어 신분적 한계를 일찍 알고 당나라로 건너가 군인이 되었고 노력 끝에 당에서 인정받는 지휘관이 되었다. 그는 바로 장보고이다. 사실 당나라, 신라, 일본의 정치 상황이 혼란했지만 당나라는 여전히 강력한 힘을 지닌 제국이었고 비단길과 바닷길을 통해 서양과 경제적 문화적 교류를 주도 하고 있었다.

장보고는 당나라에 머물면서 국제문물을 접하고 군대 지휘관까지 오르면서 828년 통일신라로 돌아왔다. 그리고 "당나라에서 보니 해적들에 잡혀 노비가 된 신라 백성이 많았습니다. 허락해주시면 완도 청해에 진영을 만들어 해적을 소탕하겠습니다."라고 흥덕왕에게 말했다. 이에 신라왕실의 적극적인 지원으로 장보고는 당나라–통일신라–일본을 잇는 바닷길을 안전하게 했고 통행세를 받기도 했다. 나아가 장보고는 직접 중계무역을 하면서 통일신라의 금과 비단, 당나라의 도자기, 붓, 종이를 일본에 팔았고 큰 이익을 얻었다. 점차 해상무역의 규모가 커졌고 군대를 갖고 있는 장보고는 급부상했다.

한편 흥덕왕이 죽자 장보고는 다음 왕인 신무왕이 즉위에 오를 수 있도록 도움을 주었다. 그러나 신무왕이 갑자기 병으로 죽자 귀족들은 장보고가 두려웠다. 이에 그들은 장보고의 부하를 매수해 그를 죽이고 군대를 보내 청해진을 폐쇄시켰다. 바다의 왕자 장보고는 그렇게 역사 속으로 사라졌다. 이후 통일신라는 내분으로 기울고 정부의 무능함에 백성들은 지쳐가다 지방 호족들 지배를 받게 된다. 호족은 지방 세력으로 넓은 토지가 있었고 중앙정부가 약해지자 사병을 모으고 백성들에게 세금을 직접 걷어 경제적 정치적 힘을 키웠다. 그리고 능력은 있지만 신분의 한계에 불만을 품은 6두품도 호족처럼 반신라 성향을 보이면서 통일신라의 통치력은 상실되어갔다. 결국 이런 상황은 정치적 분열로 후삼국시대로 이어졌다. 이를 주도한 인물이 후백제의 견훤, 후고구려의 궁예와 왕건이었다. 약 18년 동안 혼란은 왕건에 의해 정리되었고, 신라의 마지막 왕인 경순왕이 그에게 항복했다. 그리고 우리역사에서 두 번째 통일 국가인 고려왕조가 시작되었다.

| 석조물정원

국립중앙박물관을 나와 야외에 있는 석조물정원으로 향한다. 그곳은 세월의 흔적을 담고 있는 석탑들이 있는 장소로 내게는 '비밀의 화원' 이다. 많은 사람들이 박물관을 찾아도 여기까지는 잘 모르기 때문이다. 여름이 만들어내는 초록향기가 보기도 좋고 시원하다. 유모차에 있던 딸아이가 이리저리 고개를 들어 둘러본다. 울퉁불퉁 숲길을 지나자 이목구비는 마모되어 안보이지만 분명 사람모습을 하고 있는 석상이 보인다. 보자마자 혼자 반갑다. 이곳의 장점은 가서 한번 쓰다

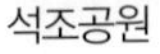
석조공원

들어도 괜찮을 듯한(?) 공간이라는 것이다. '잘 있었나요?' 마음으로 인사를 건네며 손을 뻗어 만져본다. 그리고 유모차를 밀며 안쪽으로 천천히 산책을 시작한다.

감은사지 3층 석탑과 비슷한 크기와 구도의 탑이 보인다. 순간 경주에 온 기분이다. 윗부분이 없고 부분적으로 깨지거나 없어졌다. 시간의 흔적과 세월의 상처가 함께 담긴 석탑이다. 어떻게, 왜 이곳까지 왔는지 설명은 없지만 우리역사의 한 장면으로, 불교예술의 작품으로 다가온다. 조금 더 가니 3층 석탑에서 보다 다양한 모양과 층수를 달리하는 석탑들이 보인다. 고려시대라고 아래 간략한 설명이 나와 있다. 3층 석탑에서 변형된 모습이지만 층마다 지붕돌 끝을 살짝 올려 가뿐하게 살린 것은 불국사 석가탑과 비슷하다. 비록 경주까지는 못 가지만 이렇게 국립중앙박물관에서 그리고 이 비밀화원에서 만나는 통일신라가 있어 고맙다.

석조공원

석조공원

천천히 출구를 향해 걸어가며 오늘을 정리해본다. 통일신라는 위치적으로는 한반도 동남쪽 구석이다. 그러나 고립된 나라가 아니고 문화교류를 통해 새로운 문화를 받아들이고 이를 '응용하고 다름'을 만들어간 큰 나라였다. 그 예로 통일신라 불교미술의 찬란함이 녹아있는 불국사와 석굴암이다. 다보탑과 석가탑, 석굴암에는 예술적 미와 더불어 흔히 볼 수 있는 돌에 생명력을 담아 지금도 불교 정신이 이어진다.

이를 건축한 통일신라 지도층도 대단하지만 망치와 정을 들고 손수 돌을 다듬어 낸 당시 석공들의 실력에 박수를 보낸다. 또한 실크로드를 통한 당나라와 서역의 교류는 우리에게 '문화'의 힘이 무엇인지 알려주고 21세기 '한류'의 가능성을 말하고 있다. 이런 배경 속에서 통일신라는 과거의 역사가 아니라 지금을 살아가는 우리에게 여러 가지 교훈과 의미가 있는 천년 향기로 다가온다.

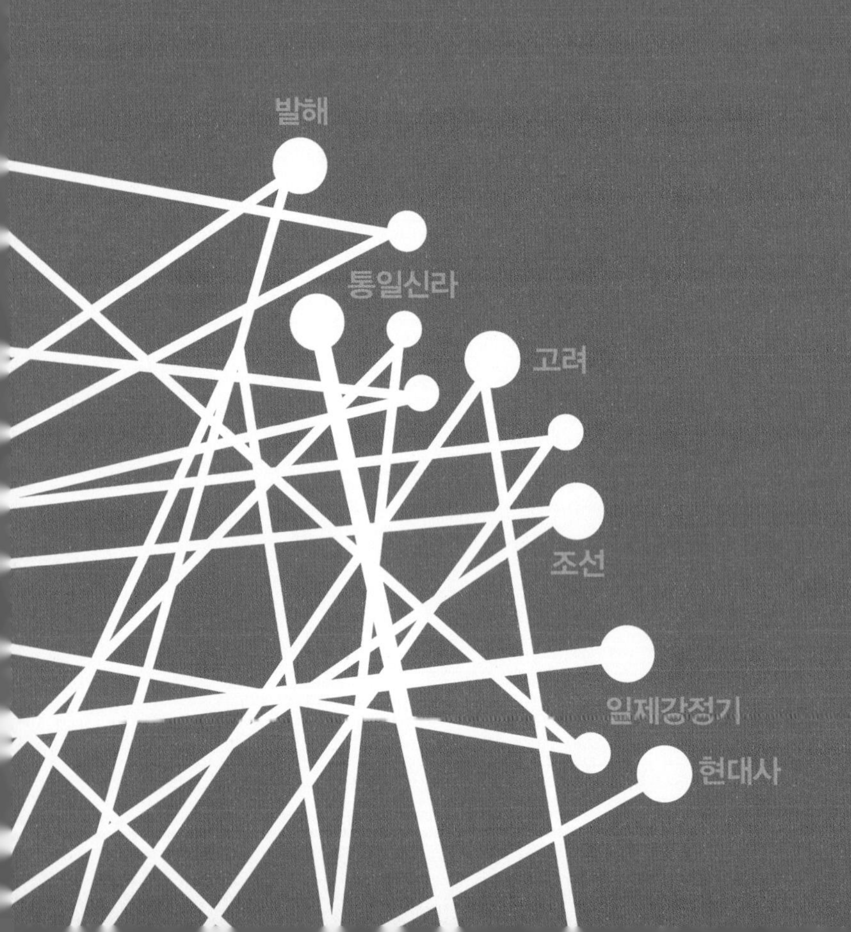
발해
통일신라
고려
조선
일제강점기
현대사

07

고 려

Goryeo

Goryeo

07 고려

시련과 역경이 담아낸 고려왕조 500년
〈낙성대와 전쟁기념관〉

낙성대-강감찬 | 여진족침입 | 몽골침입
팔만대장경 | 공민왕

외국에서 우리를 칭하는 'Korea'은 언제부터였을까? 학계는 고려가 중국 송나라와 교류를 활발히 하던 11세기부터라고 한다. 아라비아 상인이 고려에 와서 교역을 했고, '꼬레-꼬레아(Corea-Korea)'로 불렀다. 대학교 이름, 한국제품 뒤에 붙는 made in Korea, 각종 국제대회에서 불리는 Korea는 우리에게 이미 익숙하다. 고려시대의 Korea가 지금도 이어지는 긴 역사인 셈이다.

그러나 약 500년 고려역사를 우리가 가깝게 접하기는 어렵다. 우선 고려는 수도가 북한 개성(개경)에 있다. 따라서 발굴이나 역사연구가 쉽지 않고, 몽골침입 때 많은 사료, 유물, 유적이 소실되거나 훼손되었다. 자료가 적다보니 드라마나 영화로 만들어지는 경우도 조선시대에 비해 적다. 물론 전국적으로 고려시대를 거처 온 사찰이 있기도 하다. 대표적인 곳이 충남 예산의 수덕사이다. 최근 불상 안에서 복장된 고려시대 불경 7종 등 보물급 유물이 다수 발견되기도 했다. 그러나 이 책은 서울에서 만나는 시대별 문화유산이다. 그렇다면 고려역사를 어디에서 찾아야할까 우리가족은 관악산 봉천동에 위치한 '낙성대'로 향한다. 한국을 빛낸 위인전에 자주 나오는 인물이 있다. 바로 귀주대첩 강감찬이다. 먼저 고려 역사를 살펴보자.

| 고려역사

918년 왕건은 후삼국시대를 통일하고 개경(개성)을 수도로 '고려'를 세웠다. 그러나 통일 과정에서 함께한 지방 호족들은 개창 이후에도 독자적인 세력을 유지했다. 호족은 지방 백성들을 직접 지배했고 고려왕실과 중앙정부의 명령에도 잘 따르지 않았다. 이에 태조 왕건은 호족자녀들과 혼인을 하고, 왕씨를 하사했으며, 호족의 가족들에게 벼슬을 주어 개경에 머물게(기인제도)했다. 또한 지방을 직접관리하게 하는 사심관제도를 이용해 그들 포섭했다. 점차 지방 호족들은 중앙에 편입되어 고위관리가 되었고 관직과 특권이 세습되면서 문벌귀족이 되었다. 왕건은 수도가 개경이었지만 고구려 땅을 되찾겠다는 북진정책으로 평양(서경)을 중요하게 여겼다. 또한 거란에 의해 발해가 멸망하자 유민들을 적극 받아들이면서 다양한 민족문화 토대를 만들었다.

고려는 삼국시대, 통일 신라처럼 불교국가이다. 부처님의 가르침으로 민심이 교화되듯이 왕실의 정책과 법으로 백성을 이끌었다. 지방 호족들도 지역 백성들에게 영향력을 행사하는 방법으로 불교를 지원하며 사찰과 불상을 만들었다. 그러나 시간이 지나면서 점차 불교는 종교적인 성격이 강하게 되었고, 정치에서는 유교의 역할이 커져갔다. 4대왕 광종 때는 유교가 정치이념으로 과거시험이 제도화되었다. 충, 효를 강조하는 유교는 불교 보다 현실적인 학문이고 국가의 제도와 행정운영에 효과적이었다. 과거제를 통해 선발된 관리들은 중앙정부에 정책을 만들고 중앙관리제도와 지방행정, 군사조직을 만들었다. 그러나 성종 이후 나이어린 왕이 즉위하거나 왕이 병환이나 기타 이유로 일찍 죽게 되면서 왕권이 약화되었고 소수 문벌귀족들이 왕실을 좌지우지 했다. 심지어 자신들에게 유리한 왕을 세우면서 권력다툼이 이어졌다. 993년 고려는 안으로는 왕권다툼과 밖으로는 거란의 침입으로 혼란했다.

당시 국제관계 이해가 필요하다. 역사적으로 우리나라는 중국 본토의 분위기와 직결되었다. 즉, 중국본토가 혼란하면 한반도는 평화와 발전의 기회였고, 반대로 중국이 강력한 통일 왕조가 들어서면 초반에 한반도는 바로 긴장해야했다. 역사흐름을 보니 전체적인 관계가 그랬다. 예를 들어 중국 한나라의 통일은 고조선멸망, 이후 중국 5호 16국 혼란기에 고구려, 백제, 신라 삼국시대 발전이 있었다. 그리고 중국 수나라 때 고구려와 전쟁, 이어서 당나라 때 고구려, 백제 멸망 후 통일신라 안정기가 되었다. 또한 중국의 5대 10국 혼란기에 고려 성립, 몽골이 강해질 때 고려는 30여 년간 항쟁시기였다. 마지막으로 명나라 때 조선은 사대친선, 청나라 때 병자호란이 일어났다. 현재 미국이나 중국, 일본의 집권성향을 우리가 민감하게 주시하는 이유와 비슷하다. 바로 외교관계 속에서 우리의 안전과 평화 그리리고 이해관계가 연결되기 때문이다.

| 거란 침입

①1차

다시 돌아가서 10세기 말 고려를 쳐들어온 거란은 누구인가? 몽골 부근에 살던 유목민족으로 영토를 넓히면서 발해를 멸망시키고 5대 10국 중 하나인 후진을 정복했다. 고려 태조는 일찍부터 '광군' 이라는 군대를 조직해 거란을 대비하라는 유언을 '훈요10조' 에 남겼다. 그러나 안타깝게도 태조의 걱정은 성종 때 현실이 되었다.

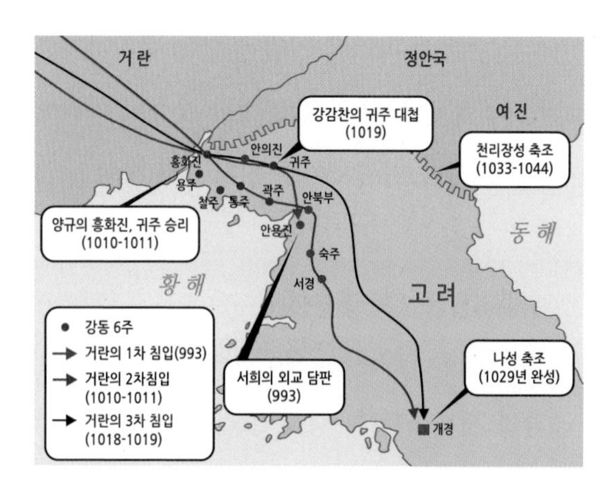

거란이 고려를 공격하는 데는 이유가 있었다. 바로 중국본토에서 조광윤이 송나라를 세우자 거란과 영토충돌이 있었다. 이에 고려가 송나라와 연합하지 않을까 의심했고 이에 고려공격을 결정했다. 993년 고려와 거란의 1차 전쟁이 시작되었다. 소손녕이 이끄는 거란군은 기세가 등등했지만 고려군의 반격도 만만치 않았다. 이때 고려의 서희는 거란의 목적을 간파하고 직접 그를 찾아갔다. 그리고 말했다. "고려는 고구려를 계승한 나라다. 그런데 고구려 땅을 거란이 차지하고 있고 압록강 주변에 여진족이 있어 거란과 교류하기도 힘들다. 만약 여진족을 쫓아내고 고려의 옛 영토를 되찾으면 고려 왕이 거란에 찾아가 인사할 것이다." 거란장군 소손녕은 서희가 제시한 내용에 합의를 하고 군대를 돌렸다. 이를 서희의 '외교담판' 이라고 한다. 결과적으로 고려는 거란의 도움으로 압록강 주변 여진족을 몰아내고 강동

6주를 얻었다. 그러나 고려 성종은 송나라에 거란을 함께 공격하자고 했다. 이에 송나라는 고려를 믿을 수도 거란을 공격할 상황이 아니어서 제안을 거절했다. 따라서 고려와 거란사이에 긴장감은 계속 되었다.

②2차

1010년 거란의 2차 공격이 시작되었다. 당시 고려는 몇몇 가문이 자신들에게 유리한 왕을 즉위시켰다. 그 예가 고려 목종의 어머니 천추태후다. 그녀는 남편이 죽은 뒤 귀족관료 김치양과 어울렸고 아들을 낳았다. 목종 대신 이 아들을 왕으로 세우려하자 목종이 무관 강조에게 이들을 없애라고 했다. 강조는 군사를 일으켜 김치양 측근들을 죽였지만 그 역시 권력욕심으로 목종을 죽이고 현종을 앉혔다. 이에 왕실의 권위는 떨어지고 문벌귀족은 막강해지면서 혼란이 이어졌다. 이를 '강조의 변' 이라 한다. 그리고 누군가 거란에 이 상황을 전하고 왕권안정을 위해 거란에 군사적 도움을 청했다. 이에 거란은 고려를 다시 공격했다.

2차 공격에서 거란은 강동 6주를 거쳐 개경으로 진격했다. 그러나 고려군의 거센 저항으로 거란은 남쪽으로 방향을 돌렸다. 고려조정에서는 거란에 승복하는 이야기가 오갔으나 63세 강감찬은 현종을 전라도 나주로 피난시키고 적극 전투태세를 갖추었다. 그 다음 고려는 거란과 화친분위기를 조성하면서 그들의 공격을 멈추게 했다. 이때 서경과 강동 6주에 남아있던 고려군은 되돌아 가는 거란군을 매섭게 공격했고 포로로 끌려가던 고려인들을 구해냈다.

③3차

1018년 겨울 거란의 3차 공격이 시작되었다. 이때 거란 소배압은 10만 기마병으로 역시 빠르게 국경선을 넘어왔고 바로 개경으로 갈 계획을 했다. 그러기 위해서는 흥화진(평안북도 의주) 길목에 있는 넓고 깊은 강을 건너야 했다. 거란군의 계획을 눈치 챈 강감찬은 소가죽을 여러겹 엮어서 강 상류를 둑처럼 막고 주변 산 속에 군사를 숨겨 두었다. 거란군이 개울을 반쯤 건넜을 때 소가죽을 터뜨렸고 거란군은 물에 휩쓸려 피해가 컸다. 하지만 소배압 군대는 포기하지 않고 개경으로 향했다.

한편 거란군이 도착하니 개경은 이미 튼튼하게 성벽을 쌓고 전쟁준비를 마친 상태였다. 게다가 뒤에서는 고려군대가 뒤쫓아 내려오고 있었다. 식량부족과 전략상의 이유로 소배압은 후퇴를 선택해 귀주(평안북도 귀주)에 도착했다. 이때 강감찬의 군대가 거란군을 막아 대대적인 공격을 퍼부었다. 또한 개경에서 뒤 좇아 오던 고려군도 거란군의 뒤편을 무너뜨렸다. 거란군은 앞뒤로 공격을 당하며 수천 명만 겨우 살아남았다. 이것이 강감찬의 '귀주대첩' 이고, 이 전쟁을 끝으로 고려와 거란의 오랜 전쟁은 막을 내렸다.

| 낙성대 – 강감찬

고려 100년의 역사를 간단히 정리하면서 귀주대첩과 강감찬을 알았다. 이제는 직접 가서 만나보자. 처음 찾아가는 낙성대에 대한 기대감과 가까운 곳을 이제야 가본다는 미안함도 있다. 운전 하던 남편이 갑자기 말한다. "솔직히 젊었을 때 낙성대가 대학교인줄 알았어." 수줍은(?) 고백이다. 아직도 그렇게 알고 있는 사람들이 있을지 모른다. 나 또한 책으로만 '귀주대첩–강감찬, 낙성대는 강감찬을 모시는 곳' 이라는 짧은 지식으로만 안다. 그래서 이렇게 가보고 느끼고 알아가는 즐거움에 감사하다. 옆 앉은 첫째가 뭐라고 뭐라고 말하는데 단어를 맞춰보니 "엄마, 지금 아빠랑 부릉부릉 타고 어디가?"인 것 같다. 나는 짧게 "응….옛날 큰 싸움에서 우리를 지켜 준 아저씨 만나러 가는 거야~" 핵심 키워드로 대답했는데 아이가 이해했는지 모르겠다. 아이는 "응~" 고개를 끄덕인다. 그 모습에 웃음이 난다.

낙성대 공원 안에 강감찬장군을 모시는 사당 안국사가 있다. 주차장 안쪽으로 무더위를 피해 어르신들이 정자에 모여 담소를 나누고 있다. 옆으로 차 한 잔의 여유를 즐기는 전통분위기 공간도 있다. 걷다보니 큰 나무들이 양쪽으로 보이고 단번에 저 쪽에 뭔가 있겠다는 직감이 온다. 올라가보니 안국사다. 먼저 안내서를 살펴본다.

낙성대는 고려시대 명장 강감찬이 태어난 장소이다. 장군이 태어날 때 이곳에 별이 떨어졌다고 하여 낙성대라고 한다. 거란의 침략을 막아낸 것을 비롯하여 나라와 백성을 위해 일생을 바쳤다. 고려 백성은 장군의 이러한 공적을 기억하기 위해 장군이 태어난 집터에 삼층석탑을 세웠다. 이 석탑은 1974년 이곳에 기념공원을 조성하면서 봉천동 218번지에 있던 탑도 이곳으로 이전했다고 한다. 이어서 과장이 있는 강감찬관련 설화도 적혀있다. 강감찬아버지가 좋은 태몽을 꾸고 훌륭한 아들을 낳기 위해 여우 여인과 관계를 맺어 강감찬을 낳았다고 한다. 또한 강감찬은 원래 얼굴이 잘 생겼기 때문에 큰 일을 할 수 없어, 마마신을 불러 얼굴이 추남이 되었다고 한다. 강감찬 사진이 없어서 추남인지 미남인지 모르겠지만 아마도 이분의 업적을 전하고자 만들었

강감찬 동상

을 관심과 애정이라고 생각된다. 실제 조선시대 〈세종실록〉과 〈동국여지승람〉에 이 강감찬 관련 기록이 있다. 아참 여기서 잠깐 많은 사람들이 잘 모르고 있는 사실이 있다. 강감찬은 장군이미지가 크지만 사실 그는 36세 문과에 장원급제했다. 그리고 3차 귀주대첩 대승을 거둘 때 70대 할아버지였다. 추측컨대 강감찬은 전투에서 중요한 전략가였을지 모른다.

입구에 들어서자 울창한 나무들이 보이고 새들과 매미소리에 잠시 걸음을 멈춘다. 이곳 풍경이 참 시원하고 좋다. 남편은 유모차가 위까지는 올라 갈 수 없어 아이들과 있고 나는 우리 집 대표로 강감찬을 만나러 간다. 건물 왼쪽으로 나무에 가린 석탑이 보인다. 현재 서울시 유형문화재 4호로 지정된 3층 석탑이다. 세월의 풍파를 잘 견딘 흔적이 느껴진다. 상단부는 없어졌고 각층의 모서리가 마모되거나 훼손되었다. 귀주대첩

삼층석탑

이후 약 13세기경 사람들이 강감찬의 업적을 기리며 세웠을 거라 추정된다. 탑 정면에는 '강감찬 낙성대'라고 적혀있다. 처음에는 안보였는데 정말 유심히 잘 보았더니 정말 글자가 보인다. 누가 이 여섯 글자를 새겼을까 궁금하다. 고려인들이 감사하는 마음에 새겼을까? 가문의 영광으로 강감찬 가족이 했을까? 공통된 것은 이분을 기억하고 고마움을 전하고자 했을 것이다. 갑자기 이 차가운 돌에 따뜻한 정성을 담은 고려인의 마음이 느껴져 감동으로 다가온다. 손을 뻗어 한 번 만져 본다. 너무 감성적이지만 솔직히 이 탑을 마주할 때 그랬다. 이 더운 날 함께하는 남편에게 나도 탑을 만들어줘야 할까보다.

계단을 올라 점점 가까워지는 '안국사' 현판을 본다. 약 30m정도 되는 한옥 단청건물에 청기와가 눈에 보인다. 단청과 청기와는 높은 신분, 중요한 인물을 상징한다. 단청은 주로 궁궐과 사찰에서 볼 수 있고 청기와는 왕이 거처하는 공간에 칠해졌다. 그만큼 강감찬장군의 업적을 기리겠다는 뜻으로 보인다. 안을 보니 늠름한 그의 모습이 그림 속에 있다. 양 옆으로는 귀주대첩을 연상케 하는 벽화들이 보인다. 역사에서 가정은 없지만 만약 귀주대첩에서 패했더라면...지금 우리는 중국인으로 살아갈지도 모른다.

그러나 강감찬의 역할과 의미를 시대의 필요로 과하게 포장했다는

안국사 사당

생각도 든다. 강감찬을 비롯한 역사 속 위인들이 애국심 강화의 수단으로 교과서, 동화책, 드라마 등에서 많이 다뤄진다. 그중에서도 나라를 직접 구한 업적이 보다 강조되었다. 입구에서 박정희 대통령의 기념 나무가 보였다. 이렇게 국민들에게 교육시킨 역사 인물 중에는 특히 세 분이 유명하다. 살수대첩 을지문덕, 귀주대첩 강감찬, 한산도대첩 이순신. 이 3대 대첩을 중요하게 외웠던 학창시절이 떠오른다. 한편 요즘은 지자체마다 문화유산을 연계하며 지역 홍보를 하는데 관악구도 매년 강감찬축제를 열고 강감찬 브랜드 도시를 추진하고 있다. 역사문화를 알리는 노력은 좋지만 가끔은 목적의 수단처럼 보여 씁쓸하기도 하다.

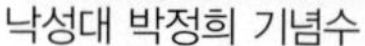
낙성대 박정희 기념수

안국사 앞

뒤 돌아서서 사당 앞에 서본다. 관악산을 등지고 맑은 하늘이 훤히 보이는 이 자리가 명당이다. 바로 눈앞에는 이 무더위를 뚫고(?) 이리저리 뛰어다니는 큰아이와 유모차를 밀며 둘째와 놀아주는 남편이 보인다. 우리 가족들이 중국이 아닌 대한민국 땅에서 함께하는 이 순간이 행복이다.

| 전쟁기념관

강감찬의 귀주대첩 이후 고려는 평화롭게 잘 살았을까? 정답은 '아니다' 다. 여진족과 몽골의 침입으로 이어졌다. 이를 알아보기 위해 우리가족은 전쟁기념관으로 간다. 용산구에 위치한 이곳은 '전쟁' 을 주제로 5천년 민족사를 담은 곳이다. 선열의 애국심을 기리고, 전쟁의 참상을 통해 평화의 소중함을 배우는 교육기관으로 1994년 개관했다. 그런데 갑자기 드는 생각이 있다. '전쟁기념관', 전쟁을 기념한다고 말이 좀 어색하다. 전쟁은 승전국이나 패전국이나 많은 사람들이

전쟁기념관

죽고 살아남은 이들도 정신적 육체적 고통이 따른다. 기념이라는 표현보다 추모관은 어떨까?

정문으로 가는 통로 벽에는 아주 작은 글씨로 가득 차 있다. 바로 6.25참전 군인들의 이름이다. 한국과 연합군으로 참여했던 다른 나라 군인들의 이름까지 빼곡하다. 몇몇이 그 벽에 앞에서 누구를 찾는지 손가락으로 확인하는 모습이 보인다. 나라를 위해 싸우다 목숨을 잃은 군인과 남겨진 가족들의 마음을 생각해본다. 고마움과 미안함이다. 이제 두 아이 엄마로서 군대는 직접적으로 다가오는 오는 단어가 되었다.

전쟁기념관 입구

'전쟁'의 뜻을 찾아봤다. '둘 이상의 서로 대립하는 국가 또는 이에 준하는 집단 간에 군사력을 비롯한 각종 수단을 사용해서 상대의 의지를 강제하려고 하는 행위 또는 그 상태'라고 한다. 설명이 어렵다. 한 마디로 '갈등하는 둘이 한쪽을 제압하려는 과정'으로 이해한다. 그렇다면 고려는 왜 북쪽 이민족과 갈등 했을까? 사실 고려가 먼저 선제공격으로 전쟁을 일으킨 적은 거의 없다. 대부분 북쪽 유목민족이 중국본토와의 관계를 생각해 고려를 먼저 제압하려 했거나, 영토 확장을 목적으로 고려 국경선을 넘어왔다. 그리고 고려는 이에 맞서 싸워 승리한 적도 있지만 30여년 동안의 침략에 많은 피해를 보기도 했다. 12세기 고려역사를 살펴보자.

| 12세기 고려

거란과의 전쟁 이후 고려는 군사력을 정비했다. 5도 양계로 지방을 나누고 중앙정부(왕)-도(안찰사)-수령이 있는 군현과 토착민이 관리하는 군현으로 지방제도가 구성되었다. 현종이 죽은 후 그의 세 아들(덕종 3년, 정종11년 문종 37년)은 약 50년 동안 평화 분위기에서 고려를 다스렸다. 토지제도를 정비하면서 고위층을 견제하기도 하고, 거란과의 전쟁에서 공이 큰 무신들에게 더 나은 대우를 했다. 또한 불교에 지원도 아끼지 않았다. 개경에 1천명의 승려가 있는 흥왕시를 짓고 왕의 아들을 승려로 출가시키기도 했다. 문종의 넷째아들인 의천대사는 한국불교계의 '천태종' 을 알린 인물이다. 문종은 유교에도 관심이 많아 유학자 최충을 통해 관료제도와 법률정비를 했다.

| 이자겸의 난

이 시기 국제교류와 상업이 활발히 진행되었다. 개경 근처 서해바다와 예성강 벽란도는 해상무역의 중심지였다. 특히 고려는 송나라와 가깝게 지내며 송에 유학생을 보내 불교와 유교를 배워왔고, 금, 은, 인삼, 종이, 먹, 부채 등을 송나라에 팔았다. 그리고 비단, 차, 약재, 책 등 주로 지배층의 물품을 송나라에서 들여왔다. 당시에 큰 나라를 섬기면 작은 나라는 선물을 받는 조공무역 방식이었다. 두 나라 사이에 조공무역은 보통 100-300여명이 한꺼번에 움직일 정도로 오고

간 물품의 규모가 컸다. 특히 아라비아 상인도 벽란도를 찾아 무역을 했고 이때부터 고려를 '꼬레-꼬레아(Corea-Korea)'라고 불렀다. 그러나 문종이 죽고 나서 그 다음 왕이 일찍 죽거나 힘이 약하다 보니 왕권이 약해졌다. 그리고 몇몇 문벌귀족은 왕실과 혼인관계를 통해 권력을 쥐고 문제를 일으켰다. 대표적인 인물이 이자겸이었다. 그는 왕인 인종의 장인이었는데 뇌물을 받으며 관직을 팔고 백성들을 수탈했다. 또 자신을 반대하는 세력을 무참히 죽이고 왕인 인종까지 없애려 했다. 이에 인종은 척준경을 시켜 이자겸을 죽이게 했다. 이를 '이자겸의 난'이라고 한다.

| 여진족침입

12세기 고려조정에서는 묘청, 정지상을 중심으로 서경파와 김부식을 중심으로 개경파가 갈등했다. 서경파는 왕권강화와 북진정책을 내세우며 여진족이 세운 금나라를 공격을 주장했다. 그리고 개경은 운이 다했다며 서경천도운동을 시도했다. 잠깐~여진족을 설명을 하자면 함경도와 두만강 부근에서 살던 유목민이다. 고려와 물물교환으로 교류는 있었지만 이들은 자주국경을 넘어와 약탈했다. 고려가 천리장성을 쌓은 이유도 여진족의 침입을 막으려는 의도였다. 그러나 1007년 여진족은 이 천리장성을 넘어 고려에 쳐들어왔고 피해를 많이 주었다. 이후 1107년 윤관이 여진을 공격해 승리하면서 천리장성 너머

까지 영토 확장을 했다. 하지만 땅이 거칠고 겨울이 길어 관리가 어렵게 되자 그 지역을 포기하게 되었다. 1115년 여진족은 금나라를 세우고 영토 확장을 해나갔다. 처음에는 송나라가 금과 연합으로 거란을 공격하자고 제안해 실제 거란이 멸망했다. 이후 금나라는 송나라까지 공격해 북쪽을 차지하게 되었다. 송은 남쪽으로 도읍을 옮겨 '남송'이 되었고 이제 금나라는 중국 본토에서 강자가 되었다.

북관유적도첩

고려시대 전시관에 도착했다. 11세기 말 여진족과의 전투에서 윤관의 설명이 있다. 그 역시 고려시대 문관출신의 장군으로 여진정벌에 앞장섰다. 천리장성 북쪽으로 9성을 쌓아 영토 확장을 했고 당시 상황이 〈북관유적도첩(北關遺蹟圖帖)〉에 그려졌다. 이 책은 17~18세기 북관(함경도)에서 용맹과 기개를 떨친 장수들의 업적을 기록한 것이다. 그림에서 눈을 크게 뜨고 잘 보면 비석에 '고려지경(高麗之境)' 이라고 적혀 있다. "고려의 경계가 여기부터다!"라고 여진족에게 엄포를 두는 것 같다. 그러나 언급 했듯이 이 상황은 얼마가지 못한다. 참고로 이 여진족이 조선시대 병자호란을

북관유적도첩 확대

일으킨 후금이다. 그리고 '청' 으로 이름을 바꿔 중국의 마지막 왕조가 된다.

| 묘청의 서경천도 운동

다시 시대설명으로 돌아와서 서경파와 개경파의 갈등이 본격적으로 시작되었다. 서경파는 이 금나라를 공격해 영토 확장과 자주정신을 되찾자고 주장했다. 인종은 초반에 이들을 지지했지만 김부식이 이끄는 개경세력은 반대했다. 도읍을 옮기는데 시간이 걸리고 경비도 많이 들며 당장 금나라와 전쟁을 할 필요가 없다는 이유였다. 사실 개경파는 자신들의 정치적 입지가 적어질까 적극 반대했었다. 이에 묘청스님과 서경세력은 반란을 일으키고 나라이름을 '위' 로 정한 뒤 수도를 서경으로 했다. 이 후 왕으로 인종을 앉히려는 계획이었다. 그러나 김부식이 이끈 군대는 서경을 짧은 시간에 진압했다. 이를 '묘청의 서경천도 운동' 이라고 한다. 잠깐 추가 설명을 하자면 이 묘청의 서경천도 시도를 적극 칭찬하고 본받자고 주장했던 인물이 있다. 바로 일제강점기 신채호선생이다. 그는 이 사건을 반만년 우리 역사상 가장 자주적인 도전이라고 했다. 물론 준비를 제대로 못한 안타까움도 있지만 일본의 지배아래 민족의 자주적인 독립을 고취시키려는 뜻이었을 것이다.

| 무신의 난

고려는 이자겸의 난과 묘청의 서경천도 운동 이후 한 동안 평화가 찾아왔다. 그러나 사치와 권력욕심의 문벌귀족들은 활약이 없던 무신을 점점 무시하게 되었다. 이에 더 이상 참지 못한 무신들이 들고 일어나 많은 문신들 제거했다. 1170년 일어난 '무신의 난' 이다. 이때부터 1260년까지 약90년 동안 무신들의 권력다툼 속에서 왕권은 추락하고 무신들이 운영하는 고려정국은 혼란의 연속이었다. 문벌귀족들은 이들 무신과 타협하거나 죽음을 선택해야 했다. 또한 백성들은 무신들의 수탈 앞에 그대로 당하거나 민란을 일으키기도 했다. 당연히 이 시기는 외적의 침입에 제대로 준비도 없었다.

| 몽골침입

1206년 중국 북쪽에서 살던 몽골족이 칭기즈칸을 중심으로 부족이 통일되었다. 강력한 군사력으로 중국, 동아시아, 중앙아시아는 물론 유럽 일부까지 점령하면서 대제국을 건설했다. 이 과정에서 고려도 30년간 무려 6차례 몽골의 침입을 당했다. 몽골과 첫 대면은 갑작스러웠다. 고려에 보낸 몽골사신이 죽임을 당하자 이를 구실로 쳐들어왔다. 개경과 충주까지 진격하던 몽골군은 고려의 화해 요청을 받아들여 철수 했다. 한편 고려는 몽골의 군대가 물러가자 수도를 강화도로 옮겼는데 이에 몽골군은 개경환도를 요구하며 두 번째 공격을 단행했다. 그러나 처인성 전투에서 승장 김윤후가 이끄는 농민군에게 몽골 사령관 살리타이가 죽게 되자 몽골군은 철수를 결정한다. 하지만 몽골은 다시 공격을 시작했고, 고려조정에 개경환도와 국왕이 직접 몽골로 와서 조공을 바칠 것을 요구했다. 그러나 고려왕실과 무신집권층은 강화도에 머물며 그 요구를 거부했다. 그러자 몽골은 전국을 돌며 각종 문화재와 유적을 불태우고 많은 고려인을 잡아갔다.

전시장 벽에 김윤후스님이 활을 겨누고 있다. 그 앞에는 세계에서 가장 큰 제국를 세우고 막강한 군대를 자랑하는 몽골군이 있다. 숫자적으로도 고려가 완전 밀리는 모습이다. 그러나 김윤후 옆에는 고려땅을 지키려는 농민군이 있다. 이들의 간절하고 강인한 결사항전은

처인성전투

잠깐이지만 몽골군을 철수시켰다. 옆에 남편이 작은 소리로 "이 시대 태어나지 않은 게 진짜 다행이다." 지나가는 말이었지만 이 한마디에 전쟁의 참혹함이 그려진다.

갑자기 궁금하다. 당시 고려집권층은 강화도에서 무엇을 하고 있었을까? 그들은 개경환도와 몽골에 항복을 거부하며 1232년부터 39년간 강화도에서 머물렀다. 그리고 육지에 '산성방호별감'을 만들어 백성들에게 산이나 섬으로 대피하게 한 후 그곳에서 몽골군과 싸우라고 지시했다. 문제는 백성들이 급하게 피신하면서 산성이나 섬에 충분한 식량, 식수가 준비되지 못했고, 그 척박한 땅을 경작하면서 식량을 충

당하고 또 세금을 내야했다는 것이다. 당시 기록으로 보자.

몽골군이 충주성(봉의산성)을 몇 겹으로 포위하여....여러 날을 공격하였다. 성중의 우물이 모두 말라서 소와 말을 잡아 피를 마시는 등... 〈고려사 절요 고종 40년, 1253〉

반면 강화도에서 최고 무신집권자 최우의 사치스런 생활은 백성들의 원성을 샀다.

최우가 소나무와 잣나무를 많이 뽑아다가 정원 안에 옮겨 심었는데... 그 정원의 숲이 몇 십리에 뻗쳤다. 마침 그때 혹독한 추위가 닥쳐 인부들 가운데 얼어 죽는 사람이 생기자...어떤 사람은 승평문에 방을 써 붙이기를 "사람과 잣나무 가운데 어느 것이 중한가" 하였다. 〈고려사 열전 최우〉

묻고 싶다. 고려 무신집권층의 강화도 천도는 고려왕조 안위를 위한 결정이었을까? 아니면 도피였을까? 어떤 이들은 바다에 약한 몽골족을 피해 강화도에서 버티며 항전을 준비했다고 말한다. 하지만 나는 후자 입장이다. 특히 그들이 나라를 위해 만들었다는 팔만대장경도 다른 시각에서 보고 싶다.

| 팔만대장경

2007년 유네스코 세계기록문화유산에 등재된 팔만대장경은 대한민국 국민에게는 자랑스러운 문화유산이다. 그러나 많은 사람들이 팔만대장경이 만들어진 배경에 대해 잘 알지 못한다. 대장경이란 석가모니의 말씀을 기록한 경전 모음 이라는 뜻이다. 인도에서 시작된 불교는 동남아시아, 티베트을 거쳐 중국, 한반도, 일본까지 전해졌다. 한반도에는 호국불교 성격으로 전파되며 사찰과 불상이 제작되고 대장경도 전해져왔다. 시간이 지나면서 이 대장경에 새로운 해석을 덧붙인 경전이 나왔다. 고려에서는 목판 대장경을 한자로 두 번 만들었다. 첫 번째는 거란이 침입했을 때다. 왕실에서는 대장경을 목판에 새겨 부처님에게 빌면 소원을 들어줄 거라고 믿었다. 불경을 목판에 새기는 작업은 수 십 년에 걸쳐 진행되었다. 이 때 만들어진 대장경을 '초조대장경' 이라고 한다. 이후 대구 부인사에 보관되었다가 몽골군의 침입 때 불탔다. 몽골과 전쟁을 치르면서 고려 집권세력은 다시 한 번 대장경을 목판에 새기기 시작했다. 목판 제작은 16년이 걸려 완성되었다. 이때 만들어진 대장경 목판이 모두 8만 여개나 되기 때문에 이를 '팔만대장경 '이라고 부른다.

여기서 잠깐 팔만대장경에 특별한 관심과 애정을 갖고 있는 분을 만나보자. 〈나무에 새겨진 팔만대장경의 비밀〉의 저자 박상진교수이다. 그는 목재조직학 학자로 주로 나무 조직이나 세포 형태를 연구하지만 나무속에서 역사를 읽기도 한다. 팔만대장경은 제조기술이나 기록이 남아있지 않아 후대 궁금증이 많았다. 이에 저자는 수년에 걸쳐 연구조사하며 그동안 통설로 받아들인 몇 가지 내용을 과학적으로 증명했다.

첫째, 팔만대장경의 나무판은 자작나무로 만들었다?

저자는 팔만대장경 약 250여 점을 표본으로 삼아 현미경으로 나무의 세포 모양과 배열을 연구했다. 결과 경판의 재질이 산벚나무, 돌배나무, 자작나무와 비슷하게 생긴 거제수나무가 88%를 차지한다는 사실을 밝혀냈다. 통설에서 말하는 자작나무는 없었던 것이다.

둘째, 760년 동안 아무런 손상 없이 어떻게 보존되었을까?

보통 사람들은 팔만대장경이 해인사에서 과학적인 보관방법으로 원형그대로 남아있다고 생각한다. 물론 자연스러운 온도와 습도 조절은 오랜 세월 보관에 유리했다. 그러나 고려 이후 한반도는 지속적으로 전쟁 위기가 있었고 대장경을 보관하고 있는 해인사도 수 많은 화재에 시달려 왔다. 그럼에도 원형 그대로 남아있는 데는 많은 사람들의 노력이 있었기 때문이다. 한국전쟁 당시 해인사에 전투가 있었는데 폭탄을 쓰지 않고 기관총으로만 공격함으로써 대장경의 파괴를 막은 적도 있었다.

셋째, 대장경판 글자 수가 전부 5200만자 자라면 얼마나 많은 사람이 참여 했을까?

서각(書刻) 장인들의 이야기에 따르면 한 사람이 하루에 새길 수 있는 글자 수는 적게는 30자 많게는 50자 정도라고 한다. 경판 1장당 글자 수는 각 판의 앞뒤 양면에 400자 이상이다. 즉, 경판 한 장을 새기는데 13일에서 21일이 필요하다는 얘기다. 또 전체 대장경판 글자 수 5200만 자를 하루에 새길 수 있는 글자 수를 평균 40자로 생각하고 16년 걸린 시간을 고려하면 약 2000여명이 필요했다.

전시장에 팔만대장경이 보인다. 사람들이 잠깐 보고 가는 이 자리에 나는 한참을 서 있다. 여러 생각이 든다. 첫째, 대단하다. 나무판에 새겨진 한자를 보며 내용은 모르지만 저기에 담긴 마음을 읽어본다. 인쇄를 위해 거꾸로 새겨진 한자들. 한 개 판에 약 400개가 넘는 글자. 이 판이 8,1316개, 약 52,000,000자! 만약 실수로 획 하나가 날라갔다면 다음 상황은 상상에 맡기겠다. 팔만대장경은 고려왕실에서 명령한 프로젝트였다. 나라를 구하겠다는 마음 하나로 한자 한자 파내려간 고려인 누군가의 정성과 간절함에 감사함을 전한다.

팔만대장경

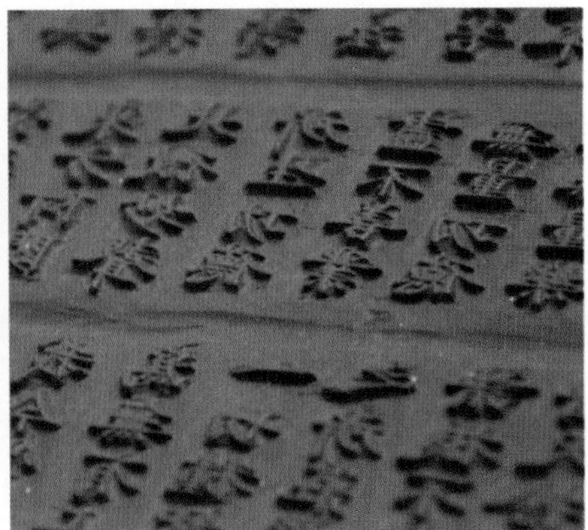

장경판전

둘째, 안타까움이다. 고려집권층은 팔만대장경을 통해 몽골군의 침입을 부처의 힘으로라도 막아보자는 마음이었을 것이다. 또 백성들의 뜻을 하나로 모으고 불안감을 줄이는 효과도 기대했을 것이다. 하지만 현실에서 고려는 몽골에 의해 전국이 황폐화 되고 백성들은 삶을 포기할 만큼 힘들었다. 이런 상황에 부처님께 빌어 고려를 지켜달라는 집권층의 시도에 물음표가 뜬다. 물론 지금을 살고 있는 우리와 고려지배층의 사고방식이 다르지만 그래도 마음이 불편하다. 부처님이 고려 상황을 보면 무엇이라고 했을까?

셋째, 힘겨움이다. 팔만대장경이 만들어진 시기에 고려왕실과 무신 집권세력은 강화도에 있었다. 그렇다면 육지에 남아있는 백성들은 어떻게 되었을까? 약30여 년간 계속된 몽골 침입과 항쟁 앞에서 그들은 각종 수탈과 피해를 견뎌야 했고 급기야 많은 이들이 노예로 잡혀 몽골에서 비참한 생활을 했다.

| 시리아 내전

전쟁의 참혹함은 지금도 뉴스에서 자주 접한다. 시리아가 떠오른다. 2011년 시작된 민주주의 시위가 내전으로 확대되고 점차 강대국의 이해관계가 얽혀 국제전이 되었다. 몇 년 사이에 국토는 황폐화되고 국가 시스템은 마비되었다. 생존하기 위해 시리아인들은 자신들의 삶의 터전을 떠났고 난민이 되었으며 지금도 현실은 쉽지 않다. 가는 길도 어렵고 힘들게 도착해서도 주위의 차별에 역시 삶이 고달프다.

지난 2015년 사진 한 장으로 전 세계 많은 사람들이 충격을 받았다. 시리아 일가족이 보트를 타고 터키로 가던 중 전복되었다. 빨간 티셔츠, 청색 반바지 차림으로 해안가 모래에 얼굴이 반쯤 묻힌 3살 남자아이가 발견 됐다. 이 아이의 사진은 빠르게 전 세계로 전해졌고 사람들은 분노했다. 인심중이던 나는 뉴스를 접하며 흐르는 눈물을 감출 수 없었다. 왜 이 어린 아이가 죽어야하는가? 이 질문에 답할 사람을 바로 시리아 정부다. 자국민을 지켜주지 못하고 이런 상황까지 내몰리게 만든 지도층이다. 자신들은 더 나은 시리아를 위한 과정이라고 말한다. 하지만 이런 아사드 시리아 대통령 입장에 나는 또 물음표가 뜬다.

시리아 내전

국가를 운영하는 지도층의 역할이 얼마나 중요한지 시간과 공간을 초월해서 보여주는 사례다. 사실 지금도 세계각지에서는 종교적 민족적 '대의'를 위한 내전, 분쟁, 전쟁이 일어나고 있다. 책을 읽고 있는 이 순간도 많은 사람들이 싸우고 죽고 다치고 있다. 전쟁의 의미가 무엇일까 다시 생각되는 시점이다. 다시 고려시대로 돌아와서 결국 내가 팔만대장경을 마주하며 느낀 이 감정은 위대한 문화유산에 대한 자부심과 더불어 민생을 돌보지 않은 지도층에 대한 안타까움이다. 옆에서 한국인 가이드가 세 명의 외국인에게 이 팔만대장경에 대해 설명해주고 있다. 대단한 인쇄기술이고 현재 유네스코에 등재되었다고 자존심을 높인다. 맞는 말이지만 마음 한구석이 아쉽다.

| 공민왕의 개혁

약 30년 간 몽골침입이 끝나고 1260년 고려 태자 원종은 개경으로 돌아와 왕이 되었다. 몽골은 세력이 확대되면서 원나라로 이름을 바꾸고 주변나라들에게 다루가치(원 관리)를 파견했다. 고려왕은 원나라 사위가 되었고 그 자손들은 유년시절을 원나라에서 보냈다. 그리고 고려로 돌아와 원나라에 충성한다는 의미로 '충' 이 들어간 묘호를 받았다. 1274년 충렬왕으로 시작해서 약 70여년 간 충선왕, 충목왕 등 6명의 왕들이다. 고려에는 원나라의 정치적, 문화적 영향력이 커졌고 원나라에 기대어 이해관계를 만들어가던 친원파(권문세족)가 등장했다.

열두 살에 원나라에 건너가 10여 년 간 그곳에 살다 고려왕이 되었다. 그는 서서히 무너지는 원나라를 감지하고 고려의 자주성을 위해 노력했다. 바로 공민왕이다. 우선 몽골식 머리모양인 변발과 옷을 없애고 토지개혁을 단행해 권문세족을 누르며 왕권강화를 했다. 이 시기 과거시험에 합격해 성리학을 공부한 문신들은 이 개혁에 동참했다. 성리학은 백성을 보살피고 나라를 제대로 다스려야 한다는 유교에서 나온 학문이었다. 정도전, 정몽주, 이색 등 이 성리학을 공부해 관리가 되었고 신진사대부라고 불렀다. 이들은 친원파를 견제하면서 공민왕의 자주개혁에 적극적이었다.

한편 공민왕은 함경남도 일대 원나라가 쌍성총관부를 세워 직접 다스리던 지역을 공격했다. 이때 토착세력으로 도움을 주던 이성계의 활약이 조정에 알려지게 되었다. 이 후 공민왕의 노력은 어느 정도 성과가 있었으나 원나라 공주이자 공민왕의 왕비인 노국대장공주가 아이를 낳다 죽자 그의 개혁은 시들해졌다. 그리고 그의 측근인 승려 신돈이 개혁을 이어갔지만 결과는 좋지 않았다. 대신 최영과 이성계가 북쪽 홍건적과 남쪽 왜구에 승리했다는 소식이 백성들에게 위안이 되었다. 특히 이성계를 중심으로 등장한 신흥무인세력은 신진사대부와 함께 고려 개혁의지를 나타냈다.

전시관에 이성계의 활약을 보여주는 탁본이 있다. 〈황산대첩비문〉이다. 고려는 북쪽 홍건적, 남쪽 왜구의 침입으로 정말 머리가 아팠을 것이다. 최영장군의 업적도 있지만 이성계는 혜성처럼 등장한 인기스타였다. 마치 1990년대 IMF로 힘든 대한민국에서 박세리와 박찬호 선수의 승전보처럼. 이성계의 황산대첩 이후 왜구 세력은 약화되고

황산대첩비문

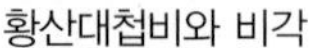
황산대첩비와 비각

황산대첩비 파손

고려는 보다 적극적으로 왜구를 대응했다. 훗날 조선 1577년(선조 10)에 이를 기념하기 위하여 황산대첩비가 전라북도 남원에 세위졌다. 그러나 일제 강점기에 파괴되어서 파편만 남은 것을 1977년에 복원했고 탁본으로 여기 전시되어있다.

| 위화도 회군

이제 고려 말 역사를 정리해 보자. 1368년 중국에서는 주원장이 명나라를 세웠다. 이에 원나라는 북쪽인 몽골 초원으로 수도를 옮겨 이름을 북원이라고 바꿨다. 고려는 망해가는 원나라와 중국 본토 주인이 된 명나라 사이에서 고민했다. 조정에서는 북원을 지지하는 친원파와 유교적 예로 명과 외교관계를 강조하는 친명파가 갈등했다. 이때 고려에 온 명나라 사신이 죽은 일을 계기로 명은 고려와 북원과의 관계를 의심했고 군대로 위협했다. 이에 공민왕의 아들 우왕은 명나라가 고려를 인정한다면 평화롭게 지내겠다고 했다. 하지만 명은 이를 거절했고 두 나라 사이에는 긴장감이 돌았다. 이 상황에서 친원파인 최영장군과 왜구와 홍건적 토벌로 인정받은 신흥무인세력인 이성계가 다시 등장한다. 우왕의 명령으로 두 사람은 명나라를 선제공격하러 국경으로 떠났다. 압록강에 다다른 고려군은 장맛비에 위화도에 머물러야했고, 이때 이성계는 떠오르는 강국 명을 치는 게 맞지 않다 판단했다. 그리고 군대를 돌려 개경으로 향했다. 이것이 바로 '위화도 회군' 이다.

명나라와 관계가 안정되자 이성계를 비롯한 신흥무인세력과 이방원, 정몽주, 정도전 등 신진사대부는 고려의 개혁을 이어갔다. 그러나 우왕이 신돈의 아들이이고 그 다음 왕인 창왕은 신돈의 손자라는 소문이 돌았다. 이에 집권층은 왕실의 먼 친척인 공양왕을 세웠으나 고려왕조를 이어 개혁을 계속해야할 지 아니면 새로운 나라를 열어야할지를 갈등이 이어졌다. 전자가 대표적으로 정몽주였고 후자가 이성계의 아들인 이방원이었다. 그는 학문과 철학이 깊은 정몽주에게 새로운 왕조에 동참하자고 시를 읊으며 전했고 이어 정몽주의 대답이 왔다.

〈하여가(何如歌) –이방원〉

此亦何如　　彼亦何如　　이런들 어떠하며 저런들 어떠하리

城隍堂後垣　頹落亦何如　　만수산 드렁칡이 얽혀진들 어떠하리

我輩若此爲　不死亦何如　　우리도 이같이 얽히어 백년 까지 누리리라.

〈단심가 丹心歌 –정몽주〉

此身死了死了　一百番更死了　이 몸이 죽고 죽어 일백 번 고쳐죽어

白骨爲塵土　魂魄有也無　　백골이 진토 되어 넋이라도 있고 없고

向主一片丹心　寧有改理也歟　임 향한 일편단심이야 가실 줄이 있으랴

이방원은 정몽주가 새 왕조 개창에 반대한다는 입장을 알고 부하를 시켜 죽였다. 그곳이 개경 선죽교라고 전해진다. 이로써 태조 왕건이 세운 고려는 475년 만에 망하고 새나라가 건국되었다. 1392년 이성계를 왕으로 한 조선이다. 참고로 이방원은 훗날 조선 3대왕 태종으로 세종의 아버지다.

고려는 거란–여진–몽골–홍건적과 왜구로 이어지는 이민족의 침입, 공격, 전쟁 속에서 약 500년 역사를 남겼다. 우리가 가깝게 여기는 조선은 이 고려왕조 500년이 있었기에 존재할 수 있었다. 실제 한 왕조가 500년을 유지하는 경우가 세계사에서 흔하지 않다. 고려는 집권층의 권력다툼과 제 역할을 못했던 왕실, 잦은 전쟁 속에서 시련과 역경을 이겨냈다. 그리고 Korea라는 우리이름과 팔만대장경이라는

위대한 문화유산을 남기고 말기에는 자주적인 노력들이 새겨진 역사를 이어갔다. 마지막으로 '지금' 을 살아가는 우리에게 국가 존재이유와 지도자의 자질을 생각하게 하는 교훈을 주고 있다.

군인들

로비로 나가는 길에 단체로 왔는지 군복 입은 장정들이 서있다. 옆에 남편에게 "어릴 때는 군인아저씨에게 위문편지도 썼었는데... 지금은 동생같은 청년군인들이네." 언젠가 부터 이들의 군복무가 고맙게 느껴지는 나이이다. 대한민국 안전과 평화가 저 군인들이 있기에 가능하기 때문이다. 저들이 이곳에서 건강한 애국심이 무엇인지를 고민하고 마음에 담아가길 바란다.

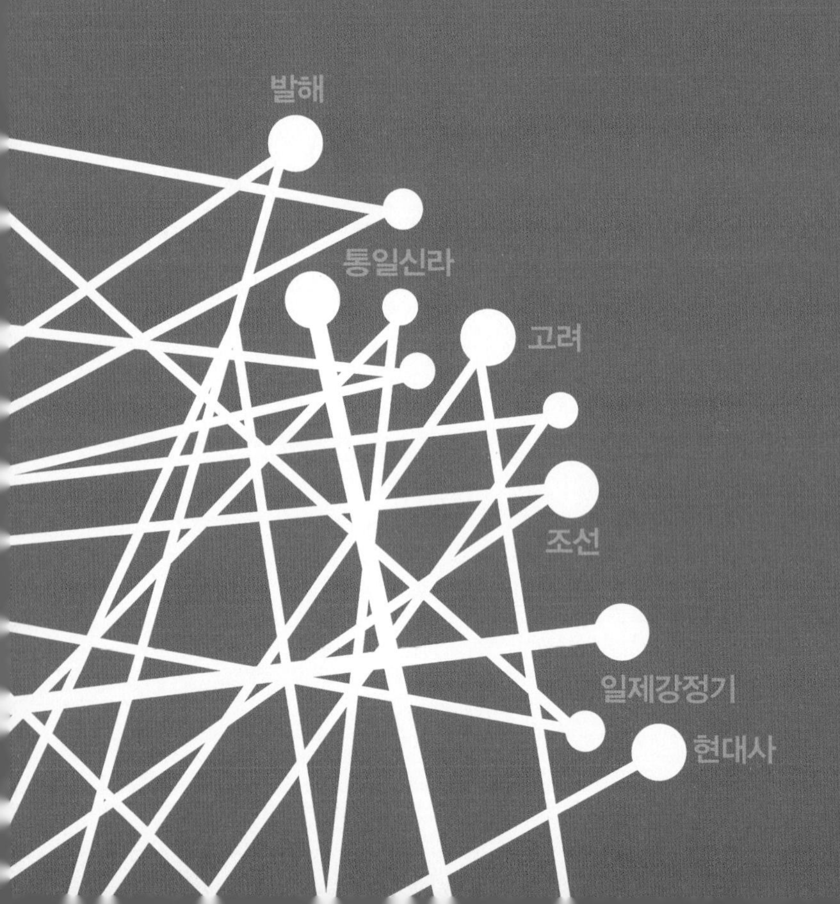
발해
통일신라
고려
조선
일제강정기
현대사

08

조선
Joseon

Joseon

08 조선

찬란함과 흔들림 그리고 도전 〈경복궁〉

정도전 | 근정전 | 세종대왕 | 훈민정음
해례본가치 | 건청궁

광화문 광장에 서있다. 근엄하지만 따뜻한 표정으로 사람들을 반기는 분이 보인다. 왼 손에는 책이 들여 있고 오른 손을 들어 뭐라고 말씀하시는 듯하다. 주변에 꽤 많은 사람들이 이곳을 배경 삼아 사진도 찍고 함께 온 누군가에 설명도 한다. 대한민국에서 가장 존경받는 역사 속 인물 세종대왕이다. 나는 가까이 가서 옆에 새겨진 한글 조형작품에 손을 뻗어본다. 그리고 함께한 큰 아이와 중학생 조카에게 말한다. "자~ 조선시대로 출발!" 서울에 있는 5개 궁궐 중 조선왕조의 시작인 경복궁으로 간다.

세동대왕

광화문

'광화문' 현판이 점점 크게 보인다. 그리고 옆에 해태를 보며 조카에게 말한다. "얘가 누구게?" 바로 자신 있는 목소리가 들린다. "사람들 지켜주는 동물이잖아. 학교에서 배웠어~!" 맞다고 칭찬해주자 조카의 어깨가 올라간다. 사실 조카는 역사를 암기과목이라며 별 흥미를 못 느낀다. 책보다는 손거울과 핸드폰을 더 보는 여중생이다. 그래서 나는 녀석에게 자연스럽게 역사를 접하고 알아가는 즐거움을 주고 싶어서 함께 오자고 했다. 경복궁은 조선왕조 500년의 시작이자 근현대사의 많은 굴곡을 담고 있는 장소이다. 갑자기 조카가 물어본다. "이모, 경복궁은 누가 만들었어?"

| 정도전

고려 말 홍건적과 왜구를 격퇴하면서 급부상한 신흥무인세력과 성리학을 공부한 신진사대부는 큰 변화를 계획했다. 그리고 1392년 이성계를 왕으로 추대하면서 '역성혁명(왕조의 성이 바뀜)' 이자 새로운 왕조 '조선' 을 건국했다. 태조 이성계의 역할도 있지만 실제 개국 핵심 브레인은 따로 있었다. 바로 포은 정도전(鄭道傳,1342~1398). 먼저 조카 질문의 답은 "정도전이 구상해서 백성들이 만든 거야."이다. 그렇다면 정도전 그는 누구인가? 한양 건설의 총책임자로 종묘사직, 경복궁을 계획하고, 유교사상으로 조선이 나가야 할 국정방향을 제시한 인물이다. 먼저 조선개국 전 그의 인생에서 중요했던 시기를 보자.

경복궁 전경

정도전

첫 번째는 백성들의 현실을 눈으로 확인했던 시기다. 1375년 정도전이 하급관리였을 때 원나라 사신 접대를 거부해 유배를 가게 되었다. 3년 뒤 정도전은 친구 정몽주와 유배에서 풀려났지만, 정치적인 이유로 그는 개경에 돌아 올 수 없었다. 정도전은 약 10년 동안 힘겨움 속에서 여러 곳을 전전하며 민초들의 삶을 봤다. 그리고 학문의 목적과 자신의 역할을 고민했다. 책으로만 배우는 왕과 신하 그리고 백성의 관계가 아니라 실제 고통 받고 있는 백성들을 위한 정책이 필요하다고 깨달았다. 따라서 정도전은 권문세족(친원파)의 횡포를 보고만 있을 수 없었고, 이들과 연결된 고려왕실도 그에게는 없어져야 할 대상이 되었다.

두 번째는 1383년 이성계와의 만남이다. 유배와 유랑의 시간은 정도전의 인생의 전환점이 되었다. 그는 기울어져가는 고려왕조 보다는 역성혁명을 통해서라도 큰 변화를 원했다. 그러나 정도전은 인맥도 권력도 재산도 없었다. 그래서 그는 당시 떠오르던 인기스타 신흥무인 이성계를 만나러 함흥까지 간다. 그가 꿈꾸는 새로운 세상을 만들기 위해 이성계가 필요했다. 이때 이성계의 나이 49세, 정도전 42세였다.

세 번째는 1392년 정몽주의 죽음이다. 정몽주는 정도전과 정치적 입장이 같았다. 고려 말 불교의 폐단에 반대하고 유학을 정치이념으로 삼으면서 개혁을 주도했다. 또한 망해가는 원나라 보다 명과 관계 개선을 주장했다. 그러나 정몽주는 고려 개혁에는 동참했지만, 이성계가 왕이 되는 역성혁명에는 반대했다. 그때 이성계의 다섯 번째 아들 이방원에 의해 정몽주가 살해되었다. 정도전은 그의 죽음을 안타까워했지만 대의를 위한 과정으로 여기며 조선개창에 더욱 집중했다. 그래서 1392년 이성계를 왕으로 새로운 나라 '조선' 이 건국되었다.

그럼 정도전이 추구했던 새로운 나라는 무엇일까? 그가 공부한 성리학은 공자, 맹자가 만든 유교를 남송시대 주희(주자)가 다시 해석하여 체계를 세운 학문이었다. 사람이 지켜야 할 도리, 나라를 운영하는 도리, 우주(자연)가 생겨나는 이치를 인(仁어짊), 의(義의로움), 예(禮예의), 지(智지혜), 신(信믿음)으로 설명했다. 모든 사람이 너그럽고 착하게 살면 개인도 사회도 나라도 다 행복해질 수 있다는 논리이다. 그러기 위해서는 먼저 다스리는 사람인 왕이나 신하들부터 인. 의. 예. 지. 신을 갖추어야했다. 즉, 윗물이 맑아야 아랫물도 맑다는 것이다. 왕은 백성을 나라의 근본으로 여기고 이들을 위한 '민본정치'를 추구해야 한다고 여겼다. 이를 왕도정치 곧, 왕다운 왕의 정치라고 한다. 조선의 정치제도는 바로 이런 성리학의 이념으로 만들어졌다.

정도전은 이 성리학적 이념으로 요순시대(중국역사상 백성들이 평안하게 잘 살았다는 시대)를 지향하며 새 왕조의 창업과정에 적극적이었다. 그 시작은 도읍지 선택이었다. 개경은 고려지배 세력이 남아있어 새 왕조를 위해 새로운 장소가 필요했다. 이에 정도전을 중심으로 개창 세력은 한양으로 정했다. 이곳은 동쪽의 낙산, 서쪽의 인왕산, 남쪽의 남산, 북쪽의 북악산이 둘러싸여 방어에 유리했고, 한강이 흐르면서 땅이 기름지고 서해 바닷길과 가까워 교역에도 유리했다. 또한 한반도 가운데 위치한 교통중심지였다. 풍수지리설로 길지인 한양에

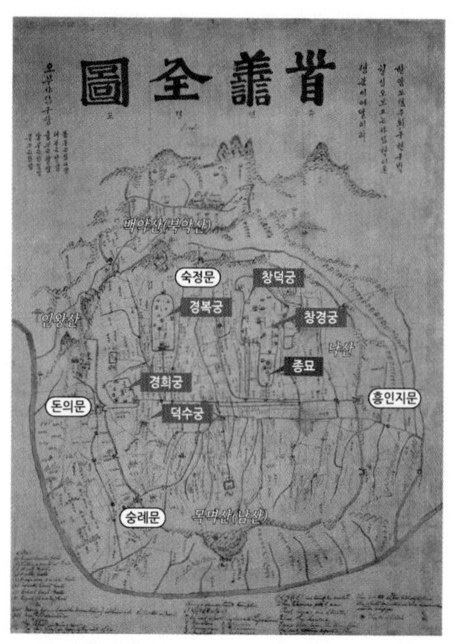

5대궁 4대문 지도

궁궐과 종묘의 위치를 결정하고 성리학적 이념을 담아 궁이나 문의 모든 칭호를 만들었다.

예를 들어 한양 4대문은 성리학에서 중시하는 '인의예지신'을 바탕으로 이름이 지어졌다. 동대문은 인(仁)을 일으키는 문이라 하여 '흥인지문(興仁之門)', 서대문은 의(義)를 돈독히 하는 문이라 하여 '돈의문(敦義門)', 남대문은 예(禮)를 숭상하는 문이라 하여 '숭례문(崇禮門)'이라 하였다. 북대문의 이름은 청(淸)을 넣어서 '숙청문'이라고 하였으며, 이후 '숙정문(肅靖門)'이 되었다. 북대문은 산악지역이라 통행목적보다는 4대문 구성에 필요한 것으로 생각되고 이후 지맥을 손상시킨다는 이유 숙정문으로 이름을 바꿨다.

정도전은 고려의 폐단을 반복하지 않도록 모든 분야에서 개혁을 추진했다. 특히 몇 백 년 동안 이어져온 전제왕권체제를 재상중심의 정치로 바꾸었다. 즉, 왕에게는 재상 임명권을 부여하고 전문 정치인인 재상이 국정을 운영하는 것이 효율적이고 안정적이라고 생각했다. 오늘날 영국의 입헌군주제와 비슷한 체제였다. 그래서 그는 신권 정치의 기틀을 마련한 〈조선경국전〉을 편찬했다. 또한 군사 분야에서도 사병을 없애고 중앙에 집중하는 제도를 마련했다. 그리고 병사들을 직접 지도하며 병법서를 쓰고 자주성을 내세우며 요동정벌을 추진했다. 정도전은 한양건설에 동원된 백성들을 위해 직접 노동요를 작곡하기도 하는 등 새로운 나라와 백성들을 위해 직접 발로 뛰었다. 이러한 적극적인 개혁과 제도정비는 상당히 구체적이고 현실적인 것이었다.

그러나 정도전의 노력을 곱지 않은 시선으로 보던 인물이 있었다. 누구일까? 그는 정도전과 조선개창에는 적극 찬성했지만, 재상중심의 정치제도는 왕권을 위협한다고 여겼다. 사실 정도전은 이를 위해 정치권과 왕위를 위협할 수 있는 세력들을 차단하고자 개국공신들과 왕실가족인 종친들의 권력을 제한해 왔다. 이에 불만을 갖는 세력이 생겼고 자신이 공이 인정을 받지 못하자 정도전과 갈등관계가 시작되었다. 급기야 세자자리도 어린 동생에게 빼앗기는 상황이 되면서 그는 배후로 정도전을 지목했고 조선개국의 동지에서 적으로 정도전을 죽였다. 그는 바로 조선의 3대왕 태종 이방원이다. 정도전을 제거한 이방원은 이 후 왕으로 즉위했고 실록에 '정도전은 간사한 신하' 라고 기록했다. 그러나 이방원은 왕이 되자 정도전의 사병혁파, 토지개혁, 국가행정체계를 적극 수용했고 군제 개혁 과정에서 그의 진법 훈련 방식도 채택했다.

정도전은 조선왕조 내내 '간악한 신하' 로 묘사되었다. 그의 신원이 회복되어 공신 칭호를 받은 것은 500년이 지난 제26대 고종 때였다. 그리고 최근 몇 년 사이에 정도전에게 전성기가 찾아왔다. 그의 이미지는 비운의 혁명가이자 시대를 앞서간 영웅으로 바뀌었고, '정도전' 드라마가 인기를 끌면서 사람들의 관심의 대상이 되었다. 사실 나는 정도전에 대해 잘 몰랐다. 그저 정몽주와과 달리 급진적 개혁을 추진했고 조선 초 국가 시스템정비에 앞장섰으나 이방원에 의해 죽음을 당한, 고려에서 태어나서 조선에서 죽은 정치가 정도로만 알았다.

그런데 이 '정도전' 드라마를 적극 추천하는 남자가 있었다. 사극이나 영웅배경 드라마를 좋아하는 그는 중국 삼국지 팬이었고 삼국지게임 경력만 해도 20년이 넘었다. 또한 장장 1년간 방송 했던 '불멸의 이순신' 드라마도 다 시청한 남자다. 그는 바로 나의 남편이다. 신혼 때 한 동안 남편은 나를 '정도전' 드라마 앞으로 앉게 했고, TV다시 보기로 40여 편 전체를 우리는 짧은 기간에 끝냈다. 밥을 먹으며 인물관계와 시대상황을 이야기 했고, 과자와 아이스크림을 먹으며 이방원이 정몽주를 죽인 게 과연 옳았는지도 논했다. 자주 치킨과 맥주를 들고 이 드라마와 함께 했다. 덕분에 우리는 몸무게가 늘었고 동시에 대화거리도 늘었다. 무엇보다 왕 중심의 기존 사극과 달리 2인자로서 국가의 개혁자 역할과 그가 지향하던 이념이 공감되어 참 재밌었다. 특히 맛있는 야식을 먹으며 볼 때 더욱 그랬다.

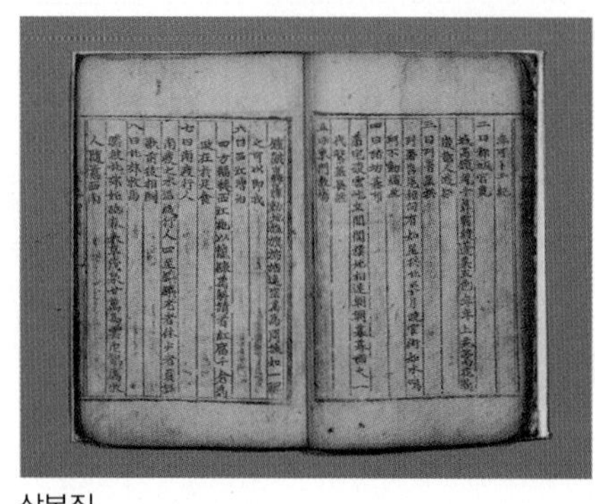
삼봉집

어떤 이들은 정도전이 현실을 모르는 몽상가, 실패한 개혁가라고 한다. 맞는 말이다. 그가 만들었던 법과 제도가 제대로 잘 시행되는지 그는 보지 못하고 죽음을 당했다. 그러나 우리가 기억해야할 사실은 그가 집필한 〈조선경국전〉이 태종 때부터 시작되어 성종 때 완성된 조선의 국가운영 법전 〈경국대전〉의 토대가 되었고, 그가 보여준 '민본정치' 는 후대 왕들이 추구하는 정치이념의 바탕이 되었다는 점이다. 또한 그가 추진했던 재상중심의 정치는 입헌군주제와 비슷하고 왕권중심 보다 발달된 정치체제였다. 그래서 정도전의 개혁정치는 14세기 초 당시에는 권력체제와 안 맞아 보여도 그의 노력은 시대를 앞선 도전이었다. 또한 정도전이 직접 뛰며 경험으로 일구 낸 업적을 보면 실천하는 리더를 생각하게 한다. '삼봉집'이라는 그의 책에 있는 이 한 문장이 짧지만 강하게 다가온다. **"나라도 임금도 백성을 위해 존재할 때 그 가치가 있다."**『삼봉집』, 정도전

| 경복궁 안

경복궁(景福宮) 앞에 서있다. 1392년 조선건국 후 정도전의 계획아래 약 1년 만에 완성되었다. 큰 복을 누리며 번성하라는 뜻으로 정도전이 이름을 붙였다. 당시 규모는 약 390여 칸으로 소박했다. 그러다 차차 후대 왕들이 다리도 만들고 경회루도 짓는 등 더 위엄 있는 궁궐로 만들었다. 경복궁 건물 배치는 궁궐 기본에 맞게 일하는 곳은 앞에, 휴식공간은 뒤에 세웠다. 그래서 나라의 큰 행사를 치를 때 사용하는 근정전과 왕의 사무실인 사정전 등은 앞부분에 있고, 왕과 왕비의 생활공간인 강녕전과 교태전, 향원정은 뒷부분에 있다.

웅장한 북소리에 소리에 고개를 돌려보니 수문장 교대식이 시작되었다. 악기를 연주하며 걸어오는 취악대의 모습에 숨소리가 작아진다. 바람에 날리는 깃발이 보이고 절도 있는 자세로 다가오는 병사들도 보인다. 그들의 표정에서 중대한 책임감이 느껴진다. 옆에서 큰아이가 손가락을 들어 가리킨다. "엄마, 이거 모야?" "옛날에 아저씨들

영제교

이 문을 지킬 때 이렇게 했대." 수문군이 광화문으로 이동하면 군례 및 신분확인을 하고 좌우 문을 점검을 한 후 당직 수문장이 퇴장을 한다. 관광객을 위한 이 짧은 이벤트에서 이곳이 조선시대 왕이 있던 곳임이 느껴진다. 그리고 발걸음을 옮겨 직접 만나러 간다.

'예를 널리 펼친다'는 뜻의 흥례문(興禮門)을 지나 영제교(永濟橋) 서 있다. 조선시대 5개 궁궐은 모두 정문을 들어서면 다리를 건너도록 설계되었다. 궁궐마다 이름은 다르지만 이들 다리를 통칭해 '금천교(禁川橋)'라고 하는데 임금이 있는 공간과 백성이 사는 세상을 구분하는 의미다. 경복궁 금천교의 이름은 영제교(永齊橋)로 '마음을 깨끗하게 하라'는 뜻이다. 몇 분전까지 광화문 고층빌딩에 있다가 여기에 서 있으니 바깥세상과 다르다. 도심의 분주함도 없고 오가는 차들 속에서 소음도 없다. 당시 신하들이 왕을 만나기 전 이 다리 앞에서 어떤 마음가짐으로 서 있었을까 궁금하다.

| 근정전

유모차를 밀며 천천히 걸어가는데 마치 근엄한 누군가가 우리를 기다리는 것 같다. 인왕산과 북악산을 병풍 삼아 경복궁 중심에 있는 웅장한 건물이 보인다. 바로 근정전(勤政殿)이다. 바닥에는 높낮이가 고르게 울퉁불퉁한 박석이 있고 양 옆으로 문신과 무신이 서 있던 품계석이 있다. 이곳은 경복궁에서 가장 큰 건물로 사신접대나 왕의 즉위식, 혼례 등 국가의 중대한 의식이 있을 때 사용된 건물이다.

근정전(勤政殿)의 의미는 부지런하게 정치하라는 뜻이다. 역시 정도전이 지은 이름답다. 나는 이곳에 올 때마다 근정전 안을 유심이 본다. 겉으로 보기에는 2층 건물인데 안에서 보면 단층이다. 천장이 그만큼 높다는 얘기다. 근정전 천정과 지붕에는 단청이 그려져 있다. 전통문화에 관심이 없었을 때 이 단청은 참 촌스럽고 시간이 많이 걸리는 작업이라고 생각했다. 그러나 이제 우리문화에 애정이 생기니까 달리 보인다. 우선 단청은 목조건물을 병충해로

근정전

품계석

부터 보호해주는 실용성이 있고 건물의 격과 쓰임에 따라 여러 무늬와 그림을 그려 건물을 아름답고 장엄하게 하는 장식미가 있다. 또한 청색 · 적색 · 황색 · 백색 · 흑색 등 다섯 가지 색을 기본으로 사용하여 음양오행 철학을 담은 역사성도 있다. 아는 만큼 보인다는 말이 내 것이 되는 순간이다.

단청

일월오봉도

근정전 안 가운데에는 임금이 앉던 자리 즉, '용상'이 있고 그 뒤에는 '일월오봉도(日月五峯圖)'가 있다. 이 그림은 왕이 있는 곳 어디서든지 함께한다. 실내에서나 야외 그리고 왕이 죽은 뒤 빈전에도 이 병풍은 꼭 함께 한다. 그림 소재나 그 유래에 관한 기록은 정확히 없다. 그러나 그 의미를 추정해 보면 해와 달은 음양(양-하늘-왕, 음-땅-왕비)의 조화, 다섯 봉우리는 오행(오방위) 조선의 땅을 뜻 한다. 소나무는 충을 강조하는 신하, 흐르는 물은 백성을 말한다. 사실 우리는 이 일월오봉도와 은근히 이미(?) 친하다. 사극이나 영화에서 왕이 있는 장면 뒤에

만원 앞면(일월오봉도)

이 그림이 항상 있고, 대부분의 한국인이 이 그림을 갖고 있다. 바로 만원 지폐에서 말이다. 세종대왕 뒤편에 이 일월오봉도가 그려져 있다. 우리 일상생활에서 숨겨진 역사다.

| 세종대왕 – 훈민정음

이 근정전 앞에 있으니 아까 광화문광장에서 만난 분이 생각난다. 태종(이방원)의 셋째 아들(충녕 대군)로 태어나 총명함과 인품으로 1418년 22살에 이곳 근정전에서 즉위했다. 그는 민본정치, 왕도정치를 추구하며 토지제도와 정치제도를 정비했고 집현전을 설치해 인재를 양성했다. 또한 여진족과 왜구를 토벌하면서 국방력강화에도 힘썼다. 그리고 과학 기술 향상에 지원을 아끼지 않아 천문학도 발달했다. 이런 세종대왕의 노력으로 민생안정과 부국강병, 태평성대가 이어졌다. 그래서 그에게 붙는 '대왕'이라는 말이 참 어울린다. 사실 그분의 가장 큰 업적은 바로 따로 있다. 역사에서 누구보다 백성을 사랑하며 참다운 정치를 추구했던 세종대왕이 우리에게 준 선물이다. 그리고 이 선물은 늘 우리와 함께 있다.

'늘 우리와 함께' 라는 표현이 좀 어색할 수 있지만 사실 맞는 말이다. 우리가 쓰고 있는 글자인 한글을 세종대왕이 만드셨다. 아침에 일어나 잠들기까지 대한민국 국민으로서 '한글을 말하고 보고 쓰고 읽고' 를 계속, 평생 한다. 특히 스마트폰이 일상화 된 요즘 우리는 어쩌면 전보다 한글을 더 가까이에서 자주 마주한다. 실시간 뉴스를 통해 세상이 어떻게 돌아가는지 알고, SNS에 짧은 글로 안부를 물으며, cafe나 blog에 글을 쓰거나 댓글로 소통한다. 이렇게 일상에서 익숙한 우리의 글이 지금으로부터 500여 년 전 이곳 근정전에서 반포되었다. 그 배경을 살펴보자.

조선 시대 이전까지 사람들은 우리말을 썼지만 표기를 중국 한자로 했다. 우리말을 영어알파벳으로 소리 나는 대로 적는 것과 같다. Kimchi처럼. 그러나 먹고 살기 바쁜 백성들에게 한자는 배우기 어려운 글자였다. 따라서 한자는 시간과 경제적 여유가 있는 지배층의 글자였다. 세종은 일반 백성들이 글자 없이 생활하면서 기본적인 대우도 못 받는 현실을 안타깝게 여겼다. 억울한 일로 관청에 호소하려 해도 절차가 복잡해 전하기 힘들었고, 재판을 다시 요구려 해도 어려운 한문에 포기가 다반사였다. 또한 농사일에 관한 간단한 기록도 할 방법이 없었다. 즉, 세종대왕의 한글 창제 배경은 백성을 위하는 애민정신이 있었다.

한편 고려 말 반원정책과 그리고 원나라와 명나라의 갈등 시기쯤 나라 안에서는 자주의식이 강해지는 분위기였다. 북방의 거란이나 일본, 중국 등 주위의 민족들은 저마다 자기 나라의 글자를 가지고 있었으나 조선은 한자를 빌려 썼다. 그런데 조선식 한문이 중국에서 쓰는 한어(漢語)와 다르고 그 발음도 차이가 있어 뜻이 제대로 전달되지 않은 경우가 많았다. 이런 백성의 안타까운 현실과 한자의 문제점을 생각하며 세종은 어느 날 집현전 학자들에게 이렇게 말 했을 것이다.

"백성들을 위해 누구나 쉽게 쓸 수 있는 글자, 그리고 뜻이 제대로 전달되는 글자를 만들려 하오. 그대들이 나를 도와주오."

정인지, 최항, 신숙주등 집현전 학자들은 세종의 뜻을 함께하였고 마침내 1443년 우리 글자의 기본이 되는 자음과 모음이 만들어졌다. 발음기관에서 본뜬 자음 기본자(ㄱ, ㄴ, ㅁ, ㅅ, ㅇ)와 여기에 획을 더해 17자, 하늘(·), 땅(ㅡ),사람(ㅣ)등을 본뜬 모음 기본자 3자와 이를 응용하여 8자(ㅏ, ㅑ, ㅓ, ㅕ, ㅗ ㅛ, ㅜ, ㅠ)를 만들었다. 상형을 기본으로 한 한글 구성의 원리는 매우 과학적이며 독창적이라 할 수 있다. 현재 우리가 사용하는 한글은 여기에서 자음 ㅿ(반시옷), ㆁ(옛이응), ㆆ(여린히읗)과 모음 ㆍ(아래아)가 빠져 자음 14개, 모음 10자로 총 24자이다.

사실 한글창제까지 반대도 많았다. 1444년 집현전 최만리가 올린 상소를 보면 한글은 저속하여 이로움이 없고, 성리학을 배움에 손해되며 백성을 다스림에 이로울 게 없다고 적혀있다. 즉, 한글 반대파는 만약 백성들이 한글 보급으로 책을 읽고 관료로 진출하면 자신들의 권위에 도전하는 상황을 우려했다. 이들에게 한글창제반대는 특권을 지키려는 방어였고 한글찬성파와 정치적 싸움이었던 것이다.

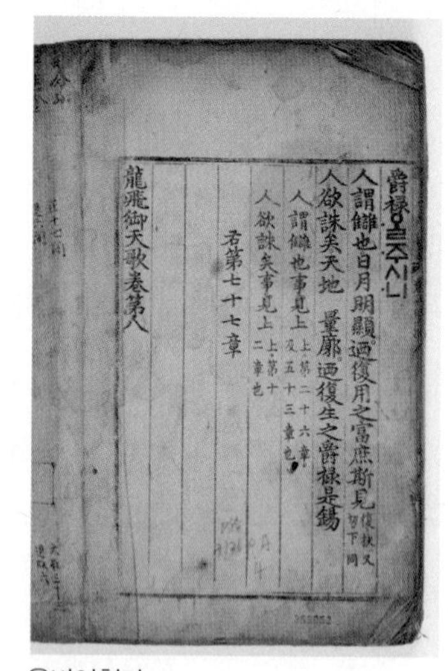
爵祿을주시니
人謂鏁也日月明顯迺復用之富庶斯見
人欲誅矣天地量廓迺復生之爵祿是錫
人謂鏁也事見上 上第二十六章
人欲誅矣事見上
右第七十七章
龍飛御天歌卷第八

용비어천가

이런 반대에도 불구하고 세종의 한글창제 의지는 계속되었다. 그리고 정인지, 성삼문등 집현전 학자들에게 한글 보급을 위한 작품을 명하고 1445년 용비어천가(龍飛御

天歌)가 만들어졌다. 제목이 말해주듯 '용이 날아올라 하늘을 다스린다는 것' 을 비유해 조선 왕조 건국의 정당성을 전한다. 모두 125장에 달하는 서사시로서 원문 다음에 한문 번역과 한글해설을 달았다. 이 문학작품도 엄밀히 말하면 우리 생활 속에서 자주 접한다. 너무 가까이 있어서, 관심이 부족해서 잘 몰랐을 뿐이다. 만원지폐를 잘 보면 세종대왕 뒤에 일월오봉 바로 위에 이 용비어천가 일부가 있다. 잠깐 지갑에 있는 만원을 꺼내 눈을 크게 뜨고 살펴보자. 다른 건 몰라도 '뿌리 깊은 나무와 샘이 깊은 물..' 이 구절은 많이 들어봤을 것이다.

약 3년간의 준비기간을 갖고 드디어 1446년 세종대왕은 여기 근정전에서 한글을 반포를 했다. 그때 만들어진 글자를 '훈민정음(訓民正音)–백성을 가르치는 바른 소리' 로 칭하며 조선의 글자를 공식적으로 발표했다. 지금 나는 이 근정전 앞에 서서 570여 년 전 우리글이 반포되는 순간을 그려본다.

품계석 옆으로 문무 관료들이 의복을 갖추고 서 있다. 세종은 엄중한 분위기에서 자신감 있는 목소리로 이 훈민정음을 왜 만들었는지 이들에게 전하고 있다. 관료들은 세종의 말에 귀 기울이며 생각한다. 어떤 이는 고개를 끄덕이며 이 글자가 담고 있는 민본정치에 공감한다. 또 어떤 이는 저런 글자를 도대체 왜 만들었는지, '백성들은 일하는

소, 돼지인데 글자를 알아서 뭘 어쩌겠다는건지..' 라며 부정적으로 보는 관리도 있다. 한편 반포식에 함께 한 소헌왕후는 남편 세종의 한글 창제업적이 마냥 자랑스럽다. 그 옆에는 세자 큰 아들(5대왕 문종)이 있다. 그는 아버지 세종을 통해 왕도정치를 깨닫고 장차 자신의 역할을 그려본다. 둘째 아들인 수양대군은 근엄한 아버지 모습을 마음에 새긴다. 한편, 이날 주인공 세종대왕의 기분은 어땠을지 궁금하다. 가슴 벅찬 감동과 앞으로 이 '훈민정음'을 잘 지켜달라는 소망이 컸을 것이다. 훈민정음 반포 후 1년이 지나 조선왕조실록에 기록된 내용이다.

비로소 바람 소리와 학의 울음, 닭 울음소리나 개 짖는 소리까지도 모두 표현해 쓸 수가 있게 되었다 -세종실록 29년 9월 29일

세종의 마음이 느껴진다. 우리의 말을 우리의 글로 표현 할 수 있다는 기쁨이다. 그러나 일각에는 무늬만 우리 것이고 알맹이는 거의 한자라고 한글 칭찬이 과하다고 말하기도 한다. 물론 맞는 말이다. 우리가 쓰는 말에는 한자가 상당부분이다. 그럼에도 그 의미를 우리말로 표현하고 손으로 쓸 수 있으며 사람들과 소통하고 후대에도 전할 수 있는 우리글자가 있다는 것은 분명 자랑스럽다 생각한다.

1466년 훈민정음 공식선언에도 불구하고 한글에 대한 부정적 분위

기는 계속 되었다. 양반들은 저속한 글자, 수준이 낮은 글자라는 뜻의 '언문(諺文)', 소리를 나타내는 방법이 절반밖에 안 되는 것 같다며 '반절' 이라고 무시했다. 그리고 한문을 어려워한 궁녀와 양반집 여자들이 훈민정음을 쓰기 시작해서 '암글' 이라고도 불렀다. 그러다 한글 사용에 방해꾼이 등장한다. 그는 바로 연산군이다. 1504년 한글로 그의 잘못을 지적하는 내용이 발견되었다. 연산군은 매우 화가 났고 글을 쓴 사람을 찾고자 혈안이 되었다. 심지어 한양의 백성들 중 한글을 아는 사람을 불러 글씨체를 비교할 정도였다. 하지만 글을 쓴 사람을 찾을 수가 없자 "앞으로는 언문(한글)을 가르치지도 배우지도 말고, 배운 자는 쓰지 못하게 하라."는 참으로 괴상하고 요상한 명령을 내렸다. 사실 연산군의 우울한 가족사와 신하들과의 관계를 생각하면 그의 정서불안과 폭군성향이 이해는 된다. 그러나 이런 역사기록들을 보면 예뻐하고 싶어도 예뻐 할 수가 없는 왕이다.

이런 어려움에도 불구하고 한글은 전국으로 퍼져 나갔고 허균의 한글 소설 홍길동전을 시작으로 다양한 문학작품도 만들어진다. 특히 외부활동이 제한되었던 사대부 집안 여성들에게 한글은 자신의 감정을 표현하는 방법으로 환영받았다. 이후 조선 후기 춘향전, 별주부전, 흥부전 등이 소설과 판소리로 만들어지고 서민문화가 발달하면서 한글은 보다 확산된다. 점차 표기법이 정리되고 어휘가 다양해지면서

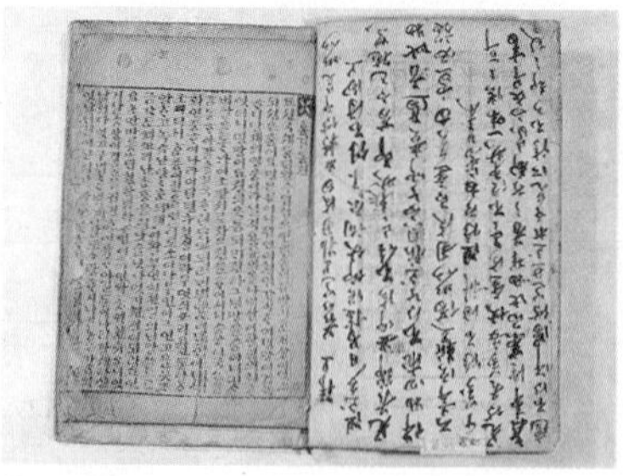

홍길동전

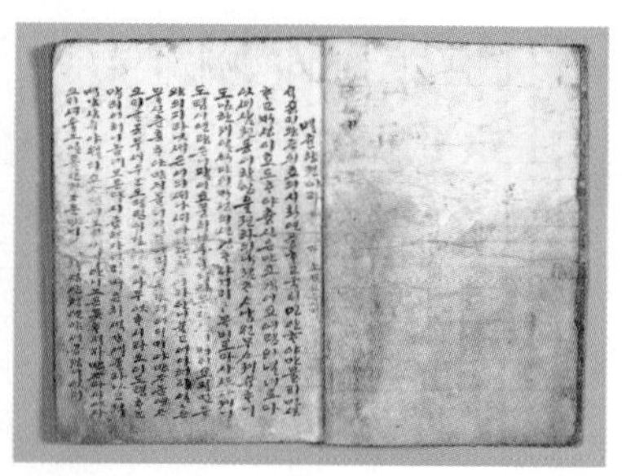

춘향전

지금 우리가 쓰고 읽는 한글로 이어졌다. 그리고 매년 10월 9일 '한글날' 에 세종대왕을 잠시나마 떠올리며 공휴일을 즐긴다.

사실 훈민정음이 반포되고 500여년이 지나 일제 강점기만 해도 한글이 어떻게 만들어졌는지 아무도 몰랐다. 시기적으로 일본은 조선에 의존적이고 열등의식으로 똘똘 뭉쳐진 식민사관을 심어주었다. 또한 1930년대 일본 민족말살정책으로 이름을 일본어로 바꾸고, 역사는 물론 우리말과 글을 배우지 못했다. 그러면서 한글을 폄하하고 기원을 모르는 글자라고 무시했다. 그러다 1940년대 초 '훈민정음 해례본-한글 창제과정과 설명서' 의 존재에 대한 소문이 돌았다. 일본은 이를 찾고자 연산군보다 더 혈안이 되었다. 만약 진짜 해례본이 있을 경우 한글창제가 사실이고 이는 식민통치 식민사관에 큰 타격이었다. 그러나 다행스럽게 이 해례본은 조선인 손으로 들어갔다. 그는 일제 강점기 때 우리문화유산을 지켜낸 간송 전형필이었다.

| 간송 전형필

1902년 서울 종로 부잣집에서 태어난 전형필은 25세에 엄청난 부를 상속받은 조선최대 지주였다. 그는 젊은 나이에 세상과 타협하지 않고 자신의 재산으로 국내외 숨어있는 우리문화재를 지켜냈다. 그리고 1940년 어느 날 전형필에게 은밀한 소식이 전해졌다. 안동에서 훈민정음 해례본이 발견되었다는 것이다. 그는 바로 안동으로 가서 당시 이를 가지고 있던 사람이 천원(당시 기와집 한 채)을 요구하자 이것이 진짜 훈민정음 해례본임을 확인하고, 보관한 사람에게 천원을 주고 훈민정음 해례본 값으로 만원을 주었다.

大東千古開矇矓
用字例
初聲ㄱ如감爲柿 골爲蘆 ㅋ如우
케爲未舂稻 콩爲大豆 ㆁ如러울
爲獺 서에爲流凘 ㄷ如뒤爲茅 담
爲墻 ㅌ如고티爲繭 두텁爲蟾蜍
ㄴ如노로爲獐 납爲猿 ㅂ如불爲
臂 벌爲蜂 ㅍ如파爲葱 풀爲蠅 ㅁ
如뫼爲山 마爲薯藇 ㅸ如사ᄫᅵ爲
蝦 드ᄫᅴ爲瓠 ㅈ如자爲尺 죠ᄒᆡ爲
紙 ㅊ如체爲簏 채爲鞭 ㅅ如손爲
手 셤爲島 ㅎ如부헝爲鵂鶹 힘爲
筋 ㅇ如비육爲鷄雛 ᄇᆞ얌爲蛇 ㄹ
如무뤼爲雹 어름爲氷 ㅿ如아ᅀᆞ
爲弟 너ᅀᅵ爲鴇 中聲ㆍ如ᄐᆞᆨ爲頤
ᄑᆞᆺ爲小豆 ᄃᆞ리爲橋 ᄀᆞ래爲楸 ㅡ

간송본

광복 후에도 훈민정음 해례본의 가치를 너무나도 잘 알고 있었던 전형필은 6.25 한국전쟁이 일어나자 이를 자신의 품에 품고 피난길에 올랐다. 다른 문화재는 지키지 못해도 이 훈민정음 해례본만은 지켜야 한다며 잠들 때에도 베갯잇 안에 이 해례본을 숨겼다. 그 후 전형필은 그의 호를 따서 간송미술관을 지었고 그동안 모은 우리민족문화유산을 지금도 보관, 전시, 연구 중이다. 오늘날 훈민정음 해례본을

'간송본' 이라고도 하는데 국보 70호이자 1997년 세계 유네스코에 등재된 세계기록 문화유산이다. 한글 창제 목적과 원리, 사용법 등 상세하게 기재되어 있다. 그렇다면 국제적으로 인정받은 이 훈민정음 해례본의 가치는 무엇일까?

| 훈민정음 해례본의 가치

지구촌에는 200개의 나라가 있고 이 중 모국어를 사용하는 국가는 20% 미만이다. 대부분 언어와 문자가 기원을 알 수 없어 자연발생적으로 만들어졌고 시간이 흐르며 응용 발전했다고 여긴다. 그런데 한글은 문자 창제의 시기와 제작방법 그리고 해설이 기록으로 있다. 즉, 누가, 언제, 어디서, 왜, 어떻게 만들었는지 다 기록으로 남아있는 것이 바로 훈민정음 해례본이다. 이런 인류역사학적 의미로 한글은 유네스코 세계기록문화 유산이 되었다. 그리고 이러한 사실을 뒷받침해 주는 것이 훈민정음 해례본이다.

여기서 잠깐 많은 사람들이 헷갈려하는 내용이라서 정리하고 싶다. 세종대왕과 집현전 학자가 만든 글자는 1466년 반포될 때 '훈민정음(訓民正音)-백성을 가르치는 바른 소리' 이라고 불렀다. 그리고 한문해설서 '훈민정음 해례본' 을 만들었는데, 이 책은 '예의' 와 '해례' 로 구성된다. 예의는 세종이 직접 한글을 만든 이유와 한글의 사용법을 간

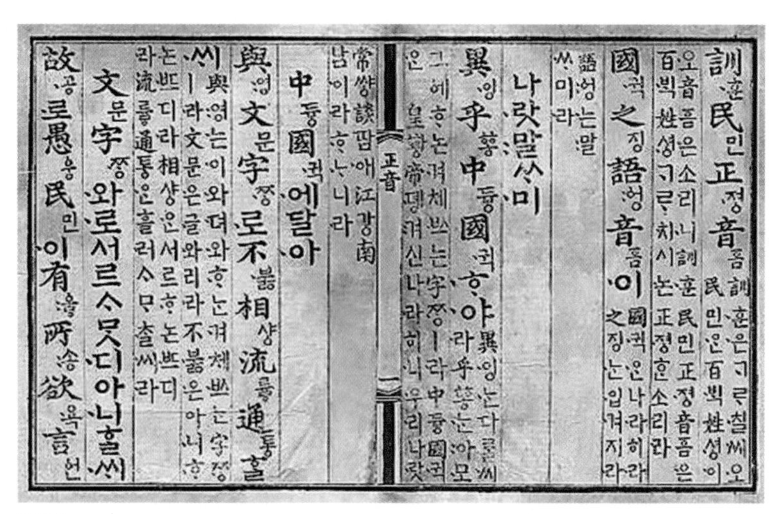
訓훈民민正졍音흠

訓훈은 ᄀᆞᄅᆞ칠 씨오 民민은 百ᄇᆡᆨ姓셩이오 音흠은 소리니 訓民正音은 百姓 ᄀᆞᄅᆞ치시논 正ᄒᆞᆫ 소리라

國귁之징語ᅌᅥᆼ音흠이

國귁은 나라히라 之징는 입겨지라 語ᅌᅥᆼ는 말ᄊᆞ미라

나랏 말ᄊᆞ미

異ᅌᅵᆼ乎ᅘᅩᆼ中듕國귁ᄒᆞ야

異ᅌᅵᆼ는 다ᄅᆞᆯ 씨라 乎ᅘᅩᆼ는 아모 그ᅌᅦ ᄒᆞ논 겨체 ᄡᅳ는 字ᄍᆞᆼㅣ라 中듕國귁은 皇ᅘᅪᆼ帝뎽 겨신 나라히니 우리 나랏 常쌰ᇰ談땀애 江강南남이라 ᄒᆞᄂᆞ니라

中듕國귁에 달아

與ᅌᅧᆼ文문字ᄍᆞᆼ로 不불相샹流륳通통ᄒᆞᇙᄊᆡ

與ᅌᅧᆼ는 이와 뎌와 ᄒᆞ논 겨체 ᄡᅳ는 字ᄍᆞᆼㅣ라 文문은 글와리라 不불은 아니 ᄒᆞ논 ᄠᅳ디라 相샹ᄋᆞᆫ 서르 ᄒᆞ논 ᄠᅳ디라 流륳通통ᄋᆞᆫ 흘러 ᄉᆞᄆᆞᄎᆞᆯ 씨라

文문字ᄍᆞᆼ와로 서르 ᄉᆞᄆᆞᆺ디 아니ᄒᆞᆯᄊᆡ

故공로 愚ᅌᅮᆼ民민이 有ᅌᅮᇢ所송欲욕言언

언해본

략하게 설명한 글이다. 해례는 성삼문, 박팽년 등 집현전 학사들이 한글의 자음과 모음을 만든 원리와 용법을 상세하게 적은 것이다. 우리가 국어 시간에 배웠던 "나랏 말싸미 듕국에 달라…"로 시작되는 문장은 '예의'의 첫머리에 있는 한문서문을 우리말로 바꾼 언해본이다. 이 부분은 간략해서 『세종실록』과 『월인석보』 등에 실려 전해져 왔다. 그러나 한글 창제 원리가 밝혀져 있는 해례는 전혀 알려져 있지 않았다. 그런데 예의와 해례가 모두 실려 있는 훈민정음 정본이 1940년에야 발견된 것이다.

나랏말싸미 듕귁에달아 문짜와로 서로 사맛디 아니할세

이런 젼차로 어린백셩이 니르고져 홇배있어도

비로서 제뜨들 시러 펴디 못홇노미 하니라

내이를 위하야 어엿삐여겨 새로 스물여덟짜를 맹가노니

사람마다 하여 날마다 쉬이니겨 날로 브쓰메 편하게 하고져 홇따라미니라

해석을 하면 다음과 같다. 우리나라 말이 중국말과 달라서 중국 글자 곧 한자와 서로 통하지 아니하므로 이런 까닭으로 어리석은 백성이 말하고자 하는 바가 있어도, 끝내 제 뜻을 능히 나타내지 못하는 이가 많으니라. 내가 이와 같은 사정을 가엾게 여겨, 새로 스물 여덟 자를 만들었는데 이는 사람마다 쉬이 습득하여 날마다 사용함에 있어서 그 사용을 편리하게 하고자 함일 뿐이니라.

이 몇 줄의 내용으로 한글 창제의 정신이자 세종대왕의 철학이 다 가온다. 한자와 안 통하니까 통하는 글, 백성들이 글을 몰라 억울한 일이 생기니까 쉽게 배우는 글. 이런 실용성과 편리성 그리고 애민정신으로 만든 글자이다. 갑자기 여고시절 국어선생님이 생각난다. 선생님은 우리가 지금 배우는 것은 한국 사람으로서 소중히 기억할 내용이라며 달달 암기시키고 시험을 봤다. 그때는 이상한 말을 왜 외워야하는지 이해가 되지 않았지만 점수를 잘 받으려고 선생님이 시키는 대로 했다. "나랏말싸미 듕귁에 달아 문자와로 서르 사맛디 아니할쌔

~~" 20여년이 지난 지금은 이 선생님에게 정말 감사하다. 이 '나랏 말싸미~~'가 책이나 전시장이나 또는 다른 어디에서 보든 반갑고, 감사한 내용으로 다가 오기 때문이다.

문득 한글관련 추억이 또 떠오른다. 대학생이 되어 S사 핸드폰을 처음 구입했고, 이 작은 통신기기가 참 신기하고 대단하게 보였다. 그리고 자판을 보는 순간 나는 "와우~"라는 말이 절로 나왔다. 역사지식으로 알았던 한글의 천지인 'ㆍ, ㅡ, ㅣ' 이 바로 내 손 안에 있었다. 특히 한글 창제 때 있었지만 없어진 아래아 'ㆍ'를 21세기 첨단기기로 만나니 정말 감동이었다. 하늘, 땅, 사람을 형상화한 이 천지인 세 개면 모든 모음을 표기 할 수 있었다. 정말인지 궁금한 사람은 핸드폰을 꺼내 자판을 유심히 보길 바란다. 이를 연구해 낸 S사 핸드폰 연구진에게 없어 질 뻔했던 아래아를 살려주어 고맙다는 말을 전하고 싶다.

많은 사람들이 한글이 과학적이라고 한다. 그 이유가 무엇일까? 한글은 자음(ㄱ, ㄴ, ㅁ, ㅅ, ㅇ..)과 하늘(ㆍ), 땅(ㅡ),사람(ㅣ)에서 기본자를 응용한 모음(ㅏ, ㅑ, ㅓ, ㅕ, ㅗ ㅛ, ㅜ, ㅠ), 그리고 받침 자음을 조합하여 만든 글자다. 언젠가 한국어를 공부하는 외국인 친구가 한글은 마치 테트리스게임 같다며 모음과 자음 그리고 받침의 조화가 참 편리하다고 했다. 즉, 원리를 이해하면 배우기 쉽고 세상 모든 소리를 거의 표현할 수 있다. 새소리부터 남편 방귀소리까지도 가능하다. 이런 편리성과 과학성으로 한국은 문맹률이 세계적으로 낮다. 이를 세계에서 인정한 예가 있다.

유네스코(UNESCO)에 1989년 제정된 '세종대왕상'이 그것이다. 정식이름은 '세종대왕 문맹퇴치상(King Sejong Literacy Prize)이다. 한글 창제에 담긴 세종대왕의 정신을 기리고, 문명퇴치 공이 큰 각국의 개인, 단체, 기관에게 매년 9월 8일에 '세종대왕상'을 수여하고 있다. 2017년에는 캐나다 콘코디아 대학교의 학습 연구센터와 요르단의 라나 다자니 박사가 선정되었다. 이렇게 실용적이고 과학적이며 세계적으로 인정받는 한글을 바로 세종대왕이 만드셨다. 갑자기 한글에 대한 자긍심과 애국심이 충전되는 기분이다.

고개를 들어 주변을 돌아본다. 이곳 근정전을 찾은 관광객이 가득이다. 이 무더운 날씨에 한복을 곱게 입은 외국인들도 보이고 아이들에게 뭔가를 열심히 설명해주는 부모도 있다. 참 보기좋은 노부부도 보인다. 곳곳에는 외국인 관광객들에게 영어로, 중국어로, 베트남어로 가이드들이 이곳을 설명하고 있다. 이들을 보면서 나는 사람들과 소통하는 말과 글의 소중함이 깊게 느껴진다. 옆에 있는 조카에게 해주고 싶은 말이 많지만 간단히 이렇게 전한다. "은진아, 여기 근정전에서 세종대왕이 한글창제를 선포 했어" 짧은 대답이 바로 온다. "그래?.. 근데 이모 덥다 다른 곳으로 가자." 우리글자가 있다는 자랑스러움과 감격을 나누고 싶었는데, 13살 중학생에게는 나만큼 다가오지 않나보다. 은진이가 경복궁을 다시 오거나, 한글의 의미를 마음으로 느낄 때 오늘을 기억하길 바란다. 이 근정전의 건축미와 단청, 답도, 잡상, 용마루, 드므, 십이지상 등 전하고픈 이야기가 한 보따리이지만 다음을 기약하며 발걸음을 돌린다.

| 사정전

사정전은 근정전 바로 뒤에 있는 건물로 왕의 실질업무 공간이다. 신하들과 정책에 관한 이야기를 나누고 크고 작은 일을 처리했다. 안쪽으로 보이는 일월오봉도와 천장에 그려진 용이 왕의 위엄을 더한다. 이곳에서 있었던 역사기록이 생각난다. 바로 사육신이다.

사육신은 성삼문,박팽년,이개,하위지,유성원,유응부 6명을 말한다. 이들은 세조의 왕위 찬탈에 반대하여 단종을 복귀시키려 하다 발각되었다. 세조는 나라의 기강을 바로 잡는다는 명목으로 이곳 사정전 앞에서 이들을 직접 벌로 다스렸다. 이들은 아버지 세종대왕의 총애를 받던 집현전 학사들이었지만 세조는 왕권에 도전하는 그들을 용서할

사정전

수 없었나 보다. 같은 장소에서 아버지는 이들과 민본정치, 애민정책을 이야기했는데, 세조는 이들을 잔인한 고문으로 자신에게 굴복시키려했다. 기록에 따르면 사정전 앞뜰에는 살이 타는 냄새가 진동했고, 비명이 궁궐의 담을 타고 넘어갔다고 한다. 결국 사육신을 포함해 약 70여명의 연루자들은 처형되고 살아남을 가족들은 모두 노비로 전락했다.

올바른 정치를 생각하라는 '사정전(思政殿)' 현판을 다시 본다. 이 역시 정도전이 지었다. 그는 세조의 이런 행동을 무엇이라 했을까? 만약 세조가 단종복귀를 시도한 이들에게 설득과 관용으로 다가갔다면 어땠을까 생각해본다. 그리고 나와 의견이 맞지 않고 상대가 미워질 때 나의 행동을 반성해본다. 며칠 전 남편과 다투고 냉전을 주도했던 내 모습이 떠오른다. 집에 가서 내가 바라는 걸 잘 설득해야겠다. 분명 냉전보다는 나은 방법이다.

| 강녕전

방향을 바꿔 이제는 왕의 사적 공간이 강녕전(康寧殿)으로 가보자. 이곳은 왕의 침소로 늘 평안하라는 의미이다. 건물 앞에 넓은 월대와 행각으로 격식을 갖추고 있다. 사실 이 곳에 들어서면 잠자는 곳치고 너무 넓다는 생각이 들 수 있다. 그러나 혹시나 모를 암살의 위협을 생각하면 강녕전 주위 4채의 건물이 이해된다. 이곳에서 세종의 큰아들이자 단종의 아버지인 문종이 1452년 5월 14일 38세의 나이로 죽

강녕전

었다. 1450년에 왕이 되었는데 약 3년 6개월 만에 죽은 것이다. 몸이 원래 허약한 체질이었는데 아버지 세종이 죽자 3년 상을 치르면서 더 약해졌다. 기록에 의하면 학문을 좋아하고 성품도 모범이 되었다고 한다. 대부분의 사람들이 문종에 대해서 잘 모른다. 재위기간이 짧아서 국사시간에 다뤄지는 내용도 거의 없다. 그러나 나는 이 문종을 보면 안타깝고 세종대왕에게서는 아쉬움을 느낀다.

세종의 업적은 앞에서 쓴 것처럼 대단하고 정말 한국인으로서 감사한 부분이 많다. 그리나 한편으로는 그분이 오렛동인 태평성대를 만들 동안에 또 오랫동안 세자의 위치에서 기다린 다음 왕이 있었다. 세자로만 약 30여 년간이다. 문종이 평소 몸이 약했다면 세종은 많은 대군들 중 플랜 B를 준비 할 수 있었다. 그러면 그 다음의 피바람(세조의 왕위찬탈)을 피할 수도 있었을 것이다. 정리 하자면 세종의 큰 아들 문종이 일찍 죽자 그의 아들 단종이 어린나이에 왕이 되었다. 그리고 단종의 작은아버지인 수양대군이 실권자로 급부상하자 조카를 죽이고 왕위 찬탈까지 이어졌다. 그리고 아까 사정전 앞에서 그런 상황이 만들어진 것이다. 역사에서 '만약' 이라는 가정은 무의미 하지만 그래도 이런 모습을 보면 세종업적에서 2% 아쉽다.

| 교태전

발길을 돌려 교태전(交泰殿)으로 간다. 사방이 행랑으로 둘러 싸여 있고 마당이 넓어 보이는 이곳은 아늑한 분위기가 느껴진다. 지붕의 단청이 유난히 곱고 처마 끝이 손을 곱게 뻗어 살짝 올린 모습 같다. 궁궐 가운데 있어 '중전' 이라고도 불렀고 이곳에 왕비가 거쳐해서 왕비를 '중전' 또는 '중전마마' 라고도 했다. 교태는 천지 음양이 잘 어우러져 태평을 이룬다는 뜻이다. 갑자기 떠오르는 장면이 있다. 사극이나 영화 속에서 외척세력들이 찾아와 뭔가를 모의하고 또는 일이 틀어졌을 때 상황이다. 중전이 앞에 책상을 두드리며 "일을 어찌 이 지경으로 만들었습니까? 주상이 아시게 되는 날에는 화를 면치 못할 것입니다."

교태전

교태전 마루

사실 이곳 교태전은 왕비의 침소이자 궁궐 안의 여성문제를 총괄하는 집무공간이다. 그리고 제일 중요한 왕비의 임무(?)가 수행되는 장소이다. 바로 왕자 출산. 아들을 못 낳는 다고 퇴출당하지는 않지만 왕비는 분명 아들출산에 대한 부담이 있었을 것이다. 그리고 충, 효를 강조하는 유교사회에서 누군가는 반강제적 인품도 있었을 것이다. 남편인 왕과 왕실 어른에 대한 순종과 인내, 아랫사람에 대한 투기금지 등 감정을 숨겨야했기 때문이다. 가끔은 친정 집안이 정치적 희생을 당하면 이 교태전에 있던 이들은 마음이 편치 않았다. 태종(이방원)이 외척을 몰아내고 안정된 왕권을 이양하고자 세종의 부인 소헌왕후의 집안을 거의 몰살 시켰다. 이때 그녀는 남편인 세종을 원망하고 시아버지인 태종을 마주하고 싶지 않았을 것이다. 하지만 그녀는 참고 인내하며 왕실의 법도에 따라 자리를 지켰다. '왕비' 라는 칭호로 화려한 생활을 하였지만 그녀들이 겪었을 마음고생을 생각하면 이곳이 부럽지만은 않다.

교태전 뒤에는 작은 정원이 있다. 중국의 아름다운 산이름을 따와서 '아미산' 이라고 한다. 큰 소나무와 아기자기하게 잘 꾸며진 꽃들을 보니 왕비가 이곳을 거닐며 무엇을 생각했을까 궁금하다. 앞에 가이드가 관광객들에게 뭔가를 설명하고 있다. 바로 주황색 벽돌을 육각형으로 쌓아올린 뒤 기와를 얹은 구조물이다. 이것은 교태전의 온돌에서 연결된 굴뚝이다. 매화나무 · 대나무 · 소나무 등이 새겨져 있는 이 굴뚝에 연기가 모락모락 나오는 장면을 상상하면 그 풍경이 참 아름답다.

교태전 정원 아미산

아미산 굴뚝

| 경회루

이제 경회루로 가보자. '경사스러운 만남' 경회루(慶會樓)는 건국 초에는 작은 연못이었지만 태종이 명나라 사신의 접대를 위해 지금처럼 연못을 넓히고 웅장한 경회루를 만들었다. 20여 년 전 이곳에서 우연한 발굴(?)이 있었다.

1997년 가을, 경복궁 경회루 연못을 청소하던 중 북쪽에서 청동용 2개가 발견되었다. 146cm에 70kg 작지만 무게가 있는 용이었다. 하지만 관련 기록이나 용도를 알 수 없어 학자들은 이 용의 출현에 물음표가 생겼다. 그러다 2001년 6월, 경복궁에서 또 다른 용이 발견된다. 근정전 보수 공사도중 용이 그려진 부적과 물 수자 부적이 발견된 것

경회루

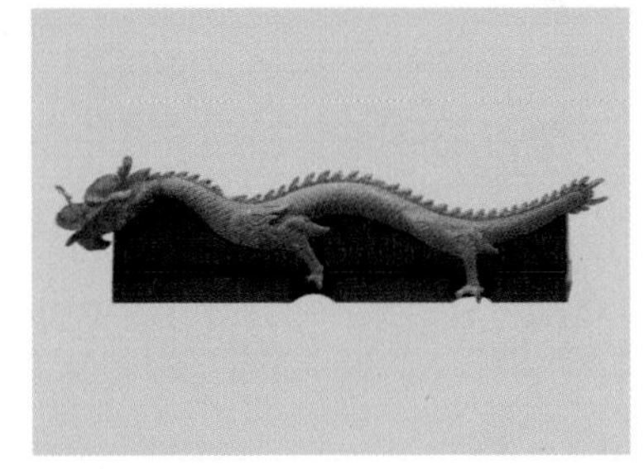
경회루 출토 용

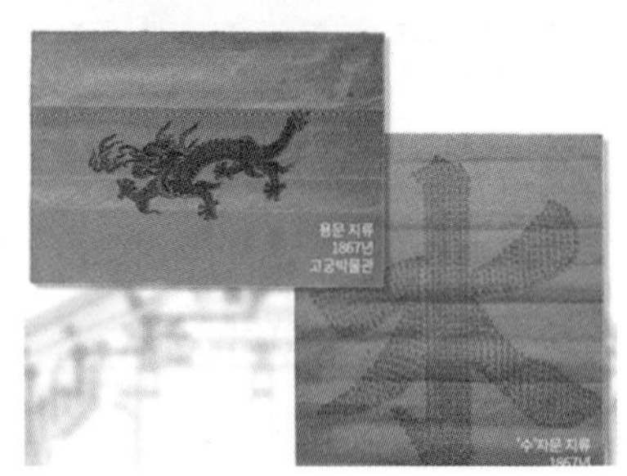

부적

이다. 부적에는 천 개나 되는 용 용(龍)자를 빼곡히 적어 만든 물 수(水)자가 새겨져있었다. 이 용들은 왜 여기 있었던 것일까?

경복궁은 임진왜란 때 불타고 270년 가까이 방치되었다. 1865년, 경복궁 중건을 주도한 흥선대원군은 경복궁을 화마로부터 지킬 방법을 생각하다 물을 다스려 화재를 막아주는 용을 떠올렸을 거라 추정된다. 그래서 청동용을 경회루 연못 안에 묻고 용마루에 비를 불러오는 용 부적을 넣은 것이다. 이 귀여운 용 덕분인지 이 후 경복궁에는 큰 화재는 없었다.

| 건청궁

이제 발길을 돌려 경복궁 안에 있는 또 다른 궁을 찾아간다. 경복궁 깊숙한 곳에 위치한 이곳을 사람들은 잘 모른다. 그러나 개인적으로 이곳의 의미를 생각하면 꼭 와서 보고 느끼고 생각해야 할 장소이다. 바로 고종이 머물렀던 '건청궁(乾淸宮)' 이다. 잠깐 시대적 상황을 보자.

영화나 드라마 소재로 잘 나오는 영조와 사도세자 그리고 그의 아들 정조. 제2의 태평성대를 만들었다고 할 만큼 역할이 컸던 정조는 안타깝게도 1800년 이른 나이에 죽는다. 그리고 어린 순조가 즉위하니 외척세력이 왕실을 좌지우지했고 이들의 탐욕으로 국정이 문란해졌다. 탐관오리가 득세하고 민심은 민란으로 이어졌다. 대표적인 홍경래난이다. 이런 상황은 헌종, 철종 때 까지 비슷하게 이어졌다. 모든 권력이 안동김씨, 풍양 조씨 등 외척세력에게 있다하여 이 60여년을 '세도정치' 이라고 한다. 조선의 마지막 100년이 안타깝게 기울던 시기였다. 철종이 후사 없이 죽자 왕실에서는 허수아비 왕족을 찾았고 그가 12살 나이에 왕이 된 고종이었다.

여기서 주목할 부분은 어린나이에 왕이 되었다는 사실이다. 이에 그의 아버지 이하응은 '흥선대원군' 이라는 칭호를 받고 고종을 대신해 10년 동안 개혁을 단행한다. 세도정치의 폐단을 정리하고 무너진 왕실의 권위를 높이며 나름 민생안정에 집중한다. 인재를 고루 등용하여 세도가들을 밀어내고, 군사제도를 정비하여 왕권강화를 했다. 토지와 면세혜택을 받으며 특정 양반세력의 근거지였던 서원을 철폐하고 탐관오리 수탈로 힘든 백성들을 위해 세금제도를 고쳤다. 그리고 경복궁 중건을 통해 왕실의 권위를 세웠다. 그의 개혁 정책은 어느정도 성과는 있었지만 한계도 있었다. 중추적 개혁세력이 없었고 경복궁재건에 무리한 재정이 지출되면서 백성들의 원망을 샀다. 그리고 조선근처 이양선(다른 나라 큰 배)이 출몰했을 때 강경한 대응으로 결국 근대화를 늦추는 역효과를 가져왔다는 비판도 있다. 당시 국제정세를 잠깐 보자.

서양인들은 항해술과 아프리카 대륙진출을 시작으로 식민지를 건설했다. 19세기에는 아프리카 내륙지역까지 가서 산업화에 필요한 자원과 노예 시장 등 앞 다투어 침략했다. 그리고 아프리카 대부분의 지역이 이들 영국, 프랑스, 독일 등 유럽열강에 의해 분할 점령되었다. 미국도 이에 합류하며 범선을 타고 발달된 군사무기, 근대화라는 문화무기 그리고 기독교라는 종교무기로 무장했다. 유럽과 미국은 새로운 시장과 식민지 건설을 찾아 인도와 동남아시아 급기야 중국, 일본에 이어 한반도에 도착했다. 한편 1840년 중국 청나라는 영국과 아편전쟁까지 했지만 결국 굴욕적인 불평등한 조약을 맺었다. 이에 조선에서는 서양세력에 대한 반감이 커졌고 근대화와 문호개방의 적절한 대응 타이밍을 놓치게 되었다.

미국과 프랑스가 조선에 문호개방을 요구하자 흥선대원군은 이를 반대하며 쇄국 정책을 폈다. 1866년 병인양요, 1871년 신미양요를 치르고, 9명의 프랑스 신부와 8천여 명의 신도를 처형하는 등 천주교를 박해를 했다. 국내적으로는 서양세력을 몰아냈다는 승리감도 있었으나 조선은 곧 열강들의 침략 대상이 되었다. 1873년 흥선대원군이 물러나고 고종이 왕이 되었다. 그는 아버지 흥선대원군의 그늘에서 벗어나 정치적 독립을 목표로 삼아 사비로 여기 건청궁을 지었다. 재정적 부담에서 인지 앞서 본 경복궁 다른 건물에 비하면 규모도 작고 단청도 없다. 그래도 왕실 격식을 차려 왕의 처소인 장안당(長安堂), 왕비의 처소인 곤녕합(坤寧閤), 서재인 관문각(觀文閣) 등이 구분되어 있다. 고종은 이곳에서 망해가는 조선을 다시 세우고자 명성황후와 고민을 했을 것이다.

건청궁

건청궁 장안당

나는 장안당 뒤에 있는 일월오봉도를 보며 조카에게 묻는다. “은진아 고종이 누군지 알아?” 조카는 오히려 누구냐고 나에게 물어온다. 이 무더운 날 짧고 강하게 어떻게 설명해야 할지 망설여진다. “조선말기 나라가 안팎으로 어려웠을 때 왕이야. 나름 근대화 노력을 했지만 성과는 안 좋았어. 그리고 조선은 일본의 식민지가 되었어.” 맞다. 고종은 나름 노력 했지만 결과적으로는 실패했다. 왜일까?

서양의 문호개방 앞에서 방향을 못 잡다가 근대를 알리는 갑오개혁을 단행했다. 신분제가 폐지되고 근대적 정치기구를 만들어 겉으로 보기에는 그럴듯했다. 외교관계를 통해 주변국가가 서로 견제하는 구도 속에 조선을 지키려했지만 상황은 이미 조선에게 불리했다. 19세기 말 강대국 러시아, 영국, 미국, 프랑스, 청나라는 조선을 전략상 중요한 곳으로 여겨 이미 반식민지로 만들었다. 금광채굴권, 삼림개발권 등 각종 이권들이 열강들에게 넘어갔다. 특히 그 일본은 영국과 미국의 도움으로 조선의 침략에 우위에 있었다. 그러자 명성황후는 러시아를 통해 이들을 견제하려했고 이를 눈치 챈 일본은 이곳 건청궁 안에 있는 곤녕합에서 그녀를 무참히 살해했다.

한 나라의 왕비를 죽이는 일본의 극악함에 할 말을 잃는다. 아직까지도 '명성황후 시해' 사건에 대한 일본의 공식적인 사과는 없다. 독도나 위안부 문제 등 한일 간에 풀어야 할 역사적 감정이 많다. 한국은 피해자로, 일본은 가해자로 굳어지는 관계 속에서 두 나라의 미래는 밝지 않다. 한편으로는 고종의 노력에도 불구하고 친일성향의 관료들과 급기야 나라를 일본에 팔아넘긴 친일파를 생각하면 더 답답하다. 특히 이곳 건청궁에 서 있으니 더욱 그러하다. 명성황후가 죽고 고종은 러시아공사관으로 급히 갔고 이곳 건청궁으로 돌아오지 않았다. 주인을 잃은 건청궁은 1909년 완전히 헐리고 1910년 일본은 경복궁 근정전 바로 앞에 조선을 식민통치하는 본부인 조선총독부를 지었다.

| 향원정

건청궁 앞에 있는 향원정(香遠亭)을 본다. 이곳은 왕실 가족들이 휴식을 취하는 공간으로 작은 연못과 아담한 정자가 있다. 지난 가을에 이곳을 마주했던 기억이 난다. 주변에는 예쁘게 물든 나무들, 연못에는 더 예쁘게 핀 수련 그리고 남쪽에 놓인 취향교와 가운데 정자가 어

향원정

울려 정말 아름다운 풍경을 만들어냈다. 사실 원래 다리는 북쪽이었는데 성급한 복원공사로 다리 위치가 틀렸다는 안타까움이 있었다. 그래도 눈앞에 펼쳐진 가을풍경을 감상하며 그 안타까움을 지나쳤었다. 그런데 지금은 이 향원정에 가림막이 쳐지고 복원 공사 중이라는 안내문이 붙여져 있다. 나는 이곳을 못 본다는 아쉬움보다 우리 문화재를 늦게라도 제대로 복원한다는 고마움과 반가움이 더 컸다.

앞으로 뛰어가는 첫째아이와 그 뒤로 조카를 보며 잠시 생각한다. 저 아이들이 어른이 되어 이곳 경복궁에 다시 오면 어떤 마음이 들까? 더 많은 장면이 생기고 더 많은 이야기가 담길 것이다. 같은 공간이지만 이곳은 점점 성장해 가는 곳이다. 경복궁을 천천히 걸어 나온다. 유교적 이상 국가를 위한 노력과 훈민정음 창제로 우리문화를 한층 빛내주는 찬란함이 보인다. 그리고 임진왜란과 일제강점기를 거치면서 겪었던 시련과 역경의 흔들림도 있다. 동시에 자주 국가를 위한 노력과 늦게라도 잘못을 인정하고 이를 고쳐나가는 도전도 느껴진다. 경복궁은 그런 곳이다.

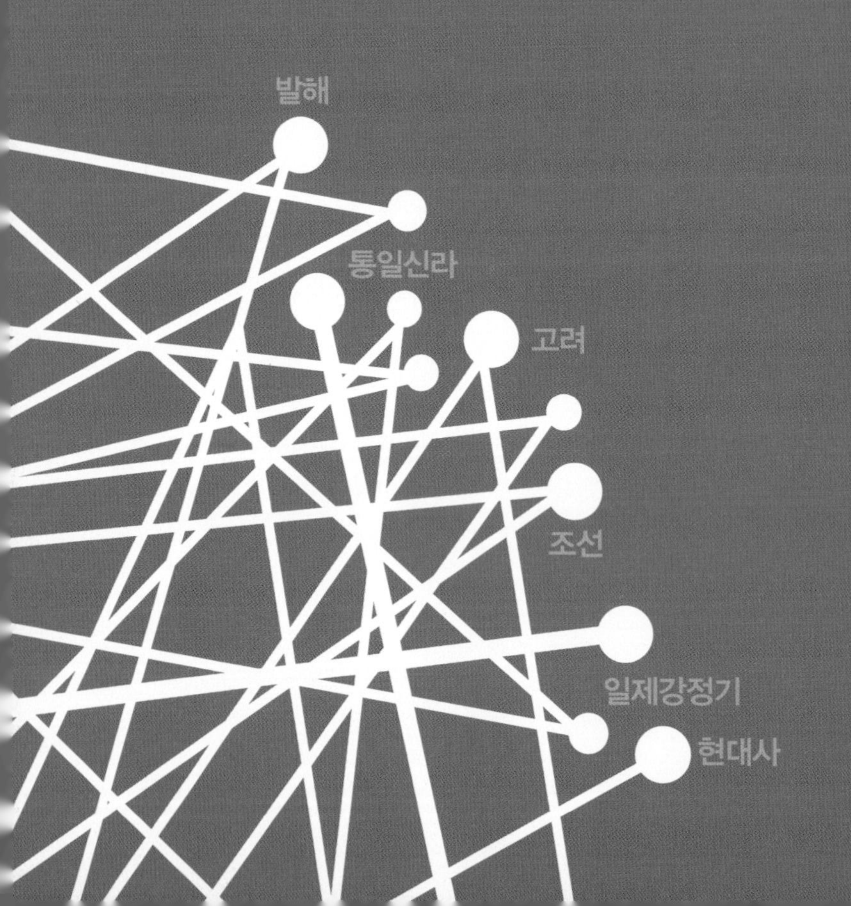
발해
통일신라
고려
조선
일제강점기
현대사

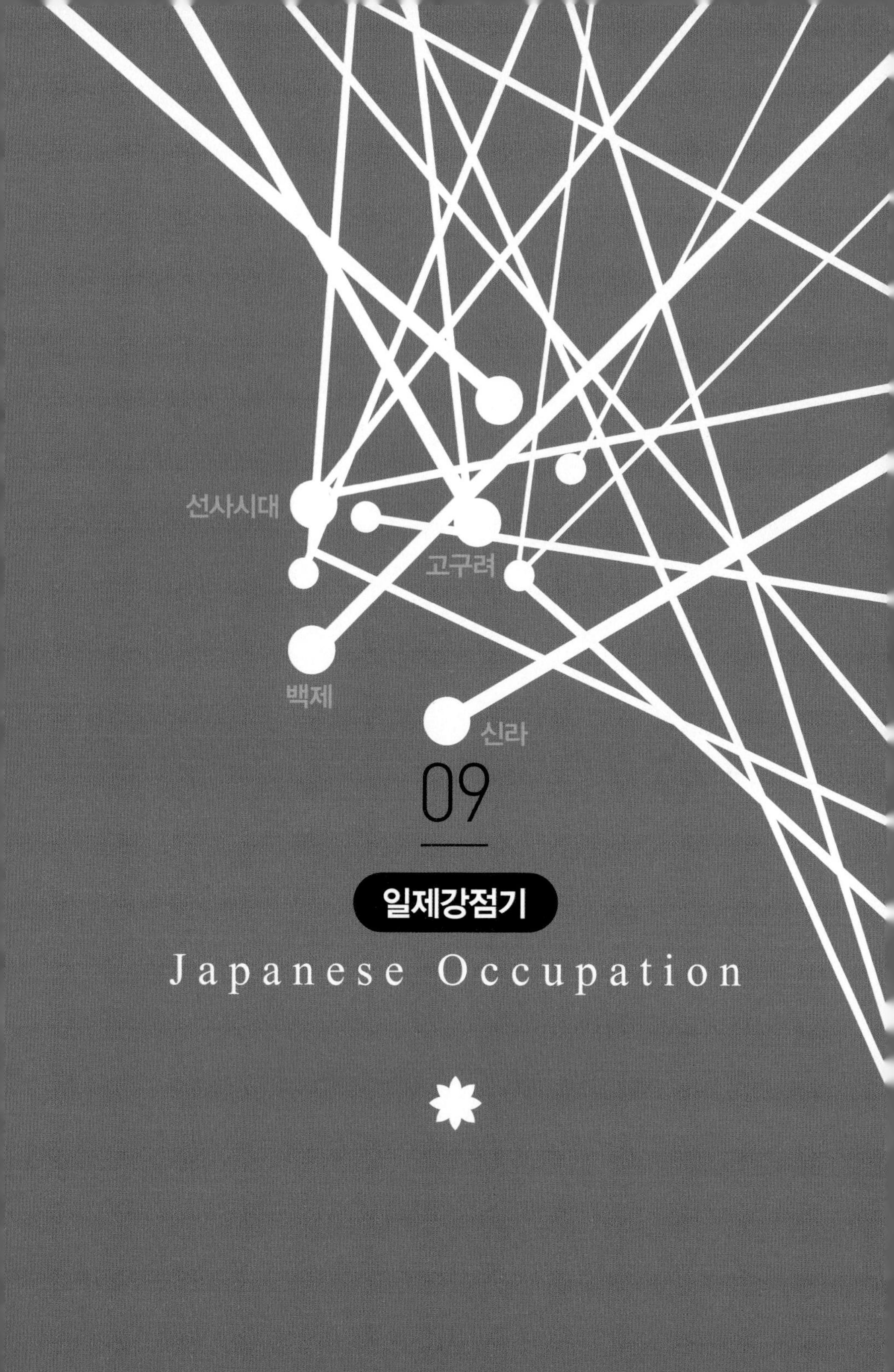

09

일제강점기

Japanese Occupation

Japanese Occupation

09 일제강점기

'독립' 은 더 이상 꿈이 아니다
〈서대문형무소〉

을사늑약 | 안중근 | 3·1 운동
유관순 | 사형장

태극기 초기 모습과 가운데 '문립독' 이라고 쓰여 있다. 중국 사신을 맞이하던 영은문을 헐고 민족의 자주성을 위해 1897년 세워진 독립문이다. 독립협회 주도 기부금으로 이 문이 만들어질 때 조선의 상황이 많이 안 좋았다. 1895년 정치, 경제, 사회면에서 근대화를 추진하던 갑오개혁은 친일세력과 강대국의 간섭으로 실패하고, 을미사변 이후 고종은 러시아공사관에 머물고 있었다. 만약 대통령이 미국대사관에 있으면서 국정운영을 한다면 국민들 반응이 어떨까? 그런데 당시 조선은 그랬다. 그래서 자주독립을 외치며 이 독립문을 세운 것이다. 앞에는 영은문의 기둥이 아직 남아있다. 독립문과 영은

독립문과 영은문

문, 하나는 독립을 다른 하나는 사대를 상징하는 두 구조물이 보인다. 그리고 오늘을 사는 대한민국 국민에게 묻고 있다. '독립'의 의미를 아십니까?

서대문형무소

독립문에서 조금 올라가니 점점 가까워지는 붉은 색 건물이 보인다. 서울 서대문구에 위치한 서대문형무소다. 이곳은 1908년 일제에 의해 '경성감옥'으로 개소되어 1945년 해방까지 한국의 국권을 되찾기 위해 싸운 의병, 계몽운동가 및 독립 운동가들이 수감되었다. 해방 이후에도 1987년까지 서울구치소로 이용되면서 민주화 운동 관련 인사들이 거쳐 갔다. 1987년 서울구치소가 경기도 의왕시로 이전하면서 1998년 서대문형무소역사관으로 개관했다.

무더운 여름 날씨에 땀이 절로 난다. 함께 온 조카는 연거푸 물을 마시며 말한다. "나 여기 오고 싶었어. 얼마 전 외국관광객이 여기 온 방송을 봤는데 진짜 슬펐어" 조카는 최근 TV를 통해 이곳을 알게 된 것 같다. 이제는 은진이가 직접 보고 느끼면서 왜 슬펐는지를 알아가길 바란다. 35년 동안 조선은 일본의 식민지로 살면서 억울하고 고통스럽고 죽고 싶은 고난의 연속이었다. 그 힘겨움이 모인 곳이 바로 여기 서대문형무소다. 그러나 동시에 이곳에 있으면서 꼭 살아 남아야 한다는 신념이 강해지기도 했다. 우선 역사관에 들어가 시대배경을 살펴보자.

| 1897년 광무개혁

고종이 러시아 공사관에서 약 1년간 머물던 '아관파천' 시기는 위에서 언급한 것처럼 국가의 체면을 떨어뜨리는 일이었다. 1897년 고종은 러시아 공사관에서 경운궁(덕수궁)으로 돌아왔다. 나라이름을 '대한제국'으로 바꾸고 황제로 즉위해 중국 눈치 안보고 독자적인 '광무' 연호를 썼다. 그리고 전보다 적극적인 근대화를 추진하는데 이를 광무개혁' 이라고 한다.

우선 농민 생활의 안정과 재정 확보를 위하여 근대적 소유권을 인정한 지계(地契)를 발급하고, 상공업 발전을 위하여 회사와 공장, 은행을 설립했다. 외국어, 의학, 상공업, 광업, 농업 등을 가르치는 학교를 세워 기술을 보급하고 개발하게 했다. 또한 주변 국가들과 외교관계를 통해 일본을 견제했다. 한편 외세의 침략에 대비해 군제를 개편하고 황제가 육·해군을 직접 통솔하는 원수부를 설치하고 고급 장교 양성을 위해 무관 학교도 설립했다. 분명 지난 갑오개혁 보다는 더 현실적이고 다양한 범위에서 진행된 근대화였다. 그러나 대한 제국은 개혁을 적극적이고 지속적으로 추진할 만한 힘이 부족했다. 국가재정도 넉넉하지 못했고, 군사력도 부족 했으며 황제 중심의 국가 운영에 민중 지지도 얻지 못했다. 학계에서는 '만약 광무개혁이 제대로 성공했다면?' 이라는 위로를 찾기도 하지만 현실은 달랐다. 게다가 1905년 러일 전쟁에서 승리한 일본이 한반도 침략을 본격화하면서 광무개혁은 결국 완성되지 못했다.

얼마 전 남편과 즐겁게 그리고 안타까운 마음으로 본 드라마가 있다. 미스터 션샤인. 바로 위에 언급한 시대적 배경이 있어 재밌고, 역사적 사명(?)아래 사랑과 질투, 선함과 악함의 공존과 조화(?) 스토리가 흥미로웠다. 또한 우리네 전통분위기를 아름답고 정겹게 잘 담아내는 영상미에 눈이 즐겁고 연기자들이 인물 소화를 얼마나 잘 해내는지 매회 특급칭찬이 나왔다. 마침 내가 읽고 있는 우리나라 근대 숙박시설 '손탁 호텔' 이 드라마 속 장면과 연결되니 더욱 재밌었다. 드라마에서 '글로리아 호텔' 이 개인적으로 참 인상적인 장소였다. 시대상황과 인물들의 연결고리 호텔. 그러나 드라마를 보면서 아쉬움과 안타까움 그리고 다시 아쉬움이 많았다. 고종의 개혁과 노력 그리고 그 안에서 이러지도 저러지도 못하는 열강사이에서 조선은 무력했기 때문이다. 하지만 동시에 이런 역사를 반복하지 않으려면 우리는 어떻게 해야 하는지 생각하는 시간이 있었다.

| 1904년 러일전쟁

대한제국이 들어서면서 일본의 영향력은 줄어드는 듯 보였다. 그러나 일본은 러시아의 눈치를 보고 있었지 여전히 한반도를 거쳐 동아시아를 노리고 있었다. 반면 러시아는 '부동항' 을 찾아 남쪽으로 계속 향했다. 이때 일본이 선제공격을 했다. 중국 요동반도, 한반도 동해 등에 정박한 러시아 함대 공격하면서 1904년 러일전쟁이 일어 난 것이다. 그리고 국제적 예상과 달리 일본이 러시아를 이겼다. 사실 일본의 승리 뒤에는 황제통치에 반대하는 러시아 내분이 있었고, 일본과 이해관계가 맞은 영국의 도움도 있었다.

| 1905년 을사늑약

1905년 러일전쟁에서 이긴 일본은 우리의 외교권을 박탈하는 '을사늑약' 을 강제로 맺었다. 즉, 대한제국은 다른 나라와 외교를 할 수 없고, 일본이 대신 한다는 뜻이다. 그런데 이 늑약은 국제적 조약절차가 지켜지지 않은 불평등한 조약이었다. 외교부 관료가 고종으로부터 권한을 위임받지 않았고 또 고종은 강제합의 된 조약에 동의하지 않았기 때문이다. 한편 을사늑약이 알려지면서 나라에는 이를 반대하는 움직임이 거세졌다. 신문에 그 부당함이 대서특필 되었고 전국에서 의병이 일어났다.

헤이그 특사

고종은 을사늑약의 부당함을 알리고자 1907년 네덜란드 헤이그에서 열리는 만국평화회의에 이준, 이상설, 이위종을 특사로 보냈다. '헤이그 특사' 이다. 그러나 어렵게 도착한 이 회의에 그들은 참석도 못하고, 각국 대표단과 면담 요청도 거절당했다. 영국과 미국을 비롯한 강대국들이 이미 일본편을 들었기 때문이다. 일본은 이후 외교권도 없는데 헤이그특사를 보냈다는 구실로 고종을 압박 했고 강제 양위를 했다. 이 자리에는 고종도 순종도 없이 일본 관리와 친일파들만 있었다. 이어 일본은 대한제국 군대를 해산시키고 이어 사법권과 경찰권을 빼앗아 갔다.

의병

역사관 민족저항실 입구에 사진이 있다. 얼핏 보아도 군인이 아닌 사람들로 구성된 '의병'이다. 의병은 자발적으로 뜻을 모아 조직된 일반 사람들이다. 이들이 손에 든 무기나 옷차림을 보면 전쟁은 커녕 학교에서 공부해야할 아이, 가족들을 먹여 살려야 하는 농민들이다. 그러나 이들은 우리 눈에 보이지 않는 뭔가를 갖고 있었을 것 있다. 그것은 나라를 구해야한다는 간절함이다. 그들에게 나이나 옷차림은 문제가 되지 않았을 것이다.

| 안중근

건너편 낯익은 사진이 보인다. 안중근은 1909년 만주 하얼빈역에서 러시아와 회담을 갖기 위해 온 이토 히로부미를 총으로 죽였다. 그에게 이토히로부미는 대한제국을 침략하고 동양의 평화를 파괴하는데 앞장 선 인물이었다. 그래서 이토를 죽이는 것은 안중근에게 정당한 사명이었다. 사진 속 그의 얼굴을 가까이서 본다. 그리고 그의 마

안중근

안중근

디가 짧은 손가락에 시선이 간다. 연해주에서 의병활동을 할 때 뜻을 같이 하는 사람들과 왼손 넷째 손가락의 첫 마디를 잘라 독립 의지를 다졌다고 한다. 그래서 안중근의사의 사진이나 그가 남긴 붓글씨의 손바닥 도장을 보면 네 번째 손가락이 짧다. 이토히로부미를 죽였다는 소식이 전해지자 조선에는 환호성이 터졌을 것이다. 그러나 일본은 이를 빌미로 조선을 식민지로 만드는 데 박차를 가하고, 안중근에게는 사형을 내렸다. 안중근이 남긴 당시 유언을 보자.

내가 한국독립을 회복하고 동양평화를 유지하기 위하여 3년 동안을 해외에서 풍찬노숙 하다가 마침내 그 목적을 달성하지 못하고 이곳에서 죽노니, 우리들 2천만 형제자매는 각각 스스로 분발하여 학문을 힘쓰고 실업을 진흥하며, 나의 끼친 뜻을 이어 자유 독립을 회복하면 죽는 여한이 없겠노라. –순국 직전 동포들에게 남긴 의사의 마지막 유언–

사진 속 그의 얼굴을 마주하며 전한다. 당신이 보여주신 용기는 이미 많은 목적을 달성했습니다. 쓰러져가는 조선에 희망의 불빛이 되어 독립 의지를 확인 시켰고, 이후 35년간의 식민통치 기간에도 당신의 그 날은 말해지고 기억 되었습니다. 그리고 이봉창, 윤봉길 등 많은 이들이 당신의 방법을 이어갔습니다. 당신의 잘린 손가락을 보며, 독립의 의미를 다시 생각하게 됩니다.

| 조선총독부

을사늑약 이후 일본은 사법권, 경찰권까지 빼앗아 갔고 1910년 한반도를 직접 통치했다. 근정전 앞에 일장기를 걸어 놓은 사진이 있다. 경복궁에 있는 근정전은 조선 왕실의 상징이자 대한제국의 역사와 전통의 장소이다. 이곳에 일장기가 있는 이 모습은 우리에게는 치욕스러움과 앞으로 이겨내야 할 시련을 예고하는 듯하다. 사진을 찍으면서 저들은 무슨 생각을 했을까? 분노와 한숨이 섞인다.

그 아래로 조선총독부 건물이 보인다. 일제 패망 직전까지 우리민족에 대한 일제 탄압의 상징물이다. 일제는 식민통치의 위엄을 과시하기 위해 10년 동

근정전 일장기

조선총독부

안 정성(?)으로 이 건물을 지었다. 지상 4층 지하 1층의 서양식으로 제국주의 권력 상징인 돔도 올렸다. 조선총독부 청사의 완공으로 조선에 대한 일제의 식민 통치는 더욱 가속화했다. 이곳에서 조선을 억압하고 수탈하는 계획이 만들어지고 잘 진행되는지 상황보고가 오갔을 것이다. 그리고 반일, 항일 움직임이 보이면 바로 잡아들이고 그들을 길들이려는 가혹행위도 있었을 것이다.

갑자기 고백할 과거가 있다. 초등학교 3학년 여름방학으로 기억한다. 시골에서 친척동생들이 놀러왔고 나는 서울 멋진 곳을 구경시켜 주고 싶었다. 그래서 우리나라에서 제일 유명한 박물관을 찾아 갔다. 궁전같이 화려한 건물 앞에서 전라도 화순군 동복면에서 온 동생들은 신기한듯 몇 번이나 위를 올려 다 보았다. 우리 집도 아닌데 내가 으쓱해졌다. 이곳이 주는 분위기도 좋고 시원한 공간에서 보는 다양한 금관, 고려청자. 그림 등 각종 전시물도 좋았다. 그때는 몰랐다. 그렇게 멋지게 보이던 건물이 35년 동안 조선인들에게 고통과 시련을 주었던 장소였다는 것을. 그랬다. 내가 본 건물은 일제 강점기 일본이 만든 조선총독부 건물이었고, 광복 이후 그곳을 국립중앙박물관으로 쓰고 있었던 것이다. 중학생이 되면서 이곳을 책에서 다시 보았고 추억이 떠올라 반가웠지만 동시에 조선총독부 건물을 자랑스레 친척동생들에게 구경시켜준게 부끄러워졌다. 1994년 김영삼 정부는 이 건물을 역사 속으로 보내고 경복궁 복원사업이 대대적으로 시작되었다. 그리고 아직도 복원사업과 발굴, 연구는 진행되고 있다.

일제강점기 35년은 우리에게는 억울하고 분해서 반일감정 분노 지수가 마구 솟아나는 시기다. 그러나 이런 역사를 반복하지 않기 위해서는 꼭 알고, 배워서 기억해야한다는게 내 생각이다. 그래서 정리하려 한다. 일제는 크게 세 시기로 식민통치를 했다. 1910년대는 무단통치, 1920년대는 문화통치, 1930년대는 민족말살통치이다. 그 내용을 보자.

| 1910년대 무단통치

일본은 강력한 군대와 경찰을 이용해 처음부터 조선을 길들이려고 했다. 대표적으로 헌병경찰제도인데, 이들은 재판을 거치지 않고 처벌할 수 있고, 범죄자에게 신체적 고통을 가할 수 있었다. 오늘날로 말하면 어떤 사람이 유죄인지 무죄인지 제대로 판단하기도 전에 '헌병경찰' 이라는 직위로 판단하고 형벌을 주었다는 얘기다. 말이 안 되지만 1910년대 식민지로 전락한 조선에서는 말이 되는 상황이었다.

토지조사사업

한편 일제는 토지조사사업을 실시해 불법적이지만 합법처럼 일본인 소유의 땅을 늘려갔다. 땅 소유를 신고해야 한다는 것을 몰랐던 조선인들은 대대로 물려받아 경작해 온 토지를 잃었다. 강제로 일본에 뺏긴 땅은 일본인에게 헐값으로 넘어갔고 이를 일본이 세운 '동양척식주식회사' 에서 관리했다. 이 회사에서는 조선인에게 땅을 빌려주며 소작료를 받아 이익을 챙겼다. 즉, 우리땅을 일본이 불법적으로 가로챘고 다시 우리농민에게 빌려주어 돈을 버는 이상하고 괴상한 구조였다.

또한 조선 사람들의 민족의식을 뿌리 뽑고자 학교에서 일본어를 강제로 가르치고 조선역사는 뺐다. 이런 1910년대 식민통치를 우리민족은 어떻게 대응했을까? 우선 의병들은 일본의 탄압을 피해 만주와 연해주로 건너가 독립군 부대를 만들었다. 교육과 실력으로 힘을 기르자는 애국계몽운동은 중국, 미국 등으로 가서 독립운동단체를 조직했다. 국내에서는 비밀리에 의병운동이 진행되었고, 이들에게 돈과 사람을 모아 해외 독립군에게 보내는 세력도 있었다. 또한 민족교육운동도 계속되어 사립학교와 서당에서는 우리글과 역사를 가르치며 민족의식을 심어주었다.

이곳 서대문형무소 역사관에는 방학을 이용해 부모님과 함께 온 학생들이 많다. 어떤 남자어린이는 수첩에 뭔가를 바쁘게 적고 있다. 살며시 옆으로 가서 보니 애국계몽운동 전시자료 내용이다. 책이나 인터넷에서도 찾을 수 있는 내용을 손으로 적어가는 모습이 귀엽다. 그리고 삐뚤빼뚤 글씨에서 독립의 노력을 더 기억하려는 것 같아 고맙다. 나도 이 아이 옆에 서서 그 내용을 본다. 광복회, 의열단, 27결사대, 조선민족대동단 등 1910~1920년대 활동한 단체이름과 활약했던 인물들이다. 주로 학교를 세우고 친일파 처단에 앞장섰으며 일본고위층에 폭탄을 던져서 이곳에 잡혀왔고 모진 고문과 고통을 견디다 돌아가신 분들이다. 나는 이분들의 업적을 마음에 담아본다.

| 1919년 3.1운동

약 10년간의 일본의 무단통치를 견디던 우리민족이 똘똘 뭉치는 계기가 있었다. 바로 1919년에 일어난 '3.1운동' 이다. 당시 국제사회 분위기를 보자. 제국주의는 군사력으로 약소국을 식민지로 삼아 경제적 수탈을 하는 구조다. 그 후 강대국들 사이에서 더 많은 식민지를 차지하고자 곳곳에서 크고 작은 전쟁이 일어났다. 그리고 독일, 오스트리아, 터키 vs 영국, 프랑스, 러시아가 이해관계에 따라 합류하면서 국제전으로 번졌다. 바로 1차 세계대전이 시작된 것이다. 약 5년 동안 유럽은 전쟁터가 되었고 그 안에서 희생을 감수해야했다. 기록에 따르면 3천 만 명이 넘는 사상자가 생기고, 많은 도시와 마을이 형체를 알 수 없는 잿더미가 되었다. 전쟁 중에 러시아에서는 1917년 사회주의 혁명이 일어나 세계 곳곳에 새로운 이념 확산이 이뤄졌다.

1918년 세계대전이 끝나고 파리강화회의에서 미국 윌슨대통령이 '민족자결주의' 원칙으로 식민지 독립을 발표했다. 말 그대로 어떤 민족이라도 자기 운명은 스스로 결정 할 권리가 있고 다른 민족의 간섭과 지배를 받지 않는다는 뜻이다. 이 내용은 식민 지배를 받는 나라에서 대환영이었다. 그러나 이 민족자결주의는 패전국 식민지에만 해당되어 사실 조선에는 적용되지 않았다. 일본국이 승전국이라는 이유에서였다. 유럽에서 일어난 1차 대전에서 총을 들지도 않은 일본이 어떻게 승전국이 되었을까?

1차 대전 일어나자, 영국은 중국 연안 영국의 상선을 공격하는 독일을 일본이 처리해주길 요청했다. 이에 냉각기였던 영일관계를 의식한 일본은 영국에 적극 협조했고, 독일에 선전포고를 했다. 즉, 일본은 중국 땅에 있는 독일조차지를 공격한 것이다. 조차지란 일정기간 다른 나라에 빌려준 땅으로 당시 독일은 청도(칭다오)를 조차지로 갖고 있었다. (독일과 칭다오? 갑자기 생각나는 알코올이 있다면 바로 이런 역사적 배경^^) 즉, 중국 땅에서 다른 나라들이 전쟁을 하는 그런 상황인 것이다. 이 또한 말이 안 되는 거 같은데 그때는 그랬다. 중국 역시 힘이 없었기 때문이다. 일본은 독일 군사기지를 점령했고 이어 태평양에 있는 독일령도 일부 점령하면서 국제적 인지도를 높여갔다. 또한 전쟁으로 정신없는 유럽 열강들을 대신해 유럽에는 군수품을 수출하고 동남아에는 생필품들을 수출하는 공급기지가 되었다. 즉, 1차 세계대전으로 유럽이 폐허가 될 동안 일본은 경제가 급성장하는 최대 수혜자가 되었다. 이렇게 일본은 1차 대전에서 승전국 편에 서게 된 것이었다.

이런 배경 속에서 1차 대전 후 발표된 그 희망의 '민족자결주의'는 결과적으로 조선에 해당되지 않았다. 그럼에도 불구하고 조선의 상황을 국제사회에 알리고자 신한청년단은 김규식을 파리에 파견했다. 하지만 이미 강대국과 동맹인 일본의 압력으로 국제사회는 김규식을 외면했다. 비슷한 시기 미국에서 활동하던 독립 운동가들도 파리강화회의에 사람을 보내려했지만 미국의 반대로 무산되었다. 이런 노력들이 일본 유학생들 사이에 알려졌고 이들은 독립의지를 행동으로 옮기는 2.8독립선언서를 만들어 독립만세를 외쳤다.

조선에서는 1월에 서거한 고종의 장례식을 앞두고 있었다. 특히 고종이 일본의 독살로 죽게 되었다는 소문에 반일감정이 깊어졌다. 이 상황에서 일본 유학생들의 2.8독립선언은 국내에 큰 자극이 되었다. 1919년 3월 1일 민족대표 33인은 〈독립선언서〉를 한자리에 모여 읽으며 의지를 다졌고 많은 사람들과 학생들이 종로 탑골공원으로 모여 미리 준비한 태극기를 손에 들고 외쳤다. "대한 독립 만세!"

3.1운동은 서울 탑골공원을 시작으로 전국의 9개 지역에서 '독립선언서'를 발표하면서 약 2개월, 더 넓게는 만주, 연해주 등으로 확대된 민족적인 항일독립운동이었다. 잠깐 생각해본다. 우선 3.1운동이 전국적으로 어떻게 진행되었을까? 전화도 없고 (있었지만 일본관료, 극소수 친일파정도), 인터넷도 없는데 어떻게? 일본이 신문에 3.1운동 기사를 친절히 내주는 것도 아니었을 텐데... 상상해 본다. 우선 2.8선언 이후 전국으로 비밀리에 믿을 만한 사람을 보내 3.1운동을 전한다. 그리고 지방 누군가는 또 비밀리에 지역사람들에게 전한다. 그리고 더 더욱 비밀리에 모여 태극기를 그린다. 태극무늬를 보면서 나라를 구할 수

있다는 염원을 담기도하고, 4괘를 그리면서 원수같은 일본놈을 복수하겠다는 각오도 있을 것이다. 이렇게 비밀리에 준비된 태극기는 사람들에게 전해져 3.1운동을 이어갔을 것이다. 태극기와 관련하여 나누고 싶은 내용이 있다.

| 태극기

지난 1918년 3.1절 기념행사에서 6가지 태극기가 게양되었다. 비슷해 보이지만 시기에 따라 다르다. 태극기는 언제 어떻게 만들어졌을까? 사실 정확한 태극기 제작 기록이 없다. 다만 1882년 9월 박영효가 수신사로 일본가던 선상에서 태극 문양과 그 둘레에 8괘 대신 건곤감리(乾坤坎離) 4괘를 그려 넣은 '태극 · 4괘 도안'을 만들어 그 달 25일부터 사용하였으며, 10월 3일 본국에 이 사실을 보고하였다는 기록이 있다. 고종은 다음 해인 1883년 3월 6일 왕명으로 이 '태극 · 4괘 도안'의 '태극기'(太極旗)를 국기로 제정 · 공포하였다.

서대문형무소 다양한 태극기 〈출처:국가보훈처〉

태극기 〈출처:국가보훈처〉

그러나 국기 제작 방법을 구체적으로 명시하지 않아 이후 다양한 형태가 사용되었다. 대한민국이 수립된 후 1949년 문교부에 심의위원회를 설치해 음양과 사괘의 배치안을 결정했고 오늘날 우리가 보는 태극기가 되었다.

태극기를 한번 보자. 흰색 바탕에 가운데 태극 문양과 네 모서리의 건곤감리(乾坤坎離) 4괘(四卦)로 구성되어 있다. 태극기의 흰색 바탕은 밝음과 순수, 그리고 전통적으로 평화를 사랑하는 우리의 민족성을 나타내고 있다. 가운데의 태극 문양은 음(陰 : 파랑)과 양(陽 : 빨강)의 조화를 상징한다. 네 모서리의 4괘는 음과 양이 서로 변화하고 발전하는 모습을 나타낸 것이다. 건(乾)은 하늘, 곤(坤)은 땅, 감(坎)은 물, 이(離)는 불을 상징한다. 이들 4괘는 태극을 중심으로 통일의 조화를 이루고 있다. 이처럼 태극기는 우주와 더불어 끝없이 창조와 번영을 희구하는 한민족(韓民族)의 이상을 담고 있다.

고등학교 1학년 때 교련시간이 떠오른다. 선생님은 대한민국 국민으로서 태극기는 그릴 줄 알아야 한다며 일단 그리는 방법을 배우고 나서 시험을 봤다. 사실 그때는 태극기를 손 수 그릴 기회가 몇 번이나 있겠냐고 투덜거렸다. 그러면서도 자로 비율을 재고 모양을 잡아가면서 그렸다. 4괘의 위치도 은근 헷갈리고 이름이며 그 의미며 복잡했다. 그때는 점수를 위해 억지로 머리에 넣은 태극기였지만, 이제는 같은 태극기인데 달라 보인다. 우리 민족의 시련과 역경을 함께한 역사가 이 태극기에서 보인다.

추모관

| 추모관

건너편에서 잔잔한 음악과 차분한 나래이션이 들린다. 가서 보니 넓은 공간 전체가 뭔가로 가득 채워져 있다. 그 뭔가는 서대문형무소에 있었던 분들의 나이, 주소, 직업, 형량 등 신상이 적힌 작은 카드였다. 옆에 은진이가 가까이서 보더니 이렇게 말한다. “이모! 나보다 어려 보이는데 감옥에 있었다고? 무슨 잘못을 했다고... 너무 한 거 아니야?” 순간 적당한 설명을 못했다. 그저 “우리가 힘이 없어서 그랬어”라는 말로 대신했다.

수감카드

당시 서대문형무소에는 15세 학생부터 72세 노인까지 모든 연령대가 있었다. 그들은 모두 일제가 지목한 불령선인(不逞鮮人, 불온하고 불량한 조선 사람)이었고, 감시 대상에 올랐다가 결국 서대문형무소에서 험난한 시간을 보냈다. 형무소를 벗어나지 못하고 죽음을 맞이한 경우도 많았다. 우리는 사진 속 사람들이 왜 여기 서대문형무소에 있었는지 안다. 그래서 마음이 무겁고 동시에 이렇게라도 존재해주는 이분들에게 감사하다. 나래이션이 다시 나온다.

많이 아프셨죠?
많이 그리우셨죠?
이젠 그 아픈 기억에서 벗어나세요.
당신이 목숨 바쳐 지킨 대한민국이 이렇게 잘 컸습니다.
많이 지켜봐주시고 좋은 길로 이끌어 주십시오.
대한민국이 당신을 문밖에서 당신을 기다립니다.

순간 가슴이 먹먹해지면서 나도 모르게 눈물이 고인다. 이분들은 이곳에서 어떤 생각을 했을까? 밖에 있는 부모님이 보고 싶고, 언니와 오빠가 생각나고, 아들, 딸들이 그리웠을 것이다. 잔혹한 고문 속에서 편하게 해주겠다는 일본의 회유도 있었을 것이고, 동시에 살아서는 밖에 못나간다는 협박도 있었을 것이다. 그렇게 못 먹고 못 자고 고통스러운 날들 속에서도 이분들은 참았다. 그리고 견디며 기다렸다. 단 한 가지 바램으로. 나라의 독립이다.

| 1919년 대한임시정부

무거운 마음을 거두며 다음 전시실로 향한다. 큰 제목으로 '대한임시정부' 가 보인다. 우선 3.1운동은 결과적으로 실패했다. 독립을 못 했으니 실패가 맞다. 그러나 다른 한편으로는 실패가 아니다. 3.1운동을 계기로 종교단체와 학생, 그리고 일반 국민들은 하나가 되어 일제 탄압에 맞서는 힘을 얻었고, 일제의 만행을 알리는 기회가 되었다. 또한 독립에 대한 의지가 확고해지면서 무장독립군 활동이 활기를 되찾고 각계각층에서 항일 운동이 일어났다. 그리고 앞으로 독립을 위한 보다 큰 조직의 필요성으로 1919년 9월 중국 상하이에서 대한민국임시정부가 세워졌다. 이승만, 이동녕, 이시영 등 많은 독립 운동가들이 뜻을 같이했다. 이들은 나라이름을 '대한민국' 으로 정하고 헌법을 만들었으며 의회를 비롯한 정부기구를 갖추었다.

임시정부는 모든 인민이 평등하고, 주권이 인민에게 있음을 명시한 민주 공화정이다. 수 천 년을 이어 온 왕정체제가 끝나고 일반 국민이 주인이 되는 새 시대라는 의미였다. 물론 임시정부 운영을 둘러싸고 급진적인지 점진적인지, 실력인지 무력인지, 군사적방법인지 외교적방법인지 등 갈등이 많았다. 초기 인사들 중 누군가는 떠나고 또 누군가 오면서 긴장과 실망 그리고 희망이 반복되었다. 그러나 '독립' 이라는 목표하나로 의견이 모아지고 행동강령이 만들어지면서 그 역할을 해나갔다.

| 1920년대 문화통치

3.1운동이 거세게 일어나자 일본은 무력만으로 조선통치는 어렵다는 것을 알았다. 그래서 1920년대에는 살살 달래면서 더 압박하는 문화통치로 방향을 바꿨다. 우선 강압적인 헌병경찰제도 대신 보통경찰제로 바꾼다. 눈에 보이는 위압감은 줄어드는듯했지만 사실 이 보통경찰제는 사복을 입어서 더욱 감시가 철저해졌다. 또한 민족분열정책으로 친일성향의 기업이나 인사들에게 대대적인 금전적, 사회적 지원을 해주었고, 일본은 이들을 이용해 우리민족의 경제적 정치적 수탈을 했다. 즉, 이 친일파는 일본의 식민통치 수단이었다.

잠깐 친일파관련 적고 싶은 내용이 있다. 1920년대 들어 친일파가 늘었다. 특히 종교, 문학, 예술 등 사회 지도층에서 더욱 심했다. 이들은 친일파로 변절한 이유가 조선이 독립될 줄 몰랐기 때문이라고 한다. 얼마나 민족의식을 저버리는 말인지 갑자기 분노지수가 급상승한다. 물론 친일파가 되는 것은 저들의 선택이다. 그러나 동시에 힘겨운 상황 속에서도 끝까지 '독립' 을 포기하지 않은 이들이 얼마나 대단한

지를 반증한다. 일제의 가혹한 통치아래 독립하기 어려웠지만 애국지사들은 말 그대로 포기하지 않았다.

다시 1920년대 통치를 보면 일본은 교육제도에서도 조선인들에게 의존적이고 수동적인 식민사관을 심었다. 한국은 늘 주변국의 간섭을 받으며 이어졌다는 것이다. 삼국시대 일본이 한반도를 식민지처럼 다스렸고, 조선말 한글은 어쩌다 보니 만들어진 수준 낮은 글이라고 폄하했다. 또한 일본은 공업이 발달하면서 자국 쌀 공급이 어렵게 되자 조선에서 산미증식계획이라는 이름으로 저수지를 만들고 간척지를 개간하여 쌀 생산을 늘렸다. 조선 농민들은 늘어나는 쌀 생산을 보고

일본으로 가는 쌀

반가워했지만 대부분이 일본으로 건너가서 조선농민의 배고픔은 전보다 더해갔다.

ㅣ 청산리 대첩과 봉오동 전투

1920년대 항일운동의 성과는 청산리 대첩과 봉오동 전투로 대표된다. 봉오동전투는 1920년 6월 중국 지린성에서 홍범도가 이끈 대한 독립군이 일본군을 참패시킨 전투이다. 이 전투는 독립 전쟁과정에서 거둔 첫 승리로 국내외 항일유동에 힘을 실어주었다. 청산리 전투는 홍범도와 김좌진이 이끄는 독립군 2천 여명이 청산리 일대에서 일본군과 맞섰다. 이들은 규모나 무기 면에서 일본군에 훨씬 불리했지만 주변 지형을 이용한 전술과 목숨을 걸고 싸우는 투지, 동포들의 협력으로 큰 승리를 거두었다. 이에 일본은 봉오동과 청산리 전투를 복수하는 대대적 학살을 단행했다. 바로 조선사람들이 살던 마을을 무자비하게 탄압하고 많은 사람들이 이유 없이 죽였다. 이를 간도참변이라고 한다.

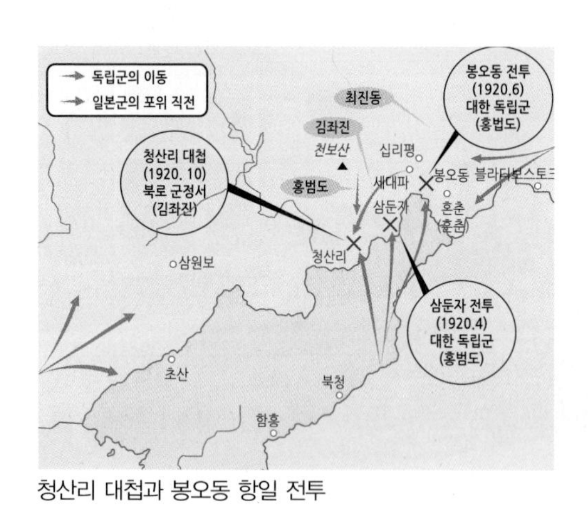

청산리 대첩과 봉오동 항일 전투

개인적으로 한국사 시험에 잘 나오는 이 봉오동전투와 청산리전투 내용이 다소 불편하다. 물론 조선에서는 이 전투의 승리가 반갑고 고맙고 기쁜 소식이었을 것이다. 지금 들어도 통쾌하고 기분 좋은 역사적 사실이다. 그러나 홍범도장군이 소련과 관련 있다는 이유로 교과서에서 그의 설명은 거의 없다. 또한 일본이 일으킨 간도참변, 소련과의 합작품 자유시참변도 내용이 적다. '독립신문' 에 의하면 간도참변으로 인해 한국인 3,700여 명이 피살되었다고 전해지는데 이는 1920년 10월 9일에서 11월 5일까지 27일간 희생된 숫자일 뿐이며 실제로 학살이 진행되었던 기간은 3~4개월 달하므로 피해는 훨씬 더 컸을 것으로 추정되고 있다. 이 여파는 독립군에도 전해져 이들은 소련 자유시로 가서 전력을 정비하려했다. 그러나 일본과 소련의 밀약과 독립군 내의 이견으로 한 곳에 집결된 독립군이 거의 궤멸되었다. 이후 무장독립운동은 1940년 한국광복군 창설 전까지 거의 없었다. 우리 교육에서 봉오동과 청산리대첩의 강조는 이해한다. 그러나 간도참변과 자유시참번도 그 배경과 결과, 그래서 우리가 생각해야하는 내용을 다뤘으면 하는 바람이다.

| 1926년 6.10만세운동

다시 1920년대 우리의 민족운동 방향을 보자. 항일독립운동에서 공산주의를 주장하는 세력이 빠르게 늘어갔다. 이들은 1917년 러시아에서 일어난 사회주의 혁명을 기초로 노동자와 농민이 주인이 되는 나라를 세우자는 공산주의 사상을 지향했다. 한편 1926년 순종의 장례를 앞두고 종교, 학생, 공산당세력 등이 모여 6월 10일 만세운동을 준비했다. 한편 일본에 이 계획이 새어나가 많은 독립 운동가들이 잡혀갔지만 학생들의 참여로 종로에 많은 사람들이 모여 태극기를 흔들었다. 그리고 또 외쳤다. "대한독립만세!" 비록 6.10만세 운동은 전국으로 이어지지 못했지만 여러 독립운동세력과 학생들이 힘을 합쳐 일제에 저항한 운동이라는 점에서 의미가 있다.

솔직히 나는 학창시절 근현대사 시간이 싫었다. 근대화를 위해 노력 했지만 결국 식민지를 당했고, 그래도 국내외에서 항일운동을 펼쳤지만 실패가 많았다. 공부를 하면 할수록 힘이 빠지고 우리를 식민지한 일본이 미웠다. 또 무능력해 보이는 왕실과 일본 앞잡이인 친일파들을 생각하면 더 화가 났다. 그래서 역사를 좋아했지만 동시에 싫어하는 나의 근현대사 시간이었다. 그러나 마흔이 된 나이에 같은 내용을 마주하는 지금은 다르다. 비록 좌절과 실패의 결과일 지라도 그들의 도전과 노력은 35년 후 독립을 위한 과정이었고 그들의 노력이 헛되지 않음을 알고 기억하고 가르쳐야한다는 생각이 든다. 그렇지 않으면 그 과오가 반복될 수 있기 때문이다.

| 1930년대 병참기지화 통치

1930년대부터는 일본은 대륙진출을 목표로 조선을 더욱 수탈하는 병참기지화 방법을 썼다. 우선 그 배경을 보면 1904년 러일전쟁을 때 일본은 요동반도를 차지했고 이곳을 지키던 부대가 관동군이었다. 1931년 이 관동군은 만주일대를 공격해 중국영토 내에 듣도 보도 못한 '만주국' 을 세웠고, 일본은 이 만주국을 시작으로 대륙진출을 시도했다. 먼저 대륙진출에 필요한 인력을 확보하고자 민족말살 정책을 가동했다. 학교에서 한글교육이 완전 금지되고 어린학생들에게는 일본어로 말하도록 강요되었으며 창씨개명으로 일본식 문화를 심으려 했다. 즉, 우리민족의 역사와 전통을 없애는 작업이었다. 또한 매일 일본식 사당에 고개를 숙이는 신사참배를 강요했으며 일본과 조선은 같은 조상을 갖고 있다는 말도 안되는 '내선일체론' 을 주입시켰다.

이봉창

윤봉길

이시기 항일투쟁은 대한민국임시정부가 주도했다. 김구는 한인애국단을 조직해 소수 인원이 일제 주요 인사를 암살하는 방법을 진행했다. 이봉창은 1932년 도쿄로 가서 일본 천황을 없애려 마차에 폭탄을 던졌다. 하지만 그 마차에 천황이 타고 있지 않아 실패했고 이봉창은 사형신고를 받았다. 얼마 후 1932년 중국 상하이 홍커우 공원에서 일본 천황의 생일을 축하하는 기념식에 윤봉길은 폭탄을 숨겨 들어가 던졌고 이에 일본군 사령관 2명이 죽었다. 그는 그 자리에 잡혀 체포되었고 역시 사형선고를 받았다. 그러나 이봉창과 윤봉길의 소식은 독립운동세력에게 큰 용기를 주었고 중국정부의 지원을 약속받는 계기도 되었다.

한편 일본은 1차 대전 승전국으로 영일관계가 회복되었으나 이후 만주국을 세워 중국을 침략했다. 이에 일본과 영국의 관계는 틀어졌다. 사실 영국은 1840년 아편전쟁이 후 중국을 반식민지로 만들며 경제적 이득을 취했다. 그런데 일본이 영국의 영역을 침투한 것이다. 그리고는 1차 대전 때 일본의 적이었던 독일과 손잡았다. 이해관계에 따라 적국이 동맹국으로 바뀌는 시대였다. 1937년 일본은 중국과 전쟁을 하며 순식간에 북경과 상하이 그리고 난징까지 점령했다. 그리고 독일, 이탈리아 함께 2차 세계대전의 주도국가가 되어 1941년 미국 하와이 진주만을 공격했다. 이를 태평양전쟁이라고 한다. 이때 일본은 본격적으로 조선을 병참기지로 만들어 물적, 인적 수탈을 했다. 수많은 조선인들이 전쟁터로 강제징병, 탄광과 군수공장으로 강제징용되었다. 어린 여성들까지 일본의 성 노예 위안부로 끌려갔다.

| 군함도

갑자기 생각는 곳이 있다. '군함도'. 일제강점기 조선인들의 한이 서린 곳이다. 일본 나가사키현에 있는 섬으로 모양이 일본의 군함을 닮아 '군함도(軍艦島)', 일본어로는 '하시마(端島)' 라고 한다. 19세기 후반 미쓰비시 그룹이 석탄을 채굴하면서 큰 수익을 올렸지만 1950~60년대 석탄 업계가 침체되면서 1974년 폐광됐고 현재 무인도이다. 우리역사에서 군함도는 1940년대 수많은 조선인들이 강제징용 당한 곳이다. 〈사망 기록을 통해 본 하시마(端島) 탄광 강제 동원 조선인 사망자 피해 실태 기초 조사〉(2012)에 따르면 1943-45년 사이 약 500~800여 명의 조선인이 이곳에서 강제 노역을 했다. 군함도는 가스 폭발 사고에 노출돼 위험했고, 제대로 서 있기조차 힘들 정도로 좁아서 '지옥섬' 또는 '감옥섬' 이라 불렸다. 이처럼 노동 환경이 열악한 군함도에 강제징용된 조선인은 하루 12시간 동안 채굴 작업에 동원되었다. 조사에 따르면 강제 징용된 조선인들 중 질병, 영양실조, 익사 등으로 숨진 조선인만 122명(20%)에 이른다.

군함도

군함도 내부

그런데 이 군함도가 현재 일본의 메이지유신 산업혁명 기념으로 유네스코에 등재되었다. 정말 말이 안 되는데 국제기구는 말이 되나 보다. 일본은 유네스코 세계유산 등재를 앞두고 군함도와 관련된 역사를 왜곡하고 산업혁명의 상징성만을 부각시켜 홍보했는데 유네스코 위원들은 일본 손을 들어주었다. 대신 유네스코의 자문기관이 시설의 강제징용이나 노역 등 전체 역사를 알 수 있도록 일본에 권고했다. 당연히 일본은 이를 계속 무시하고 있다. 권고라는 이유에서 이다. 갑자기 마음이 무겁고 답답하다. 같은 공간에서 우리에게는 한 맺힌 아픔이고, 누구는 자랑스러운 문화유적지이다.

어떻게 이런 곳을 유네스코에서 국제적으로 보존되어야할 곳으로 인정하게 되었을까? 국력의 힘인가? 아니면 유네스코 위원들이 외압을 받았나? 그들이 직접 이 군함도에 가보기는 했나? 역사적 문화적 가치의 기준이 무엇인지 물어보고 싶다. 개인적으로 일본 여행을 좋아하지만 일본과 일본정부는 다르다. 반성 없는 역사인식으로 한국정부와 아직도 감정을 쌓고 있는 일본정부는 우리 미래세대에게 역사부채의식을 심어주고 있다. 한국을 피해자로, 일본을 가해자로 만드는 구도에서 각국 국민에게 반일, 반한 감정을 부추긴다. 그래서 위안부문제와 독도 등 한일 간의 문제는 계속 현재진행형이다. 물론 광복 후 친일파 청산을 제대로 못하고 독도와 위안부문제에 대해서도 적절한 대응을 못한 우리정부 잘못도 크다. 결론은 정부 지도층의 역할이 정말 중요한 이유가 이것이다.

나는 일본 친구들이 있다. 그들이 한국에 오면 맛있는 음식을 먹으로 담소를 나누고 즐거운 추억을 만든다. 나와 일본인 친구가 마주 할 때 역사에서 느끼는 반일, 반한 감정은 없다. 그저 이웃나라에서 온 친구이자 손님이다. 우리들의 역사인식이 어떻게 만들어지는 그 나라의 교육과 국민들이 보고 배우는 지도자의 행동이다. 앞으로 미래지

광복장면

향적인 한일관계를 고려한다면 지금이라도 늦지 않았다고 일본 제일 높은 자리에 있는 누군가에게 전하고 싶다.

다시 일제강점기로 돌아와서 1940년대를 보자. 중국대륙에 이어 동남아시아까지 접수한 일본은 연합군을 상대로 태평양전쟁을 일으켰다. 대한민국임시정부는 한국광복군을 만들어 중국군, 영국군과 힘을 합쳐 일본과 전투를 벌이고, 미국과 함께 한반도에 몰래 들어가 군사작전을 전개하기 위한 훈련도 했다. 그러나 1945년 8월 6일과 9일에 미국은 일본 히로시마와 나가사키에 원자폭탄을 떨어뜨렸고 그 위력은 도시 전체를 통째로 무너뜨렸다. 1945년 8월 15일 일본 천황이

떨리는 목소리로 일제의 무조건 항복을 선언한다. 사람들은 다시 태극기를 들고 거리로 나와 외쳤다. “대한독립만세”

| 지하 고문실

지하 고문실로 향한다. 당시 취조하는 상황을 재현한 곳이다. 어두컴컴한 방에 한 남자가 거꾸로 매달려 있고 옆에 남자가 주전자를 들어 앞의 남자 코에 붓는 상황이다. 누가 조선인인지, 누가 일본인이지 바로 알 수 있는 장면이다. 폭탄을 던지게 한 배후가 누구냐고 말을 하라고 윽박지르는 것 같다. 보기만 해도 고통스럽다. 옆방에는 세 남자가 있다. 일장기가 걸려있는 이 방에서 조선인으로 보이는 남자가 서류를 보면서 확인하고, 가운데 있는 남자가 뭐라고 설득하는 분위기다. 주동자가 누구인지 말하면 기록을 없애주겠다고, 가족들은 걱정 말라고 회유하는듯하다. 독립을 위해 희생할 각오가 있었지만 이런 회유에 흔들릴 수 있는 상황이다. 이 남자는 어떤 결정을 내렸을까?

고문실

고문도구

책상에 바늘처럼 보이는 고문도구가 놓여 있다. 설명서를 보니 당시 많이 자행되었던 고문 중에 하나가 손톱이나 발톱 바로 아래 살을 바늘로 쑤시는 것이라고 한다. 생각만 해도 그 괴로움이 전해지는 것 같다. 가끔 손톱에 가시하나만 박혀도 그 통증이 큰데, 저 큰 바늘을 손톱과 발톱에...말이 안 나온다. 긴 상자처럼 보이는 나무상자도 벽관이라는 고문도구였다. 비좁은 벽 공간에 들어가서 앉지도 못하고 내내 서 있어야하는 고통이다.

옆에 있는 조카는 "진짜 이런 고문을 했어? 끔찍해..."라며 얼굴을 찡그린다. 나는 대답 대신 그저 무거운 마음으로 고개만 끄덕인다. 진짜 그랬다. 여기 서대문형무소에 수감된 사람들이 조선인이라는 이유로, 나라의 독립을 외쳤다는 그 이유 하나로 이렇게 고문을 당하고 고통을 감내하며 누군가는 죽고 누군가는 버티어 살아남기도 했다. 조금 가니 영상으로 생존자들의 인터뷰가 나왔다. 80세 가까운 할머님이 굽은 허리를 지팡이에 의지하며 이 서대문형무소를 다시 찾았다. 당시 고통이 생각나는지 눈물을 글썽이며 말한다. 살기 싫을 정도로 힘들고 아프고 고통스러웠다고...영상에서 수감표의 어린 소녀가 세월이 지나 할머니 얼굴로 연결된다. 지난 60여년가까이 이곳 서대문형무소 고통을 잊은 적이 없다고 한다. 생생한 이분의 증언에 숙연해지고 먹먹해지고 괜시리 미안한 마음이 커진다.

여옥사

| 여옥사

역사관을 나와서 건너편에 있는 여옥사로 향한다. 이곳은 1992년 서대문독립공원 조성 때 옥사 터가 발굴되면서 알려졌다. 일제는 늘어나는 여성 독립 운동가를 수감, 관리하기 위해 1918년 무렵 여옥사를 지었다. "은진아 유관순 알아? 유관순 열사라고도 하는데..." "알지. 3.1운동 하다가 죽은 언니잖아." 순간 친근하게 말하는 조카 말에 "그치 언니지. 여기 서대문형무소에서 죽었대." 맞다. 유관순은 16살 3.1운동에 참여했고 이곳 서대문형무소에 수감되어 끔찍한 고문을 받다가 18살 나이로 죽었다. 잠시 알아보자.

| 유관순

유관순은 1902년 충청남도 천안시에서 개신교 집안에서 태어났다. 이화학당에 다니던 유관순은 1919년 3 · 1만세운동에 직접 참여했다. 학생들의 시위가 극심해지자 일제는 휴교령을 내렸고, 유관순은 고향으로 돌아왔다. 유관순은 가족들과 마을 어른들에게 3.1만세운동 전하고, 숨겨온 독립선언서를 내놓으며, 독립만세운동을 계획했다.

1919년 4월 1일 병천 시장에서 많은 사람들이 참여한 만세운동이 일어났다. 그러나 일본군은 무력으로 진압했고, 이날 유관순의 부모를 포함하여 19명이 시위 현장에서 죽었다. 유관순은 만세운동 주도자로 붙잡혔고 재판에서 "우리는 평화롭게 잘 살고 있는데 왜 남의 나라에 와서 무슨 자격으로 나를 재판하느냐?"며 일본 탄압을 규탄했다. 징역 3년을 받은 유관순은 서대문형무소로 이송되었다. 옥중에 있어도 뜻을 굽히지 않고 그녀는 매일 "대한독립만세"를 외쳤고 그에 따라 자주 고문과 협박 그리고 신체적 고통이 이어졌다.

많은 사람들이 유관순 이름을 들으면 '어린나이에 고문 받다 고통스럽게 죽은 언니, 누나' 로 기억한다. 맞는 말이다. 16살 어린나이에 독립을 외치다가 눈앞에서 부모를 잃었고, 갖은 고문으로 죽임을 당했다. 서대문형무소에서 그녀를 버티게 했던 힘은 무엇일까 생각해봤다. 기독교의 영향아래 그녀는 부당함에 반대하는 용기를 배웠을 것이다. 그리고 '나라의 독립' 을 위해 포기하지 않는 끈기도 생겼을 것이다. 어린 유관순의 이 용기와 끈기에 일본인들은 놀랐고 무슨 수를 쓰더라도 이를 꺾고 싶었을 것이다. 그런데 그게 안 되니까 계속 잔인하게 고문해 결국 그녀를 죽였던 것이다. 유관순 열사가 우리에게 전하고 싶었던 것이 일본에 대한 분노와 미움보다 바로 이런 정신력이 아니었을까 싶다. 아참, 애국지사에게 붙는 의사, 열사 구분이 있다.

민족독립을 위해 무력적인 방법이 있었다면 의사, 평화적인 방법이면 열사라고 한다. 유관순열사는 '대한독립만세' 를 외쳤다는 이유로 이 곳에서 죽었고 우리에게 의미 있는 교훈을 남겼다. 얼마 전 아래 기사를 보고 반갑고 고마웠다.

"일제 저항, 한국 독립의 상징" – 뉴욕타임즈(2018.3.30)

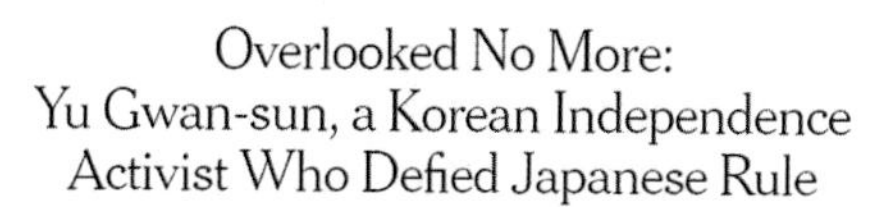

Overlooked No More:
Yu Gwan-sun, a Korean Independence Activist Who Defied Japanese Rule

When a call for peaceful protests came in spring 1919, a schoolgirl became the face of a nation's collective yearning for freedom.

Yu Gwan-sun took an active part in the March 1, 1919, independence movement against Japanese colonial rule in Korea. Dying in prison at 17, she became a national hero.

뉴욕타임즈 유관순

뉴욕타임즈에 유관순 열사의 부고 기사가 실렸다. 역사적으로 제대로 평가받지 못한 여성들의 삶을 재조명해보는, 일명 '주목받지 못한

(overlooked)' 프로젝트의 일환이다. 매체는 유관순 열사를 "일본의 통치에 저항한 한국의 독립운동가"로 소개했다. 조국 독립을 촉구하는 만세 운동을 주도했다고 전했다. 모진 고문으로 숨을 거두기 직전까지 조국의 독립을 외친 그의 기개를 신문은 높게 평가했다.

| 옥중체험

밖으로 나와 무더위를 뚫고 옥중을 재현한 곳으로 간다. 들어오니 형무소 전체에 서늘한 기운이 감돈다. 징벌 받으면 갇히는 독방이 있다. 말 그대로 한사람이 겨우 들어갈 정도의 크기에 문을 닫으면 일명 '먹방' 이라고 불릴 만큼 어둡다. 직접 들어가 보니 순간 느껴지는 오싹함에 급히 나왔다. 그 옆으로 단체옥사가 있다. 약 3평 정도의 방에 정원이 7명 정도이지만 30여명이 수감되었다.

교도소 내부

옥중체험

이곳에서 수감자들, 애국지사들은 어떤 생각을 했을까? 그때도 요즘처럼 찜통더위가 있었을 텐데 이 좁은 공간에서 어떻게 버텼을까. 겨울에는 또 살을 에이는 추위를 어떻게 참았을까? 옥사 위에 작은 창문이 보인다. 저 창문으로 밝아오는 아침을 보고 어두워지는 저녁을 보면서 가족이 그리웠고 일본 앞잡이가 된 친일파에 분노했을 것이다. 눈물을 훔치는 날도 많았을 것이고 일본 간수들의 회유에 흔들린 적도 있을 것이다. 또 누군가는 사형장으로 끌려가는 동료를 보면서 더욱 독립에 대한 의지를 다졌을 수도 있다. 몸은 이곳에 갇혀있어도 그들은 '독립' 을 잊지 않고 참고 기다렸을 것이다. 이들에게 독립은 꿈이 아니라 지금을 버티게 하는 '현실' 이었다.

| 공작소

발걸음을 돌려 수감자들이 노동력을 착취당했던 곳으로 간다. 일제는 수감자들에게 일을 시켜, 식민지 지배에 필요한 형무소, 군부대, 관공서 등의 관용물품, 옷감이나 벽돌을 조달했다. 형무소 서남쪽에 공장을 12개나 지어 하루 최소 10시간에서 14시간까지 수감자들의 노동력을 착취했다.

공작소

옆에는 노역시간표가 있다. 어떻게 저렇게 살았나 싶은 한숨이 나온다. 옆에서 조카가 말한다. “감옥에 있는 사람들에게 이런 걸 왜 시켜?” 대답대신 어깨를 두드리며 방향을 돌린다. 김구선생님도 서대문형무소에서 수감된 적이 있다. 그때 노역의 고통을 적은 내용이 있다.

아침저녁 쇠사슬로 허리를 마주 매고 축항공사장에 간다. 흙 지게를 등에 지고 10여길 높은 사다리를 밟고 오르내린다. 불과 반일에 어깨가 붓고 등창이 나고 발이 부어서 움직이지 못한다. 그러나 면할 도리는 없다. – 김구(백범일지)

사형장

| 사형장

밖으로 나와 꼭 가봐야 할 곳을 향한다. 바로 독립운동가, 이곳 수감자들의 원통함이 서려있는 사형장이다. 5m 높이의 담장으로 둘러싸인 채 외부와 철저히 격리되도록 지어진 곳이다. 멀리서 크고 잘생긴 미루나무가 눈에 들어온다. 여기가 아닌 다른 곳에서 저 나무를 봤더라면 빙그레 미소가 번졌을 텐데 지금은 보자마자 마음이 아프다. 약 90년 동안 저 자리를 묵묵히 지키고 있는 저 나무는 많은 독립 운동가들이 형장의 이슬로 가는 장면을 목격했다.

나무 앞에 서서 올려 다 본다. 그리고 만약 사형수가 이 자리에 섰다면... 마음이 어땠을까 생각해본다. 이 미루나무를 보고 조국의 독립을 보지 못하고 죽는 억울함을 토했을 수도 있다. 또 어떤이는 남은 가족을 마음으로 불러보며 고개를 떨구었을 수도 있다. 어떤 장면이던지 이 미루나무 앞에서는 나라를 위해 죽은 애국지사들의 애환이 쌓여있다. 먹먹해지는 마음을 안고 사형장 안으로 들어간다.

사형장 내부

시구문

목조건물 내부에는 사형이 이루어지는 장면이 재현 되어있다. 단순한 방법으로 줄을 목에 달고 의자가 젖혀지면 아래로 떨어지는 구조다. 이곳에서 얼마나 많은 사람들이 죽어갔을까... 밖으로 나오면 바로 보이는 음산한 문이 있다. 사형 후 시체를 밖으로 빼내던 시구문이다. 일제는 200m 길이의 굴을 파서 가혹행위 등으로 죽은 사람의 시체를 외부로 빼냈던 것으로 보인다. 사회적 파장과 원성을 두려워한 일본의 계산이었다. 일제가 패망 후 수형기록표 및 각종 기록을 불태워버리고 시구문도 막아버렸다. 그러나 서대문형무소역사관이 개관하면서 약 40m정도 복원했다. 무더운 여름 이지만 이 시구문 앞에 있으니 찬 기운이 느껴진다. 이곳 시구문에 들어가 시신을 처리했을 그 누군가는 무슨 생각을 했을까?

서대문형무소 출구

서대문형무소에서 만난 일제강점기 시대를 마무리하며 출구로 향한다. 붉은 벽돌로 둘러싸인 이 형무소 안에서 많은 생각과 감정이 오갔다. 35년 동안 식민지로 살아온 우리민족은 좌절과 절망의 연속으로 정말 힘들었다. 나라를 잃으니 가족도 자신의 삶도 잃어갔다. 실제 많은 이들이 애국운동을 하다가 이곳 사형장에서, 또는 다른 곳에서 생을 마감했다. 그러나 삶이 그들을 멍들게 할지라도 우리민족의 '독립' 의지는 꺾이지 않았다. 그래서 일본의 가혹행위 앞에서도 참고 견디고 기다렸다. 독립까지 가는 길이 험난해서 실패한 적도 있었지만 포기하지 않고 계속, 계속 갔다. 그래서 잃었던 나라를 되찾았다. 출구 앞에 핀 무궁화가 유난히 뭉클하게 다가온다.

무궁화 무궁화 우리 나라 꽃
삼천리 강산에 우리나라 꽃…
무궁무궁 무궁화
무궁화는 우리 꽃
피고 지고 또 피어 무궁화라네…..

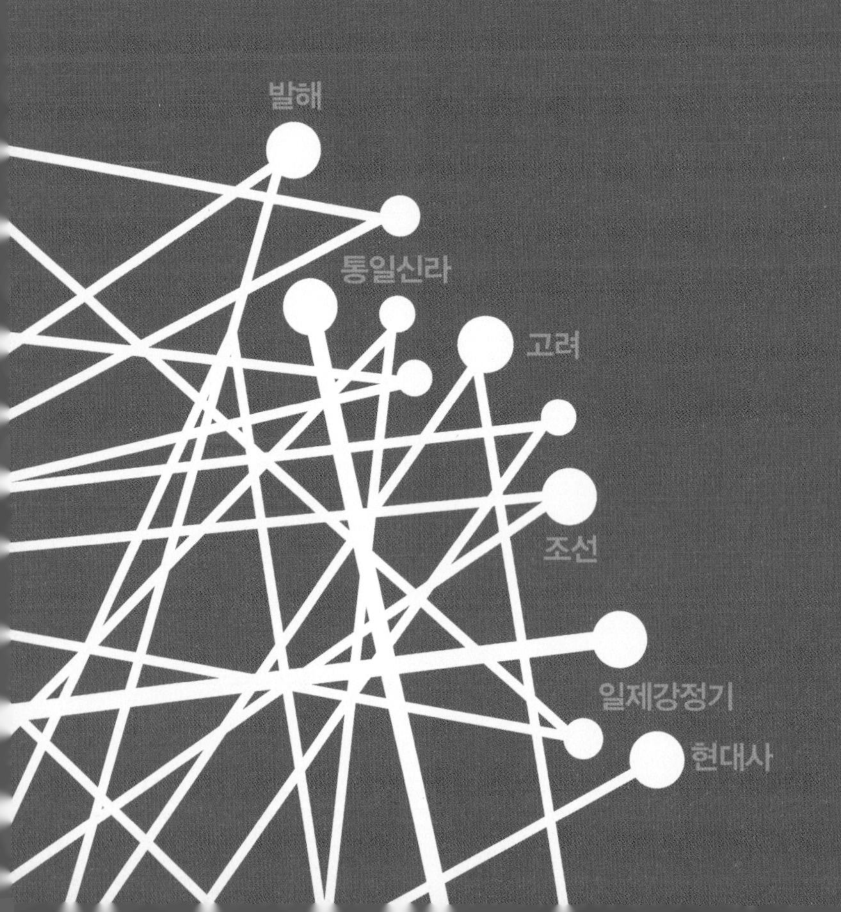
발해
통일신라
고려
조선
일제강점기
현대사

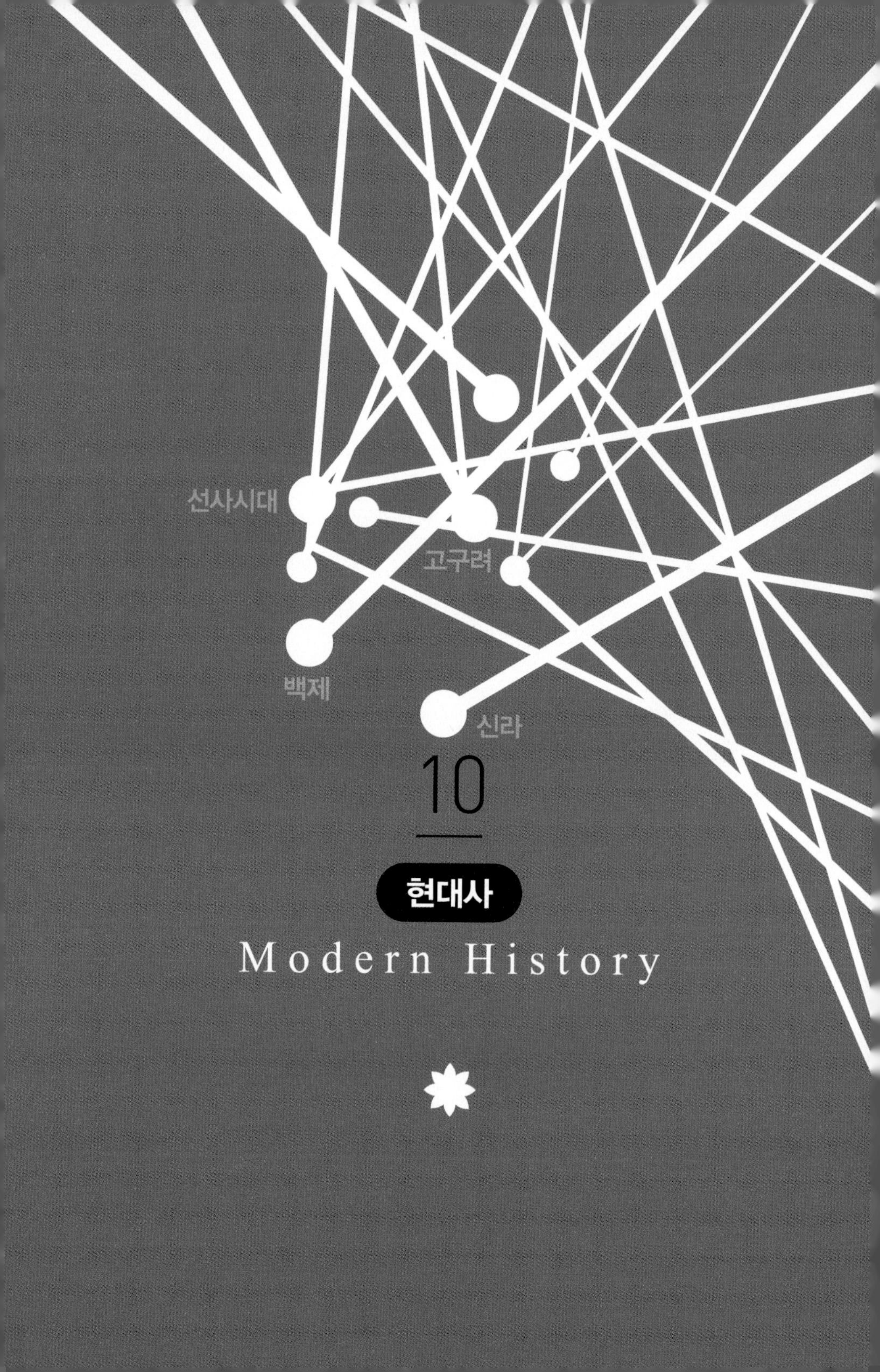

10

현대사

Modern History

Modern History

10 현대사

우리가 걸어 가야하는 길
〈대한민국역사박물관〉

광복 | 6·25 한국전쟁 | 경제성장
전태일 | 5·18 민주화운동

'대한민국' 국호는 언제 만들었을까? 1897년 고종은 광무개혁 때 조선에서 대한제국으로 바꾸었다. 그 후 1919년 3.1운동에서 '대한독립만세'를 외쳤고, 상하이에 세워진 임시정부는 국호를 대한민국으로 정했다. 그러나 일제강점기 때는 여전히 우리를 조선으로 불렀다. 광복 이후 국가명을 정하는 과정에서 한국, 대한민국, 조선공화국 심지어 고려와 조선까지 거론되었으나 투표결과 대한민국으로 정해졌다. 자, 이 '대한민국'을 만나러 대한민국역사박물관으로 향한다.

대한민국역사박물관

5호선 광화문역 경복궁 앞에 위치한 이곳은 19세기말 개항기부터 오늘날 대한민국의 행보를 기록하고 있다. 2012년에 개관한 최초의 국립 근현대사박물관으로 고난과 역경을 딛고 발전한 대한민국의 역사를 전시, 교육한다. 나는 이 대한민국역사박물관을 좋아한다. 학창 시절에 어렵게 느껴졌던 근현대사가 이곳에 가면 눈앞에서 이해되고 공감되기 때문이다. 아마도 어렸지만 뭔가를 기억하고 커가면서 경험한 역사가 있어서 그런 거 같다. 우선 1945년 8월 15일 광복의 순간부터 시작하자.

| 광복-일왕의 라디오 연설

'지지직~' 라디오 소리가 들리고 일본어로 뭔가 나온다. 귀 기울여 이 장면을 읽어 간다. 몇몇은 고개를 숙여 망연자실하고, 어떤 이는 손으로 입을 막아 울음을 삼키고 있으며 그 옆으로는 믿을 수 없다는 얼굴도 있다. 한편 아래는 손을 들어 반기는 사람들의 그림자가 있다. 옆에 제목이 보인다. '일왕의 항복-1945년 라디오 연설'. 그렇다. 이 목소리는 일본의 상징이자 '천황폐하만세'의 주인공 일왕이었다. 라디오의 목소리와 내용에서 우리민족은 광복을, 일본인은 패망을 확인했다. 1945년 8월 15일 낮12시에 전국으로 울려 퍼진 이 일왕의 연설은 연합국 포츠담 선언을 수락하고 전쟁 패배를 인정하는 공식발표였다.

일왕의 항복

| 포츠담선언

그럼 포츠담선언이 무엇인가? 1945년 독일이 항복하면서 독일 포츠담에서 4국 정상들이 모였다. 미국 대통령 트루먼 , 영국 총리 처칠, 중국 장제스, 소련 스탈린. 이들은 마지막까지 버티고 있는 일본에 항복을 권하는 회의를 했고, 일본군이 세계인류와 일본국민에 사죄하며 이 포츠담선언을 수용하길 요구했다. 그러나 일본은 국체보존(덴노제/천황제 유지)이 불투명한 '무조건 항복' 은 받아들일 수 없다며 전쟁지속을 발표했다. 사실 일본 천황의 존재는 일본의 상징이고 정통성이었다. 특히 일본군부대 지휘본부에서는 그랬다.

1945년 일본해군은 거의 궤멸되고 자국민은 굶주려갔다. 이런 상황에서 일본군은 항복은 커녕 오히려 전쟁을 계속하겠다는 입장을 밝힌 것이다. 특히 패망직전에서도 '덴노제 유지' 를 위해 자국민에게 천황폐하 만세를 외치게 하고, 카미카제(자살폭탄)을 유도하는 일본지휘대였다. 서양인들에게는 이런 일본군의 행동은 이해불가였다. 그래서 전쟁을 빨리 끝내고자 미국은 일본에 원자폭탄을 투하했다. 히로시마와 나가사키. 원자폭탄은 제2차 세계대전의 마침표를 끌어냈지만 동시에 수십 만 명의 목숨을 짧은 시간에 앗아갔다. 그래서 이 원자폭탄 위력(?)으로 일본 천왕은 드디어 1945년 8월 15일 12시 라디오 연설을 하게 되었다.

잠시 광복 분위기를 상상해 본다. 많은 사람들이 손을 들어 환호하고 손에는 태극기가 들려 있다. 드라마나 영화에서 이 순간은 35년 동안의 절망이 끝나는 희망으로 연출된다. 그리고 시청자들로 하여금 '1945년 8월 15일 광복의 기쁨이 이런 거였구나.' 라고 생각하게 한다. 그러나 이런 '기쁨' 은 얼마 전 다큐멘터리를 보고 현실과 거리가 있음을 알게 되었다. 광복 생존자들의 인터뷰를 담은 내용이었는데 신선한 충격이었다.

우선 이 사진은 1845년 8월 16일 9시 마포형무소 앞에서 찍은 사진이다. 그리고 책이나 인터넷 등에서 찾아보면 이 사진이 거의 광복을

광복

대표한다. 왜 18월 15일 그날 환호성의 사진은 없을까? 다큐에서 나온 인터뷰에 따르면 이날 어떤 사람들은 라디오 내용을 전쟁독려나 천황폐하만세 유도로 예상하고 관심을 두지 않았다고 했다. 또는 내용을 듣고도 광복이 무슨 의미인지, 해방이 무엇을 뜻하는지 감이 안 오는 이들도 많았다고 전했다. 그리고 천황의 라디오 내용에 일본이 지금은 약해져 후퇴하지만 곧 돌아 올 수 있다는 불안감도 있었다고도 한다. 다소 충격적인 증언도 있었다. 광복이 되었을 때 나이 있는 어른들은 만세를 부르고 있는데 소학교(초등학교)다니는 아이들은 멀뚱멀뚱 쳐다보며 "형, 우리나라가 일본이 아니야? 일본이 졌는데 왜 그래?"라고 이야기 했다.

1930년대부터 일본은 우리민족의 역사성, 정체성을 말살하려고 했다. 창씨개명이나 학교에서 한글과 역사공부 금지, 심지어 일상생활에서도 일본어를 강요했다. 그리고 우리는 모두 일본천황의 자손이라는 말도 안 되는 논리로 황국신민화정책을 폈다. 동시에 '일본과 조선인을 하나다' 라는 내선일체론을 세뇌시켰다. 위에 아이들 반응을 보면서 정신교육의 효과인지, 부작용인지 마음 한구석이 무겁다.

ㅣ미소갈등 시작

한편 일본이 항복하기 전부터 한반도에는 미국과 소련의 갈등이 시작되었다. 미국은 태평양과 일본 일대에서 전쟁 중이라 한반도에 군대를 보내기가 어려웠다. 반면 소련은 이미 평양입성으로 환영받았고 한반도 전체를 점령할 수도 있었다. 위기의식을 느낀 미국은 소련에 38도를 기준으로 한반도 북쪽은 소련이, 남쪽은 미국이 나누어서 점령하자고 제안했고 소련은 동의했다. 미국 측에서는 38선을 그어 반이라도 확보하겠다는 것이고, 소련은 만주와 한반도에서 38선 정도면 자신들의 방어망에 충분하다는 판단이었다. 그리고 이후 이권 협상에서 유리하려면 미국과의 충돌을 피하는 게 낫다는 계산이었다. 어쩌면 38선은 6.25 한국전쟁 전부터 이미 분단을 예고했을지 모른다는 생각이든다. 그리고 왜 우리나라는 어렵게 식민통치에서 벗어났는데 미국과 소련에 의해 분할 통치를 받아야했는지. 그 상황이 안타깝다.

사실 2차 대전에서 미국과 소련은 같은 연합국으로 참전했지만 정치적 경제적 이념이 달랐다. 미국은 기업이 물건을 만들어 시장에 자유롭게 판매하며 이윤을 만드는 자본주의 경제체제였다. 반면 소련은 자본주의가 자본을 가진 소수에게만 유리한 체제이고 다수의 노동자와 농민은 자본에 예속되어 불평등하다고 주장했다. 이런 내용으로 1917년 러시아혁명이 일어났던 것이고 이후 러시아에서 (소비에트사회주의공화국연방)소련이 된 것이었다. 소련은 토지, 자본, 노동력 등 생산수단을 공동으로 소유하고 생산물을 골고루 나누어 갖는 사회주의/공산주의를 국가를 만들었다. 즉, 미국은 경제활동에서 자유를 중시하는 자본주의, 소련은 다수의 경제적 평등을 강조하는 사회주의국가 또는 공산주의 국가였다.

돌아 보면 소련의 사회주의/공산주의 실험은 실패로 끝났지만 그렇다고 미국의 자본주의가 100% 옳은 것도 아니다. 자본주의의 핵심인 이윤추구는 물질만능주의 부작용을 만들어 정치, 경제, 문화적으로 풀어야할 과제가 많다. 이와 관련하여 하고 싶은 이야기가 3박4일이지만 이쯤에서 마무리한다.

| 한반도의 두 정부

광복이 되자 국내 독립운동 세력은 여운형을 중심으로 '건국준비위원회' 를 만들어 치안과 행정업무를 담당했다. 그러나 연합군은 한국인의 어떤 행정 조직도 인정하지 않았고, 미군정이 정식으로 시작될 때까지는 조선 총독부가 그대로 행정권을 행사한다고 발표했다. 다시 말해 미군은 일본을 제대로 처리하지 않고 친일파출신 경찰을 다시 등용(?)했다. 이때부터 친일파청산의 첫 단추가 잘못 끼워졌다. 안타깝지만 역사적 사실이 그렇다.

일본 식민통치를 35년 받았는데 이제는 미국의 통치라니! 우리입장에서는 말이 안 되었지만 준비가 제대로 안된 상황에서 받은 '독립' 선물은 그렇게 진행되었다. 그리고 미국은 중국에서 독립을 위해 일본군과 전쟁을 벌였던 광복군을 우대하지도 않았다. 그해 11월 김구를 비롯한 대한민국임시정부 인사들이 귀국했지만 역시 미군정은 인정하지 않았다. 이런 식으로 남한에는 '미군정'이 시작되고 있었다. 반면 소련은 9월 초 북측 전역을 점령하고 사회주의국가를 위한 준비를 차근차근 해 나갔다. 항일 무장 세력이었다가 소련 스탈린에게 인정받은 김일성은 북한의 지도자로 급부상하며 체제변화에 속도를 냈다.

1945년 12월 미국, 소련, 영국 세 나라의 외교장관이 모스크바에서 2차 대전 후 국제사회문제를 의논했다. 미국과 소련이 공동위원회가 조선에 민주적인 임시정부를 세우고 협의하여 5년 동안 신탁통치를 한다는 결정을 했다. 한마디로 우리나라가 아직 민주국가 기준에 부족하니 미국과 소련이 5년 동안 잘(?) 준비시켜주겠다는게 신탁통치였다. 이 모스크바 3상 회의 결정은 한반도를 혼란과 갈등으로 만들었다. 1947년 미소공동위원회가 열렸고 자신의 이익에 유리한 인사를 대표로 세우려다 보니 미소갈등이 이어졌다. 급기야 이 문제를 미국은 자국의 입지가 강한 UN으로 넘기자고 제안 했고 소련은 이를 반대했다. UN국제연합은 2차 대전 후 미국주도로 만들어진 전쟁 방

모스크바 3상회의

지와 평화 유지를 위해 설립된 국제기구이다.

한편 유엔 한국임시위원단은 남과 북 전체 선거로 대표자를 뽑아 국회를 구성하고 정부를 세운다는 결정을 했다. 이에 1948년 1월 유엔한국임시위원단이 한반도에 들어왔다. 그러나 소련은 이들을 북쪽으로 들어오지 못하게 했고, 선거는 남한에서만 치러지게 되었다. 이 말은 한반도에 남과 북이 분단된 남쪽만의 정부가 세워진다는 의미였다. 이에 민족분단은 안된다며 김구와 김규식이 급히 북쪽으로 건너가 김일성을 만났다. 그리고 통일정부 수립을 위한 공동성명을 발표했다. 그러나 이 성명은 남한의 단독 정부수립을 막기에 힘이 없었다.

1948년 5월 10일 한반도 남쪽에서 선거가 치러지면서 국회가 구성되고, 7월 17일 헌법제정이 발표했다. 국회에서 이승만을 대통령으로 1948년 8월 15일 정부가 수립되었다. 한편 북한도 김일성을 대표로 1948년 9월 9일 조선민주주의인민공화국을 선포했다. 이제 한반도에는 북쪽과 남쪽이 각각 다른 정부가 세워졌다. 그리고 그 뒤에는 미국과 소련의 대립, 갈등이 있었다.

| 1950. 6 · 25한국전쟁

38선을 사이에 두고 남북한 정부는 서로의 존재를 부정하고 싶었다. 남쪽 이승만은 반공을 외쳤고 북쪽 김일성은 공산주의 통일을 주장했다. 이때 북한은 소련으로부터 군사적 지원을, 중국에서는 북한을 돕겠다는 약속을 받았다. 그래서 1950년 6월 25일 북한군은 탱크를 앞세워 38선을 지나 남한을 공격했다. 바로 한국전쟁이다. 유엔은 남한을 돕기로 결정하고 미국, 영국, 프랑스 등 16개 연합군을 보냈다. 한편 북한군은 빠른 속도로 서울을 향했고 이승만정권은 부산으로 임시수도를 삼았다.(현재 부산 동아대학교 박물관이 임시정부청사) 낙동강을 사이에 두고 치열한 전투를 하던 중 9월 15일 인천상륙작전으로 위기를 면했다. 연합군이 서울이 회복하면서 북한군은 위 아래로 포

한국전쟁

분단

위되었다. 국군과 유엔군은 10월 초 38선을 넘어 북쪽압록강까지 진격했다. 그러나 중국의 참전으로 전세는 불리해졌고 대대적인 철수가 이뤄졌다.

| Meredith Victory 흥남철수

전시관에 큰 모형 배가 있고 나는 그 앞에 서 있다. 1950년 12월 중공군 개입으로 연합군은 12월 15일~24일간 흥남으로 이동해 철수 작전을 시작했다. 바로 영화 〈국제시장〉에서 나오는 그 배다. 영화 속 이야기로 상황을 그려본다. 미군들은 군사물자 등을 싣고 떠날 준비로 분주했다. 그런데 그곳 흥남 부두에서 수많은 피난민들이 데려가 달라고 모여들었다. 한국군 김백일장군과 통역관 현봉학의 설득으로 책임자 알몬드 장군은 23만 톤 여의 군수품을 버리라 지시하고 14,000명의 피난민들을 배에 태웠다. 장군은 군수물자보다 더 소중한 인간의 생명을 선택했다. 영화 속에서 이 장면은 감동으로 다가왔다. 많은 피난민을 태우고 이 배는 부산을 거쳐 크리스마스 날 거제도에 도착했다. 이 기적적인 흥남 철수 작전을 크리스마스의 기적이라고도 한다.

모형 배안을 가까이 가서 들어다본다. 각 층마다 많은 사람들이 빼곡하게 앉아 있다. 어떤이에게는 가족들과 함께 떠난다는 감사함이 있고, 또 어떤이는 아무도 모르는 곳에서 살아남아야하는 불안감도 있다. 다른 한쪽에서는 남겨진 가족들을 떠올리며 후회와 먹먹함이 밀려오기도 한다. 그들은 전쟁이 끝나면 북쪽 자신들의 고향

흥남철수 배

흥남철수

모형 배안

으로 돌아갈 수 있을 거라 생각했다. 그러나 이들의 바람은 '분단'이라는 아픔이 되어 60여년이 지난 지금도 이산가족으로 살고 있다. '흥남부두'는 이때를 배경으로 만들어진 노래다. 피난민이었던 분들이 이 노래를 들으면 금방 눈시울이 붉어진다.

> 눈보라가 휘날리는 바람 찬 흥남부두에
> 목을 놓아 불러봤다 찾아를 봤다
> 금순아 어디를 가고 길을 잃고 헤매였더냐
> 피눈물을 흘리면서 일사 이후 나홀로 왔다
>
> – 노래 '굳세어라 금순아' 中

| 분단과 냉전

1953년 7월 27일 마침내 휴전협정이 맺어졌다. 이 전쟁으로 인해 수많은 사람들이 생명과 재산을 잃었다. 전쟁으로 인한 남한의 사망자만 137,899명, 부상자는 450,742명. 사상자가 약 180만이다. 그리고 수많은 전쟁고아와 이산가족이 발생하였다. 전쟁이야기에서 사망자수를 보면 감이 잘 안 온다. 그래서 계산해보니 내가 살고 있는 노원구 인구가 약 55만명. 세배 이상의 사람들이 죽거나 다쳤다는 얘기다. 숫자가 전하는 전쟁의 참상이 다가온다.

한국전쟁으로 국토는 황폐해졌고, 공장, 건물, 교량, 철도 등 경제시설도 파괴되었다. 그러나 더 큰 상처는 한국전쟁으로 남한과 북한의 이념차이가 더욱 심화되고 민족갈등이 깊어졌다. 남한은 공산주의를 적으로 반공사상을 내걸었고, 북한은 전쟁의 책임은 미국에 있다며 반미사상과 남한을 미국의 앞잡이라고 매도했다. 이후 한반도는 냉전시대를 대표하게 되었다. 냉전이란 자본주의 미국과 공산주의 소련이 세계를 분할하여 대립하던 국제질서 체제를 말한다. 기존 전쟁처럼 무기를 들고 직접 싸우지는 않았지만, 정치, 경제적 대립과 갈등 속에서 사회불안을 야기하던 시대였다. 그리고 남한과 북한이 그 냉전시대 주목받는(?) 지정학적 위치가 되었다.

결혼 후 힘든 점이 남편과 싸우고 이어지는 '냉전' 이었다. 고성과 감정적인 말다툼은 없지만 서로에게 서운함과 부정적 감정이 얼굴 표정과 행동에서 이어졌다. 어떻게 보면 겉으로 보이는 싸움은 갈등을 풀어가는 과정이지만 '냉전' 은 조용히 불신을 쌓으면서 관계를 더 악화시킨다. 예를 들어 남편과 싸우고 냉전 중일 때, 좁은 침대에서 서로 등 돌리다 보니 홍해가 갈라지는 기적(?)이 일어났다. 집에서 단 둘이 있는데 서로 말이 없으니 조용함이 오히려 숨 막히는 답답함으로 느껴졌다. 내가 경험한 '냉전' 을 당시 한반도에서 적용한다면 남북한의 대립과 갈등 핵심은 상대를 인정하지 않는 것이었다. 나는 맞고 상대는 틀리다는 사고. 솔직히 그때 나는 그랬다.

나는 남편과의 이 '냉전' 에서 감정소모가 힘들었고 우리 관계가 흔들리자 고민했다. 화가 나고 남편이 너무 미워도 감정보다는 이성적으로 '대화' 하기로. 일단 상대입장에서 왜 그랬을까 들어보기로. 결과적으로 우리의 '냉전' 은 전보다 짧게 끝나고 결혼 5년차인 요즘은 냉전으로 맘고생은 많이 줄었다. 만약 상황이 격해지면 감정을 식히고 대화로 '평화협정' 을 맺는다. 각자 무엇을 원하는지 어디까지 조율할 수 있는지...물론 아직도 싸움은 있다. 하지만 방법을 찾고 노력하는 과정이 참 의미 있어 보인다. 이야기가 길어졌지만 내가 일상에서 마주하는 냉전과 평화는 이랬다.

얼마 전 까지 남북관계는 팽팽한 긴장을 이어갔지만, 2018년도 한반도에는 훈훈한 바람이 불고 있다. 4월 27일 남북정상이 만나 '한반도의 평화와 번영, 통일을 위한 판문점 선언' 이 발표되었다.

대한민국 국민으로서 이 날은 거의 기억할 것이다. 아니 기억했으면 좋겠다는 마음이다. 전정권들에서도 남북관계를 위한 노력과 만남은 있었지만 이번에는 감동이 깊다. 두 정상이 마주하며 포옹하는 순간에서 뭉클함이 바로 시작되었다. 그리고 김정은 국무위원장의 깜짝 제안에 문재인대통령이 군사분계선을 살짝 넘어갔다 왔는데 어찌나 기분 좋은 장면이던지... TV에서 생중계되는 그 몇 초는 전 세계적으로 보도되며 역사적 장면이라고들 말했다. 바로 몇 발자국인데 60년이 걸렸다. 또한 두 정상이 언론이 없는 곳에서 대화하는 장면은 진정성 있는 소통을 생각하게 했다. 판문점 앞에서 평화선언문이 읽혀질 때는 '평화통일' 을 떠올려보기도 했다. 마지막으로 두 나라의 대표이지만 통역 없이 우리말을 서로 이해하는 모습이 생각난다. 같은 역사와 문화가 있는 우리 민족임이 느껴지는 순간이었다. 평화의 길이 미국, 중국의 관계에서 험난할 때도 있지만 이번 순항이 좋은 계기가 되길 바란다.

| 1960. 4. 19혁명

다시 현대사로 돌아와서 1952년 8월 남한에서는 2대 대통령 선거가 있었다. 예상대로 이승만이 되었고 자유당은 권력욕심에 초대대통령에 한해 대통령출마 제한이 없다는 헌법개정을 시도했다. 이때 2/3 이상의 국회의원동의가 필요했는데 1표가 부족하자 '사사오입' 이라는 이해 안되는 논리(?)로 헌법개정안을 통과시켰다. 1956년 3번째 대통령 선거에서도 이승만이 당선되었고, 1960년 3월 15일 4대 대통령 선거에도 이승만은 상대 후보가 갑작스런 병으로 죽자 당선은 확실했다. 그러나 부통령 후보인 이기붕을 당선시키기 위해서 온갖 부정을 저질렀다. 투표한 다음 자유당 후보를 찍었는지 서로 확인하게 하고, 상대당 참관인을 투표소에서 내보내기도 했다.

선거 포스터

이처럼 부정선거가 치러지자 국민들은 분노했고 3.15부정선거 항의가 일어났다. 이에 이승만정권은 경찰 시위대를 배치해 폭력으로 진압했다. 그러다 며칠 후 시위는 전국적으로 확산되었다. 계기는 실종된 고등학생 김주열시체가 눈에 최루탄이 박혀 마산앞바다에서 떠올랐기

4.19

때문이다. 분노한 대학생들과 수많은 시민들이 들고 일어났다. 이때 도 이승만 정권은 역시 경찰을 앞세웠다. 그러나 전국적으로 민주화를 외치는 시민들 앞에서 정부는 계속 버틸 수 없었다. 그래서 4월 26일 이승만 대통령은 하야했다. 이를 '4.19혁명' 이라고 한다.

| 이승만에 대한 생각

'이승만' 이라는 이름을 들으면 두 가지가 생각난다. 우선, 외국인과 결혼한 대통령으로 한복에 모자를 쓴 할아버지 모습이다. 독립운동을 하고 우리나라 첫 대통령이었지만 장기집권하다 하와이로 가신 분. 두 번째는 TV에서 누군가 이분 흉내를 내면 웃었던 기억이다. '이승만' 이라고 말은 안 해도 목소리와 떨림을 들으면 대한민국 사람이 다 아는 그런 존재였다. 즉, 이승만이 초대대통령으로 많은 사람에게 자리 잡았다는 말이다.

그는 지금도 사람들의 머리에 기억되고 있다. 남북한 관계가 화기애하면 보수애국단체에서 반공주의를 외친다. 이에 반대측에서 이제는 평화를 만들 시기라고 말하면 이 보수단체들은 좌파들에게 이 나라를 맡길 수 없다며 태극기를 들고 거리에 나선다. 바로 이 상황이 지금 내가 있는 대한민국역사박물관 밖 광화문 광장에서 일어나고 있다. 60대 어르신들이 한미동맹을 강조하고 북한의 핵무기를 비난하며 현재 정부는 무능력하니 미국이 도와달라고 외치고 있다. 이분들의 입장을 생각해 본다. 젊은시절 끔찍한 6.25를 경험했고, 이승만과 박정희정권 아래 '공산당이 싫어요' 로 무장했던 분들이다. 한편으로는 이해한다. 그들이 겪었던 전쟁의 공포와 공산세력에 대한 반감, 북한이 핵무기로 우리를 위협하는 분위기가 못마땅하다는 것을. 그러나 동시에 그분들에게 묻고 싶다. 그럼 한미동맹을 강화해서 계속 분단으로 있어야 하나요? 아님 1950년 그 날처럼 한 쪽을 점령하기 위해 38선을 넘어야하나요?

다시 '이승만' 으로 돌아가자. 나는 이승만대통령의 공과를 적고 싶다. 논란의 여지는 있지만 이분은 분명 독립을 위해 외교적인 방법 등으로 나름 노력했다. 칭찬받아야한다. 그리고 한국전쟁이 한창일 때 미국 주도로 예비 한일협정이 열리자 불평등한 내용에는 절대 수긍할 수 없다고 자주성도 보여줬다. 역시 칭찬받아야한다. 그러나 지나친 반공정신을 권력 수단으로 삼고 정권유지를 위한 부정선거는 잘못했다. 또한 민주화를 외치는 학생들과 시민들을 향해 무자비한 탄압도 잘못했다. 이제는 지나친 이승만 칭찬은 그만 하고 잘한 부분은 인정하고 잘못한 부분은 기억했으면 한다.

| 박정희와 경제성장

1960년 4.19이후 장면국무총리가 국가운영을 주도했다. 그러나 그는 민주화를 외쳤던 시민들의 기대에 미치지 못했고 사회는 불안정해졌다. 그리고 1961년 5월 16일, 육군 소장 박정희와 군인들은 탱크를 앞세워 5.16군사정변을 일으켰다. 박정희는 정치인들이 서로 싸우기만 하고 사회는 혼란스러워 남한이 사회주의/공산주의 세력에 넘어갈 수 있다고 했다. 이에 박정희는 나라를 안정화 시킨 뒤 민간정부에 권력을 넘기고 군대로 돌아갈 것이라고도 했다. 하지만 그는 민주공화당을 만들고 1963년 5대 대통령이 되었다.

경제개발

5.16군사정변 이후 박정희정권이 내세운 국정방향은 반공사상과 경제성장이었다. 즉, 반공을 명분으로 정치적 반대세력을 억압했고, 경제성장으로 국민의 지지를 얻었다. 먼저 경제개발에 집중하여 1962년부터 1차 경제

경제성장

개발 5개년계획을 준비했다. 그러나 재정이 부족하자 1965년 한일협정을 맺어 자금을 마련했다. 당시 일본은 식민지 지배에 대한 어떤 공식적 사과도 하지 않은 상태지만 박정희정권에게는 경제성장이라는 성과가 더 중요했다. 물론 이 협정에 대해 학생들과 시민들은 치욕스런 외교라고 반대했으나 박정희정권은 공권력으로 진압했다.

| 파독간호사

전시관에는 박정희정권 때 시작된 경제개발관련 내용이 있다. 1960년대 경공업 중심의 신발, 가방, 옷 등 실물자료이다. 그 옆으로는 외화획득을 위해 독일로 간 광부와 간호사, 중동 건설현장에서 일한 분들의 삶을 전시하고 있다. 우선 '파독간호사'를 보자. 2차 대전 이후 독일은 외국인 노동력이 필요했고, 한국은 경제개발정책에 필요한 외화 확보가 절실했다. 독일 취업은 가난한 집안에 도움이 되겠다는 생각으로 많은 여성들이 선택했다. 그리고 외국에서의 삶을 기대하며 독일행을 결정하기도 했다.

기록에 의하면 1966년부터 1976년까지 약 1만 226명의 간호 인력이 독일에 파견되었다. 파독간호사들이 고국으로 보내온 외화는 한국 경제성장에 큰 기여를 했다. 일부 간호사들은 대학교 진학 후 사회의 다양한 분야로 진출하기도 했고, 독일 남성들과 결혼해 가정을 꾸리기도 했다. 한국정부는 이들 파독 광부, 간호사들이 귀국해 정착할 수 있도록 삶의 터전을 제공하고 있다. 바로 한국에서 만나는 남해 독일마을이다.

파독간호사

문득 생각나는 분이 있다. 몇 해 전부터 우리전통문화 관심이 생기면서 사군자를 배운다. 화실 선생님이 독일에서 '한국 전통문화 전시' 가 있는데 내게 문인화 작가를 도우는 자격으로 참여하는 기회를 주셨다. 독일 함부르크에서 그 전시 책임자는 함양분여사로 1970년대 초 파독간호사였다. 20대 젊은 시절 독일에 와서 가족을 위해 열심히 일했고, 몇 년 후 고국으로 돌아갈까 하다가 피터아저씨(독일인남편)를 만나 두 자녀와 독일에서 잘 정착한 이민1세대이다.

갑자기 독일에서 좋았던 기억에 미소가 번진다. 우선 아침마다 피터아저씨가 동네 빵집에서 빵을 사왔다. 맛있는 잼에 더 맛있는 따끈한 빵의 조합은 정말 잊을 수 없는 '빵맛' 이었다. 거기에 차 한 잔이 더해지는 아침풍경이 좋았다. 두 번째는 함여사님의 독일어 실력이었다. 함께 온 문인화작가와 나에게는 친근한 한국말을 하고 옆에 있는 피터아저씨와는 독일어로 대화 했다. 함여사님이 순식간에 두 개 언어를 구사하는 모습이 참 인상적이고 부러웠다. 사실 독일에 살면서 독일어는 당연할 수 있는데, 그때 나는 학창시절부터 외국어는 영어라는 고정된 생각에 그 상황이 참 낯설고 신기하고 함여사님이 대단해보였다. 마지막으로 함여사님을 비롯한 이민1세대들에 대한 고마움이었다. 그분들은 대부분 가정형편으로 독일행을 선택했다. 머나먼 타국에서 가족들이 그립고 가끔은 고된 병원 일에 빨리 돌아가고 싶을 때도 있었을 것이다. 그러나 독일에 정착하기로 결정하면서 몸은 독일에 있지만 동시에 한국인임을 잊지 않았다. 특히 함여사님은 틈틈이 한글서예를 공부하고 한국과 독일 사이에 전통문화관련 전시도 도와가며 민간외교역할을 하고 있다. 내게 있어 좋은 자극과 추억을 주신 고마운 분이다. 전시관에서 보이는 파독간호사 사진을 보며 함양분여사의 환한 미소를 떠올려본다.

이어서 중동근로자 전시관 앞에 서 있는데...갑자기 마음 한구석이 무거워진다. 우리 아빠도 내가 어릴 적 머나먼 중동으로 떠났다. 초등학교 2학년으로 기억한다. 엄마는 아주 멀리 있는 나라에 아빠가 일하러 갔고, 아빠에게 편지를 자주 써야 힘이 난다고 했다. 그때 우리 집은 가난했다. 공동화장실을 쓰는 지하실 단칸방에서 엄마는 파출부 일을 하며 세 남매를 키웠다. 몇 년 후 아빠가 돌아와 우리는 햇볕 잘

드는 2층집으로 이사했다. 전시관 안에 있는 누군가의 편지를 보며 아빠를 떠올린다. 사우디아라비아 그 더운 곳에서 일하고 돌아와 가족들을 그리워했을 아빠, 평생 고생만 하다 몇 해 전 암으로 갑작스레 돌아가신 아빠였다. 고마움과 미안함에 눈물이 핑 돈다. 나중에 나의 아이들에게 전하고 싶다. 중동에서 흘린 할아버지의 땀이 한국경제성장의 부분이었다고.

| 전태일

국가운영에서 반공사상을 큰 축으로 여기던 박정희정권은 미국의 요청으로 1964년 베트남전쟁에 군대를 파견했다. 이에 미국은 그 대가로 군사적 경제적 지원을 했고, 한국에서 군수물자를 수출 할 수 있게 했다. 이렇게 파병으로 얻는 외화는 박정희 정권의 경제발전 자금

중동 근로자

으로 유용하게 쓰였다. 1967년부터 2차 경제개발이 추진되어 옷, 신발 등 다양한 경공업 제품을 수출했고, 1970년 경부고속도를 만들어 국내 물자교류를 활발히 하면서 기업성장을 유도했다.

그러나 경제성장 이면에는 열악한 노동환경이 있었다. 수출해서 이익을 얻으려면 상품 가격이 낮아야 했기에 이에 만들 때 드는 비용을 줄여야했다. 그래서 낮은 임금으로 하루 12시간 이상을 일하던 노동자의 희생이 당연시 되는 상황이었다. 17살부터 청계천 평화시장에서 일한 한 청년이 이런 힘겨운 노동환경을 알리려 했지만 방법을 못 찾고 좌절했다. 그리고 1970년 11월 평화시장 앞에서 이 젊은 노동자가 외쳤다.

"근로기준법을 준수하라. 우리는 기계가 아니다." -전태일

'경제성장과 그늘' 전시관에 당시 공장 모습이 보인다. 힘겨운 노동환경의 한 장면인 이곳에 허리를 숙여 들어 가본다. 그리고 여기서 일했을 여성근로자를 상상해본다. 낮은 천장에 먼지가 가득한 작업장. 12시간 이상을 미싱에 매달려야 했고, 주문을 맞추기 위해 작업반장이 건네는 잠 안 오는 약을 먹기도 했다. 몸이 아파도 일하러 나와야 했다. 안 그러면 다른 누군가가 자신의 자리를 차지하기 때문이다. 당

시 일자리를 찾아 시골에서 많은 노동력이 도시로 몰리는 상황이어서 공장주인에게 사람 찾기는 쉬웠다. 따라서 이런 열악한 환경 속에서도 돈을 벌어야 했던 많은 노동자들은 참을 수밖에 없었다. 이 답답하고 부당한 작업현장에서 전태일은 그렇게 외친 것이다. "근로기준법을 준수하라. 우리는 기계가 아니다."

노동문제

공장내부

그는 처음에 이런 현실을 바꾸기 위해 근로기준법을 공부했다. 그러나 박정희 군부독재 시절에 '을'로서 전태일의 노력은 힘이 없었다. 그래서 1970년 그는 분신자살로 노동문제를 알리는 불씨가 되었다. 언젠가 전태일의 어머니 이소선 여사를 만나는 기회가 있었다. 그녀는 아들의 죽음을 가슴에 묻고 아들의 외침을 기억하며 사셨다. 한평생 노동인권을 위해 노력하셨고 그 삶에 후회는 없다고 하셨다. 그분의 이야기를 듣고 있으니 감사하고 고마운 마음이 절로 들었다. 현재 대한민국의 노동자 근무환경이나 권리보장은 70, 80년대 보다 많이 나아졌다. 그러나 선진국들에 비교하면 아직도 부족한 현실이다. 당장 최저시급을 두고 고용주와 노동자는 갈등하고 언젠가부터 '갑'질이라는 말로 다수의 노동자, 직장인들은 말로 표현 못하는 '을'로 살고있다. 한편 서울의 멋진 야경은 근로자들의 야근이 만들어낸 작품이라고도 한다. 어찌 보면 전태일의 바람은 아직도 현재진형이다.

| 유신체제

경제개발이 이뤄지면서 국민들은 박정희를 지지했고 1967년 그는 6대 대통령이 되었다. 이후 박정희정권은 대통령직을 세 번 연임할 수 있도록 헌법 개정을 했다. 이에 시민은 독재 정권에 반대하며 민주주의 인사인 김대중을 더 지지했다.

한편 1970년대 박정희정권의 반공사상과 경제성장에 빨간불이 들어왔다. 1960년대 말부터 동북아시아 냉전구도에 변화가 일어났기 때문이다. 서독과 일본은 경제적으로 급부상하고 인도를 중심으로 제3세계가 등장했으며 중국과 소련의 갈등으로 공산주의/사회주의에 균열이 생겼다. 그래서 냉전체제 속 미국 vs 소련 대결 구도 보다는 국가이익을 우선시 했다. 또한 영국, 프랑스, 중국 등 핵무기 보유국

유신체제

의 증가했고 적대국이었던 미국과 중국은 1972년 국교를 수립했으며 미국과 소련의 전략무기감축회담이 진행되었다. 세계는 냉전에서 화해의 데탕트로 가는 중이었다. 한편 미국은 베트남전쟁의 여파로 분쟁지역에서 미군 과잉개입을 자제하고, 동맹국에 자국 방위부담을 전가하는 닉슨독트린을 발표했다. 그리고 한반도의 긴장완화를 위한 남북대화를 권했다.

이런 배경 속에 1971년 이산가족을 위한 남북적십자회담이 열렸고, 1972년에는 자주, 평화, 민족대단결의 남북 7.4공동성명이 발표되었다. 그러나 이 변화는 박정희정권의 반공과 방향을 달리 하는 것이었다. 그리고 민주주의를 주장하는 김대중이 국민의 지지를 받자 박정희는 계엄령을 내려 모든 정당과 사회단체의 정치 활동을 금지시켰고, 국민투표를 통해 유신헌법을 통과시켰다. '유신헌법' 은 대통령에게 모든 권력을 집중시키는 체제로 박정희정권에 반대하면 간첩으로 몰리거나 갖가지 이유를 들어 감옥으로 보내졌다. 그곳에는 모진 고문을 받고 고통스럽게 죽어간 많은 학생들, 학자들 그리고 시민운동가들이 있었다. 살아남아도 당시 그 아픈 기억 속에서 힘겨움은 계속되었다.

한편 노동자들은 경제성장 아래 열악한 근무환경에서 버텨야했다. 박정희정권 때 분명 전보다 경제성장은 있었지만 대한민국은 유신체제 아래 민주주의가 퇴보했다. 그러다 1979년 10월에는 부산과 마산지역에서 학생들과 시민들이 박정희정권을 반대하며 목소리를 높였다. 이에 박정희정권 안에서 이들을 무력 진압해야하는지 어느 정도 민주화 요구를 들어줘야하는지를 두고 내분이 생겼다. 그리고 1979년 10월 26일 김재규가 쏜 총에 박정희정권은 막을 내렸다.

| 1980. 5.18광주민주화운동

박정희대통령 사망 후 전국에는 비상계엄령이 선포되고 최규하 국무총리가 대행을 맡았다. 그러나 12월 12일 전두환과 노태우 등 군부세력은 군사반란을 일으켜 정권을 잡았다. 한편 박정희 독재가 끝나고 억눌렸던 민주화에 대한 요구가 전국적으로 커졌다. 1980년 5월 15일 서울역에는 유신헌법을 반대하는 대학생들의 시위가 시작되었다. 이에 전두환은 5월 17일 비상계엄령을 전국으로 확대하며 국회를 무력으로 봉쇄하고 모든 정치활동을 금했고 대학교에 휴교령을 내렸다. 또한 김대중을 비롯한 민주화운동의 지도자들을 잡아 가두었다.

5월 18일 광주에서는 전두환과 군부세력에 반대하는 시위가 있었다. 이때 계엄군은 무자비한 폭력으로 이들을 진압했고 그럴수록 시민과 학생들은 더 저항해갔다. 그러나 시간이 지날수록 계엄군이 쏘는 총과 폭력에 수많은 학생, 시민들이 죽어갔다. 사망자만 약 200여 명이었다. 이를 '5.18 광주민주화운동' 이라고 한다.

전시관에서 5.18관련 자료를 보다가 그때 상황을 알리는 책자가 보인다. 그리고 순간 가슴 한 구석이 무겁고 답답하고 아픈 기억으로 빠져든다. 1989년 초등학교 4학년 쯤 이었다. 아빠 고향은 전라도 화순군이었고 명절 때면 오랜 시간이 걸려 그곳으로 내려갔다. 광주버스

5.18 계엄군

5.18 계엄군 폭력

터미널에서 시외버스로 갈아타는 길이었다. 길바닥에서 자판을 깔고 갖가지 책자와 비디오 테이프 등을 파는 분들이 보였고 잠깐이었지만 그 책표지를 보자마자 충격이었다. 총을 맞고 죽어있거나, 누군가 피를 흘리고 주변에서 도와주는 잔인한 상황의 사진이 있었다. 아빠는 거기에서 책 한권을 샀다. 그때는 몰랐다. 왜 그 책을 샀는지 그 내용이 무엇인지.

집으로 돌아와 책꽂이에 그 책을 집어 들었다. 제목은 기억이 잘 안 난다. 그러나 분명한건 책장을 넘기며 나는 손으로 내 입을 막았다. 그 안에는 상상도 못할 만큼 잔인하고 참혹하고 무서운 사진들이 있었다. 바닥에 쓰러진 청년들 얼굴을 군인들이 군화로 짓밟고, 죽은 시체들이 쌓여있기도 했으며, 역시 군인들에 의해 임신한 여자가 구타

5.18 관련 도서

당하는 장면도 있었다. 얼마나 맞았는지 퉁퉁 부어 이목구비가 안 보이는 얼굴도 있었고, 손을 머리에 올리고 트럭에서 내리는 남자들을 향해 군인들이 군봉으로 머리를 내리치는 모습도 보였다. 갑자기 그 기억을 떠올리려니 가슴이 먹먹해져온다. 그때 나는 왜 시민들이, 왜 군인들이 저런 모습으로 그 책에 있는지 몰랐다. 동시에 이 잔인한 내용의 책을 아빠가 왜 샀는지도 이해할 수 없었다. 나는 그 날 밤 아빠에게 이 책을 왜 샀는지 물었는데 아빠는 대답대신 뭘 이런걸 봤냐며 책을 가져갔다.

그렇게 시간이 흘러 나는 중학생이 되었다. 역사에 관심이 생기던 시기로 국사나 세계사 시간은 '시간여행' 하는 기분이었다. 그러다 우리나라 민주화운동관련 수업에서 나는 그 어릴 때 충격을 다시 만났다. 1980년 5월 18일 광주민주화운동. 선생님의 설명을 들으면서 그 사진들이 머릿속에서 살아났다.(그 충격은 마흔인 나이에도 기억난다.) 그리고 대한민국의 민주화를 위해 광주시민들이 흘린 피와 희생을 기억했고, 동시에 국민을 총과 탱크로 무자비하게 진압한 전두환 정권도 기억했다. 뉴스에서 이 사람관련 내용이 나오면 씩씩거리며 분노지수가 높아지는 나를 발견했다. 대학생 때 가본 광주 5.18기념공원에서는 무거워지는 마음이 느껴졌고, 초등학교와 중학교 때의 기억과 다시 만났다. 광주 5.18민주화 운동 이분들의 희생에 그저 감사하다는 말밖에 할 수 없었다. 이렇게 5.18광주민주화운동은 내가 어릴 적 우연히 본 사진을 시작으로 직간접적 경험한 한국 현대사의 한 장면이 되었다. 지금은 돌아가셔서 안계시지만 살아생전에 아빠와 이런 이야기를 못해본 아쉬움이 크다. 언젠가 엄마에게 물어보니 5.18 당시 나와 엄마 아빠는 광주에 있었다고 한다. 어쩌면 아빠는 그 날 5.18 고통을 기억 저편에 안고 살았을지 모른다. 그래서 내게 말을 아끼셨을까? 말을 하면 기억나고 그러면 마음과 몸의 고통이 더 선명해졌을 테니까...

| 1987. 6월 민주화운동

5.18민주화운동을 총으로 진압한 전두환은 간접투표로 11대 대통령이 되었다. 그리고 박정희정권 때의 유신헌법 체제로 국가운영을 주도했다. 당연히 독재정권에 반대하는 시위가 끊이지 않았다. 이에 그 전 누군가처럼 민주화를 외치는 사람을 간첩으로 몰고, 갖가지 이유를 들어 감옥에 가두고, 경찰과 군인을 앞세워 무력진압을 했다. 선배의 가르침을 잘 배운 후배인지, 학습능력이 뛰어난 정치가인지 너무 비슷하다.

이런 상황에서 1987년 서울대생 박종철군이 모진 고문에 죽었다. 많은 시민들이 거리로 나왔고 시위는 격해졌지만 전두환정권은 간접

6월 민주항쟁

6월 민주화운동

선거 유지를 발표했다. 학생들과 종교인, 일반시민들은 더 이상 참지 못하고 전국적으로 일어나 독재타도와 직접선거를 외쳤다. 이를 '6월 민주화운동' 이라고 한다. 계속된 민주화운동에 전두환정권은 결국 대통령직선제와 평화적인 정권이양, 민주주의 보장을 약속했다. 그리고 1987년 12월에 대통령선거가 치러졌고 노태우가 당선되었다.

1987년 나는 초등학교 2학년이었고 친구들과 놀기에 바빴다. 그러나 가물가물한 기억들이 있다. 뉴스만 틀면 "또 데모하네...잡히면 어쩌려고..."식의 걱정을 하던 엄마의 모습과 그해 겨울 긴 대통령선거 포스터들이다. 기호 1번 노태우. 역시 나중에 중학생이 되어 알고 보니 그 포스터가 벽에 붙여지기 까지 많은 사람들의 외침과 희생이 있었다. 그렇다. 내가 본 1987년 그 포스터는 대한민국의 민주주의가 뿌리내릴 수 있는 직접선거의 시작이었다. 사실 노태우정부는 전두환정권의 연장선이었지만 민주주의가 전보다는 발전하는 시기로 볼 수 있다. 직접선거로 뽑힌 대통령이었으니.

노태우 정권 때 기억나는 건 88올림픽. 1988년 서울올림픽은 대한민국이 국제사회에 알려지는 계기가 되었다. 1993년 당선된 김영삼 대통령은 문민정부로 불리며 깨끗한 정부를 표방했다. 특히 불법 재산 조성을 없애려고 금융 실명제를 실시했고 5.18광주민주화 진상조사와 전두환, 노태우 두 전직 대통령을 구속하는 등 민주주주의를 위한 노력도 했다. 그리고 지방 자치제가 전면적으로 실시되어 풀뿌리 민주주의를 도입했다. 그러나 김영삼정부 말기에 여러 경제적 현안을 제대로 해결하지 못해 IMF(국제통화기금)에서 구제 금융을 받는 상황이 되었다. 이후 김대중 정권에서는 남북평화 분위기로 노벨평화상도 있었고 2002년 월드컵도 잘 마쳤다.

점점 기억이 선명해진다. 노태우정권 때 88올림픽. 굴렁쇠 소년, 멋지게 공연하던 '손에 손잡고~' 코리아나 그리고 대단한 실력의 양궁경기. 그리고 사회시험 주관식으로 잘 나왔던 금융실명제와 풀뿌리민주주의, 1995년 두 전직 대통령이 구치소로 가던 뉴스들과 정권말기 경제위기 IMF. 한국역사상 처음 노벨 수상자가 있다는 자부심과 축구경기 인원이 몇 명인지도 몰랐는데 2002년 월드컵 한국경기는 다 챙겨본 추억. 그 함성과 응원 그리고 태극물결은 아직도 생생하다. 당시에는 그저 나의 일상 속에 스치던 사회모습들이 지금 돌이켜 보니 내가 살고 있는 대한민국의 현대사가 되었다.

천천히 다음 전시관을 향해 걷는다. 청와대 내부처럼 만들어놓은 방이 있다. 양옆으로는 이승만부터 이명박까지 전직 대통령 사진들이 있고 앞쪽으로는 청와대브리핑에서 보이는 높은 책상이 놓여있다. 청와대 대변인처럼 책상에 서서 정면을 바라본다. 순간 "와~"소리가 절로 나온다. 정면 벽면을 통유리로 만들어 아름다운 풍경이 보인다. 가까이 가서 보니 바로 앞에는 뭔가를 발굴하는 작업현장이 있고, 그 위로는 인왕산과 백악산이 이 품고 있는 경복궁의 편안함이 보인다. 고

청와대실

창밖 풍경

개를 왼쪽을 살짝 돌리면 파란지붕의 현재 대한민국 대통령이 있는 곳이다. 이곳을 향해 조용히 나는 소망해본다. 앞으로 역사에 기록될 '지금'을 보다 많은 사람들이 이해하고 공감하는 대한민국으로 만들어달라고. 정부정책이나 제도에서 민주적인 의견수렴과 안정되고 효율성 있는 정책시행으로 국민들과 함께하는 대한민국을 만들어달라고.

| 우리가 가야 할 길

전시관을 나오면서 마음에 담은 '뭔가'를 정리하고 싶다. 1945년 광복의 기쁨도 잠시 한반도는 남북한의 이념갈등으로 분단국가가 되었다. 전쟁 후 빈민국에서 경제성장의 성과도 있었지만 독재정권 아래 시민들의 희생도 있었다. 1960년 4.19혁명, 1980년 5.18, 1987년 6월 민주화운동으로 우리는 민주화사회의 초석을 마련했다. 한편 정치적 탄압 아래에서도 우리는 해외 노동자와, 베트남에 파병군으로 외화를 벌었고, 국내에서는 열악한 노동환경 속에서도 근로자들은 신발과 옷을 만들고 자동차와 선박을 수출했다. 현재 대한민국은 반도체, 핸드폰 등 IT강국으로 첨단산업의 중심에 있다. 그러나 동시에 고령화와 저출산, 분열된 정치권, 분단에서도 오는 정치적 문제 그리고 가까운 이웃 일본과 풀어야할 역사적과제도 많다.

그러나 나는 한국의 도약을 기대해 본다. 여기에는 경제적 성장뿐만 아니라 선진국으로 가기위한 노력이 필요하다. 우선 좌파나 우파로 지칭되는 편향된 이념이 아니라 합리적인 국가관과 역사관이 중요하다. 그리고 국민을 위한 인성과 도전정신을 겸비한 정치지도자가 있어야한다. 기업들도 이윤추구와 더불어 공정한 경제 질서를 위해 행동하고, 첨단 제품 연구개발로 새로운 시장을 개척해야 한다. 그러면 시민들의 역할은 무엇인가? 우리사회 모습에 꾸준한 관심을 갖고 투표로 의사표현을 하며 가끔은 잘못된 정책이나 제도에 눈감지 않는 것이다. 누군가는 나의 입장에 현실을 모르는 한가한 소리라고 무시할 수 있다. 그러나 나는 이런 노력이 보다 건강한 사회를 만들어가는 과정이라고 믿고 싶다. 즉, 이것이 우리가 '지금' 걸어가야 할 '미래'의 길이라고 생각한다.

사진 출처

국립중앙박물관 – 23 , 29, 30, 31, 32, 35, 57 , 76, 78, 137, 138, 181, 231, 286

문화재청 – 58 , 61, 71 ,90 , 95, 104, 105, 154, 207, 212, 213, 214, 215, 216, 217, 219, 221, 223, 225, 276, 292, 300, 304. 307

한성백제박물관 – 110, 111, 114

강동구청 – 37, 41

서울시청 – 50, 95

공유마당 – 54

고궁박물관 – 318

한신대박물관 – 98, 99

데이터진흥원 – 336

국가보훈처 – 345

군산역사박물관 – 351

경주국립박물관 – 234

김희태 – 99

김진구 – 122

오세권 – 141

참고문헌

이종호, 〈한국 7대 불가사의〉, 역사의 아침, 2007

강신항, 〈훈민정음연구〉, 성균관대학교 출판부, 1987

이익섭, 〈국어표기법연구〉, 서울대학교 출판부, 1992

박성준, 〈천천히 제대로 한국사〉, 한겨레출판, 2017

문동석, 〈서울이 품은 우리역사〉, 상상박물관, 2017

윤희진, 〈인물한국사〉, 길벗, 2015

장용준, 〈묻고 답하는 한국사〉,북멘토, 2008

이기동, 〈한국민족문화대백과사전〉 신라역사, 1980

강우방, 〈한국 미의 재발견 ?불교 조각〉, 솔출판사, 2003

이우평, 〈지리교사 이우평의 한국지형 산책〉, 푸른숲, 2007년

문명대, 〈한국조각사〉,열화당, 1980

양희제, 〈한국 전통사찰〉, 인문사, 2013

김종복, 〈발해정치사연구〉, 일지사, 2009,

박상진, 〈나무에 새겨진 팔만대장경의 비밀〉, 김영사, 2012

김원, 〈박정희 시대의 유령들〉, 현실문화연구, 2001

이덕일, 〈조선왕조실록〉, 다산초당, 2018

동북아역사재단, 〈발해의 역사와 문화〉, 동북아역사재단, 2007

문화재청 문화재검색 '서울 북한산 신라 진흥왕 순수비'